Op klaarlichte dag

Van Simone van der Vlugt verscheen
eveneens bij uitgeverij Anthos

De reünie
Schaduwzuster
Het laatste offer
Blauw water
Herfstlied
Jacoba, Dochter van Holland

Simone van der Vlugt

Op klaarlichte dag

Anthos | Amsterdam

Mixed Sources
Productgroep uit goed beheerde bossen, gecontroleerde bronnen en gerecycled materiaal.
www.fsc.org Cert no. CU-COC-802528
© 1996 Forest Stewardship Council
FSC

Eerste druk april 2010
Tweede druk april 2010
Derde druk mei 2010
Vierde druk juni 2010
Vijfde druk juni 2010
Zesde druk juli 2010
Zevende druk augustus 2010
Achtste druk augustus 2010
Negende druk oktober 2010
Tiende druk oktober 2010
Elfde druk december 2010

ISBN 978 90 414 1532 5

Omslagontwerp Roald Triebels, Amsterdam
Omslagillustratie © James Goldsmith/Trevillion Images
Foto auteur © Merlijn Doomernik

Verspreiding voor België:
Veen Bosch & Keuning uitgevers n.v., Antwerpen

Proloog

Hij moet bewusteloos zijn geweest. Als hij zijn ogen opent, ligt hij op zijn buik op de grond, met een arm omhoog. De eerste seconden voelt hij niets, dan wordt hij zich bewust van een stekende pijn. Voorzichtig draait hij zijn hoofd, maar een nieuwe pijnscheut maakt een einde aan die minieme beweging. Tegelijk ontdekt hij dat zijn wang op de een of andere manier aan de houten vloer geplakt lijkt. Vanaf dat moment dringen steeds meer feitjes zijn bewustzijn binnen. Zoals de geur die om hem heen hangt: een bekende lucht die hij wel bij anderen, maar nog nooit bij zichzelf heeft geroken. Even weet hij niet waar hij is, maar dan krijgt de realiteit weer vorm.

Niet zonder moeite verzet hij zich tegen zijn toestand van hulpeloosheid en pijn, drukt zich op en komt overeind. Een duizeling overvalt hem, bloed druppelt langs zijn slaap in zijn gezicht. Het vloerkleed is doorweekt. Alleen de plek waar hij heeft gelegen is schoon. Met een kreun brengt hij zijn hand naar zijn achterhoofd. Het voelt nat en kleverig. Hij bekijkt zijn hand, die roestbruin ziet. Wat is er in godsnaam gebeurd?

Op dat moment herinnert hij het zich weer. Nathalie. Ze kregen ruzie en hij heeft haar geslagen. Waarom eigenlijk?

Robbie. Ze hadden ruzie om Robbie.

Het gekrijs van de baby vult zijn oren weer, hij herinnert zich de hoofdpijn die het aanhoudende geschreeuw hem bezorgde. Hij heeft zich woedend naar het kind gewend en vanaf dat moment... niets meer.

Zijn ogen dwalen naar de bank, waar Robbie lag toen hij op hem af liep. Hij is weg, evenals Nathalie. Dat wil zeggen, ze is niet in de kamer. Waarschijnlijk heeft ze zich ergens in huis opgesloten met het kind, bang voor zijn reactie.

'Nathalie?' Met zijn hand tegen zijn hoofd loopt hij naar de gang. Er komt geen antwoord. Hij gaat naar boven, opent de deuren van alle kamers maar vindt haar niet.

Een gevoel van ongeloof bekruipt hem. Door het raam van hun slaapkamer ziet hij dat zijn auto weg is. Zijn splinternieuwe Alfa Romeo, de trots en liefde van zijn leven. Zoveel lef kan ze niet gehad hebben, toch?

Het tempo waarin zijn hart klopt wordt opgevoerd. Zo snel als zijn bonzende hoofd hem toestaat, gaat hij de trap af naar beneden. Naar zijn werkkamer, van waaruit hij zijn zaken regelt en waar zich de kluis bevindt. Hij kan zich nauwelijks voorstellen dat ze echt het gore lef heeft gehad om die leeg te halen, maar als hij de deur opengooit, ziet hij het tegendeel bewezen. De deur van de in de muur ingebouwde kluis staat wijd open. Terwijl hij er langzaam op af loopt, ziet hij dat de kluis helemaal leeg is.

Midden in de kamer blijft hij staan. Tien, twintig seconden lang ervaart hij totale gevoelloosheid. Met gesloten ogen luistert hij naar het geluid van zijn ademhaling. Nog vijf seconden weet hij zijn zelfbeheersing te behouden, dan begint zijn halsslagader te kloppen. Hoofdpijn komt opzetten, een ander soort hoofdpijn, die niets met de wond te maken heeft. Er klopt iets tegen de binnenkant van zijn schedel, op zoek naar een gaatje om te ontsnappen.

Onverwacht komt zijn woede tot leven. Hij geeft een trap tegen de halfopenstaande deur van de werkkamer, zo hard dat de deur uit de scharnieren vliegt. Alles wat zich in zijn directe omgeving bevindt, schopt of slaat hij door de kamer, net zo lang tot hij is gekalmeerd. Dan haalt hij zijn mobieltje uit zijn broekzak en zoekt een nummer op in het bestand. Terwijl hij op de beltoets drukt en wacht tot er opgenomen wordt, voelt hij de woede opnieuw oplaaien, maar hij onderdrukt hem.

'Nico? Met mij, Vincent.' Zijn stem klinkt nors, maar aangezien hij altijd kortaf is aan de telefoon, reageert Nico daar niet anders op dan normaal.

'Vincent, zeg het eens, man.'

'Ik wil dat je iets voor me doet. Ik heb een ongelukje gehad. Waarschijnlijk moet het gehecht worden, want ik bloed als een rund.'

'Wat is er gebeurd? Wat voor ongelukje?'

'Val me niet in de rede,' zegt Vincent geïrriteerd. 'Ik heb je nodig. Zoals ik al zei, moet die wond gehecht worden.'

'Waar zit je?'

'In Brabant.'

'Brábant? Jezus man, ik dacht dat je in Amsterdam zat. Je kan toch niet van me verwachten dat...'

'Ja. Als je nu in de auto stapt, kun je er over een uur zijn. Ik wacht op je.' Zonder op een verdere reactie te wachten, hangt Vincent op.

Nico is een van zijn oudste vrienden, een vriendschap die dateert van de middelbare school in Roermond, waar ze samen de boel flink op stelten hebben gezet. Hij herinnert zich nog goed dat ze de kamer van de rector in de fik staken nadat de man hen een paar dagen had geschorst vanwege fraude. Een belachelijke aanduiding voor het stelen van de toetsantwoorden uit de tas van een leraar. Vincent was na dat akkefietje van school geschopt, maar omdat hij de schuld op zich had genomen, kon Nico blijven. Nico heeft eindexamen vwo gedaan en is daarna medicijnen gaan studeren. Inmiddels is hij arts in het VU-ziekenhuis en helpt Vincent hem er regelmatig aan herinneren aan wie hij dat te danken heeft. Hij weet hoe vol Nico's agenda is, en dat het voor hem inderdaad niet eenvoudig zal zijn om te komen, maar onmogelijk is het evenmin. Hij bedenkt er maar wat op.

'Wat is hier gebeurd?' vraagt Nico als hij anderhalf uur later binnenkomt. Zijn blik rust op het vloerkleed, waarop het gestolde bloed een diepbruine kleur heeft achtergelaten.

'Een uit de hand gelopen ruzietje,' antwoordt Vincent vlak. Met een handdoek tegen zijn hoofd heeft hij geprobeerd het bloeden te stelpen, wat maar ten dele is gelukt. Iedere keer als hij denkt dat het is opgehouden, gaat de wond weer open en loopt het bloed in zijn nek.

Hoewel Nico heeft geleerd zich niet te bemoeien met zaken die hem niet aangaan, zijn de vragen die deze situatie bij hem oproepen duidelijk van zijn gezicht te lezen. Maar in plaats van ze te stellen, doet hij zijn tas open.

'Nou, dan gaan we maar eens kijken hoe groot de schade is. Als je hier wilt gaan zitten...'

Vincent trekt een stoel van de eettafel naar achteren, gaat zitten en haalt de handdoek van zijn achterhoofd. Enige seconden is het stil, terwijl Nico de wond bekijkt.

'Valt mee,' zegt hij ten slotte. 'Het moet inderdaad gehecht worden, maar het lijkt erger dan het is.'

'Het lijkt erger dan het is? Heb je al dat bloed gezien?'

'Dat is wel vaker het geval bij hoofdwonden. Die zien er meteen heel dramatisch uit. Daar zul je nog wel een paar dagen hoofdpijn van hebben. De kans bestaat dat je een hersenschudding hebt opgelopen. Ik zou maar een tijdje rustig aan doen. Ben je misselijk of duizelig?'

'Mij mankeert niets,' zegt Vincent kortaf. Ja, hij is misselijk en duizelig, maar het laatste wat hij van plan is, is zijn tijd verdoen aan een beetje hoofdpijn.

'Waar is Nathalie?' vraagt Nico.

'Weg,' zegt Vincent nors. 'Die teef heeft me ergens mee op mijn hoofd geslagen. Als ik haar te pakken krijg, maak ik haar af.'

Nico's ogen worden groot van verbazing, maar al brandt hij van nieuwsgierigheid, hij is verstandig genoeg om niet verder te vragen. Daarvoor kent hij Vincent en zijn buien te goed.

Zodra Nico weg is, gaat Vincent aan de slag. Hij rolt het vloerkleed op en gooit het in een leegstaand bijgebouw achter de boerderij. Daarna propt hij alles wat hij nodig heeft voor een reis van een paar dagen in een rugzak en zet die in de gang. De telefoontjes die geen uitstel kunnen verdragen voert hij snel, de rest moet wachten.

Het geld in de kluis was niet zijn laatste potje. Er ligt nog meer onder een losse vloerplank. Of hij Nathalie kon vertrouwen heeft hij nooit met zekerheid geweten. Hij dacht van wel, maar hij is er altijd op bedacht geweest dat ze op een dag bij hem weg zou gaan. En dat ze niet met lege handen zou vertrekken. Ze kende de code van de kluis, maar wat ze niet weet, is dat hij haar met een zendertje kan volgen. Een geavanceerd gps-systeem zal hem zonder enige moeite naar de plek leiden waar ze zich bevindt.

Vincent klapt de koffer open, zet het systeem aan en kijkt geconcentreerd naar het lcd-scherm. Het apparaat neemt een paar seconden de tijd om te zoeken, dan worden op de display de richting en afstand naar de gevonden signaalbron getoond.

Gespannen staart Vincent naar de plaats waar een rood lichtje onophoudelijk knippert.

Grimmig klapt hij de koffer dicht en neemt hem onder zijn arm mee naar zijn andere auto, een Porsche die in de garage staat.

Even later stuift hij het erf af en raast over de smalle, bochtige weggetjes naar de snelweg. Het is een mooie zomerdag, met een hinderlijk felle zon. Op het lcd-scherm ziet hij dat Nathalie ondertussen in Roermond zit. Het pijltje knippert niet meer, wat betekent dat ze daar gestopt is. Hij herkent het adres en bezorgd fronst hij zijn wenkbrauwen. Hij dacht dat hij haar had losgeweekt van die vriendin. Een ontzettende ouwehoer was dat, zo een die alles wilde delen en niet in staat was om ook maar het kleinste geheim te bewaren. God mag weten wat Nathalie haar gaat vertellen.

Zijn gezicht staat strak van verbittering als hij aan Nathalie denkt. Dit had hij nooit achter haar gezocht. Als iemand een hulpeloze, weerloze indruk maakte, was zij het wel. In feite was dat de reden waarom hij op haar is gevallen.

Maar hoe hard ze ook rijdt, hij zal haar vinden. Ze zal huilen en smeken, maar hij is niet van plan om genade te tonen. Nog nooit heeft iemand het aangedurfd hem aan te vallen. Er is geen vergeving voor wat ze heeft gedaan. Zij is de eerste persoon die het lef had hem aan te vallen, en al doet het hem pijn, ze zal moeten sterven. Haar tranen zullen hooguit invloed hebben op de manier waarop.

Nog steeds geladen van woede rijdt hij Roermond in, en even later parkeert hij de auto voor een rijtjeshuis in een rustige wijk. Het pijltje op het scherm knippert weer, ten teken dat ze verder is gereden. De verleiding is groot om meteen achter haar aan te gaan, maar eerst heeft hij nog iets af te handelen. Hij kijkt naar het huis, waar de felle stralen van de zon door het raam naar binnen vallen. Ze is hierbinnen geweest, bij haar vriendin en die eikel van een vriend van haar. God mag weten wat ze hun allemaal heeft verteld.

Terwijl hij voor zich uit staart door de voorruit van zijn auto, overdenkt hij wat te doen. Zijn kracht heeft altijd gelegen in de zorgvuldige voorbereiding waarmee hij zijn zaken aanpakt. Geen impulsieve acties, geen ondoordachte besluiten.

Pas als hij zijn zelfbeheersing heeft hervonden, start hij de motor en zet zijn auto een paar straten verderop langs de kant van de weg. Hij stapt uit, controleert of hij alles bij zich heeft en loopt achterom naar het huis waar hij moet zijn.

Zijn hand zoekt en vindt het pistool in zijn binnenzak. Hij werpt een snelle blik om zich heen en zet een geluiddemper op zijn wapen. Dan duwt hij de poort van de tuin open en gaat naar binnen.

I

Als ze dit van tevoren had geweten, zou ze een vluchtplan hebben gemaakt. Nathalie vraagt zich af waarom ze daar niet over nagedacht heeft. De mogelijkheid bestond immers dat ze er van het ene op het andere moment vandoor moest gaan.

Terwijl ze over de snelweg raast, gaat ze in gedachten na of ze het goed heeft aangepakt. Voor zover ze kan bedenken, heeft ze bij zich wat ze nodig heeft. Eén setje extra kleding, haar medicijnen, een minimum aan toiletspullen, haar autopapieren en al het zwarte geld uit de kluis.

Veel meer paste er niet in haar tas, hoe groot die ook is. Het merendeel van de ruimte wordt in beslag genomen door de spullen van Robbie: flessen, melkpoeder, spenen, nieuwe kleertjes en wat je allemaal maar nodig kan hebben als je vertrekt met een baby van zeven maanden.

Met enige verbazing denkt ze aan het moment waarop ze haar tas over haar schouder slingerde, Robbie van de bank tilde en naar buiten liep. Ze heeft het echt gedaan! Slechts één blik had ze over voor het roerloze lichaam dat op de vloer in de woonkamer lag. Dat was genoeg om haar een huivering te ontlokken en snel naar buiten te stappen.

Vincents Alfa Romeo stond met volle tank klaar op het erf. Haastig opende ze het portier en legde Robbie op een deken op de vloer voor de passagiersstoel. Twee tassen aan weerszijden van hem moesten voorkomen dat hij van links naar rechts zou rollen. Robbie zuchtte diep, sabbelde aan zijn speentje en lachte naar haar. Een autostoeltje had ze niet, ze kwam niet veel buiten met hem. Haar plaats was thuis, en als ze al eens wegging, dan was dat zonder Robbie.

Ze gooide haar spullen op de achterbank en nam plaats achter het stuur. Vervolgens dwong ze zichzelf met een diepe ademteug tot rust te komen. Desondanks trilde haar hand toen ze het sleuteltje in het contact stak en het omdraaide. Ze trapte het gaspedaal een stukje in en stuurde om de kuilen en modderige stukken in het erf heen. Zich volledig bewust van de grootsheid van het moment reed ze het erf af en liet ze de boerderij achter zich.

Nu rijdt ze in de richting van Duitsland. Wat ze nodig heeft is een plek om zich schuil te houden en haar gedachten te ordenen. Al is het maar één nachtje. Ze heeft het bij Kristien geprobeerd, een van de weinige vriendinnen die ze nog heeft. Blijkbaar dacht Kristien daar heel anders over, want in eerste instantie wilde ze haar niet eens binnenlaten toen ze voor de deur stond.

'Wat doe jij nou hier?' vroeg ze verbaasd.

Nathalie had Robbie in de auto gelaten, waar hij rustig lag te spelen met een plastic sleutelbos. Het leek haar beter om eerst te kijken of ze bij haar vriendin terechtkon.

'Hoi Kristien.' Nathalie had haar vriendin een zwak glimlachje geschonken. 'Dat is een tijd geleden, hè?'

'Dat kun je wel zeggen. Een hele tijd geleden.' In plaats van de deur wijd open te gooien, hield Kristien hem halfdicht en versperde ze met haar lichaam de doorgang, alsof ze bang was dat Nathalie binnen zou dringen.

'Ik... eh, mag ik even binnenkomen?'

Niet zonder tegenzin had Kristien de deur wat verder opengedaan. Haar vriend Ruud zat op de bank en stond op om haar een hand te geven. Daarna had hij de kamer verlaten om hun de gelegenheid te geven rustig met elkaar te praten. Dat gesprek had niet lang geduurd.

'Ik heb nooit begrepen waarom je bij die vent bleef,' zei Kristien, terwijl ze stijf rechtop tegenover haar zat. 'En ik begrijp ook niet wat er nu opeens anders is. Je bent bij hem weg, maar dat is al eerder gebeurd. Minstens drie keer. En toen hij je kwam ophalen, ging je zo weer met hem mee.'

'Ik weet het,' zei Nathalie. 'Maar dat gaat deze keer niet gebeuren.'

'Om eerlijk te zijn heb ik het opgegeven. Mijn pogingen om jou te helpen zijn allemaal op niets uitgelopen. Waarschijnlijk omdat je niet geholpen wilde worden. Waarom zou dat nu anders zijn?'

Nathalie had gezwegen. Kristien had altijd voor haar klaargestaan en zij had die vriendschap beloond door steeds weer terug te keren naar Vincent en niets meer van zich te laten horen. Als ze haar zou vertellen wat er was gebeurd, zou ze haar medeplichtig maken aan een misdrijf. Een rare manier om een vriendin te bedanken voor haar hulp. Achteraf begrijpt ze niet waarom ze naar Kristien toe is gegaan. En dus was ze opgestaan en weer in haar auto gestapt.

Ze rijdt zo hard als ze verantwoord acht. Het ritme van de muziek lijkt zich aan te passen aan de bochten in de weg. Hoe sneller de muziek gaat, hoe dieper ze het gaspedaal intrapt. Zodra ze dat merkt, zet ze de radio uit. Het laatste wat ze nu kan gebruiken is dat ze geflitst wordt, of aangehouden.

Het is druk op de weg, maar er zijn geen files. Hooguit wat langzaam rijdend verkeer hier en daar. Robbie is in slaap gevallen. Dat is mooi, dan kan ze even flink doorrijden.

Ze kan de Nederlandse radio nog ontvangen, maar op het nieuws heeft ze niets gehoord over de vondst van een lichaam in een afgelegen boerderij in Brabant. Met een beetje geluk heeft ze tot morgen respijt. Langer dan een dag zal het beslist niet duren voor Vincent wordt gevonden.

Iedere keer als ze denkt aan wat er vanochtend is gebeurd, wordt haar ademhaling gejaagd en begint haar hart snel en onregelmatig te kloppen. Ze kan nog steeds niet goed geloven dat het echt gebeurd is. Dat ze een moord heeft gepleegd. Een moord!

Krampachtig klemt ze haar handen om het stuur. Feitelijk was het geen moord, maar zelfverdediging. De dreiging was op dat moment niet tegen haar gericht, maar wel tegen Robbie. En aangezien een baby niet voor zichzelf kan opkomen, moest zij hem beschermen. Een handeling die ze in een reflex uitvoerde.

Eigenlijk heeft ze nooit veel met baby's gehad, en Vincent al helemaal niet. Het vele huilen riep te veel wrevel bij hem op. Zelf deed ze alles wat in haar macht lag om goed voor Robbie te zorgen, maar ze handelde uit plichtsbesef. De eerste tijd liet hij haar volstrekt onverschillig, maar dat veranderde langzaam. Stukje bij beetje begon ze zich aan het kereltje te hechten, en er kwam een oerdrift in haar op toen Vincent hem dreigde te mishandelen. Dat hij háár regelmatig een mep gaf was tot daar aan toe, daar was ze aan gewend, maar van een klein weerloos kind bleef je af. Zelfs als hij de hele dag lag te gillen.

Toen ze zag met wat voor gezicht Vincent op Robbie af liep, heeft ze geprobeerd hem tegen te houden, maar Vincent gooide haar opzij. Terwijl ze op de grond lag, viel haar oog op de lamp met de zware, massief ijzeren voet die op een bijzettafeltje stond. In haar wanhoop sprong ze overeind, greep de lamp en liet hem met kracht op Vincents hoofd neerkomen. Hij zakte meteen in elkaar. Bloed gutste uit een grote hoofdwond en trok in het dikke vloerkleed.

Misschien had ze het bloeden kunnen stelpen. Ze had de wond kunnen dichtdrukken en een ambulance kunnen bellen. In plaats daarvan keek ze verstijfd van schrik toe hoe Vincents gezicht steeds witter werd. Met de huilende Robbie op haar arm keek ze naar Vincents lichaam. Robbie viel stil, alsof hij wist waarvoor zij hem had behoed. Langzaam maar zeker drongen de consequenties van haar daad tot haar door. De problemen, maar ook de mogelijkheden die het bood. Ze was vrij! Maar niet voor lang, als ze haar verstand niet gebruikte.

De klap met de schemerlamp had het bloed in het rond doen

spatten: zowel Robbie als zij zat er helemaal onder. En dus was ze met hem naar boven gegaan om hem te wassen en te verkleden, en daarna had ze zelf snel een douche genomen.

De bebloede witte linnen broek en het zomerse topje stopte ze in een vuilniszak, en toen ze beneden kwam, deed ze daar ook de schemerlamp bij. Ze liep naar buiten, gooide de zak achter in de kofferbak van de auto en ging terug naar binnen. Het kostte haar minder dan tien minuten om boven haar bezittingen te pakken, de kluis in de werkkamer leeg te halen en daarna alles bij elkaar te zoeken wat ze nodig had voor Robbie. Potjes Olvarit, bussen melkpoeder, flessen, spenen, kleertjes, ze nam alles mee. Als een wervelwind ging ze door het huis. Toen ze uiteindelijk de voordeur achter zich dichttrok, was er minder dan een halfuur verstreken vanaf het moment dat ze Vincent de hersens had ingeslagen.

2

Als Düsseldorf net achter haar ligt, stopt ze bij een tankstation. Robbie is wakker geworden en begint te jammeren. Het is etenstijd, ze moet even pauzeren. Daar is ze zelf ook wel aan toe. Zo lang achter elkaar achter het stuur gaat je niet in de koude kleren zitten: ze is stijf en heeft pijn in haar rug. Nathalie manoeuvreert haar auto naast een van de benzinepompen, stapt uit en gooit haar tank vol. Daarna sluit ze de auto af en loopt het tankstation binnen om af te rekenen. Voordat ze in de rij gaat staan, pakt ze nog een flesje water en een zakje chips. Er ligt nog een paar uur autorijden voor haar, dus het is beter om iets in haar maag te hebben, al is het maar paprikachips.

Als ze heeft betaald, loopt ze terug naar de auto en stapt in. Robbie brult nu op volle kracht; het lukt haar amper om boven zijn gekrijs uit te komen.

'Ja ja, we gaan wat eten, mannetje. En je krijgt een schone luier. Nog heel even geduld.'

Langzaam rijdt ze weg, om het tankstation heen naar de parkeerzone erachter. Op de grasveldjes langs de kant van de weg staan picknickbanken onder de bomen en bij het eerste het beste plekje dat ze ziet, parkeert ze in. Terwijl ze sussende geluidjes maakt, tilt ze Robbie uit de auto en loopt wat met hem rond. Zijn broek voelt zwaar, die moet hoognodig verschoond worden. Met één hand opent ze de klep van de kofferbak, legt Robbie erin en verwisselt routineus de vieze luier. Haar ogen blijven rusten op de vuilniszak die ze er eerder die dag in heeft gegooid. Die moet ze kwijt zien te raken. Misschien in de vuilcontainer achter het tankstation. Straks, als er wat minder mensen rondlopen. Het is juli, vakantietijd, en het is druk.

Ze pakt haar tas en draagt Robbie naar een picknickbank, waar ze hem een koud groentehapje probeert te voeren. Hij heeft er niet veel zin in, evenmin als in de fles lauwe melk, maar na lang brullen geeft hij de strijd op. Hongerig eet hij het potje Olvarit leeg en daarna zuigt hij gulzig aan de speen van de fles om zoveel mogelijk melk in één keer binnen te krijgen.

'Rustig,' zegt Nathalie. 'Straks verslik je je en komt alles er weer uit.'

Ze zet Robbie wat rechter op haar schoot en ondersteunt zijn hoofdje met haar arm. Geconcentreerd kijkt ze toe hoe hij drinkt. Als ze onverwacht een stem vlak naast haar hoort, schrikt ze zich wezenloos.

'Onhandig hè, zonder stoeltje.'

Met wild kloppend hart kijkt Nathalie op. Het duurt even voor ze zich realiseert dat de vrouw naast haar geen bedreiging vormt.

'Ik zag dat u uw baby zonder autostoeltje vervoert. Hoe doet u dat eigenlijk? Los op de bank? Weet u dat dat heel gevaarlijk is? Die kleine wurm hoort in een Maxi-Cosi te zitten. Als u plotseling moet remmen, wordt hij gekatapulteerd. En dan hoef je niet eens een noodstop te maken. Eén keer onverwacht remmen en het kind ligt onder het dashboard, of erger nog, het vliegt door de voorruit.' Er ligt een afkeurende klank in de stem van de vrouw.

'O... eh, ja. Dat weet ik. Maar hij gaat eigenlijk nooit mee in de auto.'

'Nu toch wel? U moet echt een autostoeltje kopen, hoor. Ja, u zult zich wel afvragen waar ik me mee bemoei, maar ik kan dat soort dingen gewoon niet aanzien. Ik heb drie kleinkinderen, en mijn schoonzoon nam ze ook altijd zo mee. Tot hij een ongeluk kreeg. Gelukkig hadden ze niets, op een bloedneus en kneuzingen na, maar voor hetzelfde geld waren ze...'

'Ja,' zegt Nathalie. 'U hebt gelijk. Dank u.'

De vrouw twijfelt zichtbaar of ze beledigd moet zijn door de onderbreking of tevreden omdat ze gelijk heeft gekregen. Ze haalt diep adem om nog een toevoeging te doen, waar Nathalie haar met een glimlach van weerhoudt.

'Ik zal een autostoeltje kopen. Echt waar.'

Na een kort knikje loopt de vrouw door. 'Ik zei het voor hém,' zegt ze nog maar eens, over haar schouder. 'Kinderen zijn namelijk altijd de dupe.'

Nathalie knikt, glimlacht en wijdt zich weer aan Robbie.

'Stom wijf,' mompelt ze terwijl ze zijn gezichtje schoonveegt. Al heeft het stomme wijf natuurlijk wel gelijk. Maar ze kent dat soort regeltantes, zelfvoldaan door hun eeuwige gelijk. Ze kunnen dagen teren op het feit dat ze iemand op de vingers getikt hebben. En wat erger is: vaak hebben ze een geheugen als een olifant. Deze vrouw zal zich haar beslist herinneren als er een opsporingsbevel naar haar uitgaat. Sterker nog, ze zal ook weten bij welk tankstation ze haar heeft gezien.

Nathalie zucht diep. Ze zal de vuilniszak ergens anders moeten dumpen. Het zit haar niet lekker dat ze hem nog een paar uur bij zich moet houden, maar er zit niets anders op.

Na een halfuurtje gaat ze de weg weer op. Op zijn deken op de grond ligt Robbie tevreden te spelen met een badstof beertje.

Een autostoeltje. Waar haalt ze dat zo snel vandaan? Ze kan het zich niet permitteren nogmaals de aandacht te trekken. De volgende keer kan het een politieagent zijn die haar erop aanspreekt.

Even voor Keulen verlaat ze de snelweg en volgt de reclameborden die haar er op schreeuwerige wijze op attenderen dat er zich bij de volgende afslag een winkelparadijs bevindt. Het is nog een heel eindje rijden en zoeken, maar dan wordt ze voor haar omweg beloond. Grote blauwe letters die het woord BABYLAND vormen, laten er geen misverstand over bestaan wat er in het grote Ikea-achtige gebouw wordt verkocht.

Nathalie parkeert haar auto en even later loopt ze met Robbie op de arm het gebouw binnen. Ze neemt een winkelwagentje met een kinderzitje en zet Robbie erin. Vol belangstelling kijkt hij om zich heen. Nathalie buigt zich naar hem toe en knuffelt hem.

'Dat is leuk hè, in een stoeltje,' zegt ze. 'Veel leuker dan de hele dag omhoog liggen kijken. We zullen eens even inkopen gaan doen voor jou.'

Een klein uur later staat ze bij de kassa met babyspeeltjes, een groot pak wegwerpluiers, extra spenen en flessen, een buggy en een Maxi-Cosi. Ze rekent contant af.

Op weg naar haar auto valt haar oog op een grote vuilnisbak naast het parkeerterrein. Daar stopt ze de vuilniszak in. Even later rijdt ze terug naar de snelweg.

De Nederlandse radiozenders kan ze niet meer ontvangen en ze stopt, heel toepasselijk, een cd van de Killers in de cd-speler.

Ze heeft besloten om naar het vakantiehuisje in Italië te gaan. Ze is er in geen jaren geweest, maar ze kent het adres uit haar hoofd, dus de navigatie in de auto brengt haar er wel naartoe. Uiteindelijk zal de politie erachter komen dat ze daar een huisje heeft, maar met een beetje geluk duurt dat nog even.

Op de borden boven de snelweg staat Frankfurt aangegeven. De route voert haar langs felgele koolzaadvelden, afgewisseld door akkers vol hoog opgeschoten maïs. De weg stijgt en daalt in een prettig, gelijkmatig ritme. Er gaat een hypnotiserende werking van uit die haar tot rust brengt. Ze zingt zachtjes mee, droomt een beetje weg. De waarschuwende stem van het navigatiesysteem houdt haar bij de les, zorgt ervoor dat ze op tijd van baan verandert.

Na hun uitje in het babyparadijs is Robbie in zijn stoeltje in slaap gevallen. Zelf voelt ze geen enkele vermoeidheid: ze zou de hele nacht kunnen doorrijden. Iedere kilometer die onder de banden van haar auto verdwijnt, verwijdert haar verder van Vincent.

Misschien wordt de boerderij op dit moment wel onderzocht door de politie. Haar vingerafdrukken zijn overal in het huis te vinden. Niet dat die bij de politie bekend zijn, maar er zijn mensen genoeg die weten dat Vincent en zij een stel vormden.

Haar naam zal snel bekend zijn. Het is jammer dat ze het Nederlandse nieuws op de radio niet kan volgen, maar ze kan vanavond op internet kijken. De meeste hotels bieden de mogelijkheid om het net op te gaan, en anders zoekt ze wel een internetcafé. In een grote stad als Frankfurt moet dat lukken.

Nathalie schrikt als haar mobieltje gaat. Het schelle geluid van de ringtone wordt overgenomen door het beschaafd zoemen van de carkit. Vol ongeloof kijkt ze naar de display.

VINCENT.

Een wilde aanval van paniek doet haar over de weg slingeren. Dat kan niet, dat is onmogelijk. Vincent is dood, ze heeft de wond aan zijn hoofd gezien, en het bloed dat eruit gutste. Het moet iemand anders zijn die haar belt, met Vincents mobiele telefoon. De politie bijvoorbeeld. En dat zou betekenen dat zijn lichaam is gevonden en dat ze naar haar op zoek zijn.

De carkit blijft hardnekkig overgaan. Nathalies hand schiet uit naar de rode toets. Zonder aarzelen legt ze het apparaatje het zwijgen op en meteen daarna zet ze haar mobieltje uit.

3

Het eerste wat ze ruikt is de geur van bloed. Een sterke, ijzerachtige lucht die Julia op de keel slaat en haar bijna doet kokhalzen.

Bij de eerste vlaag die haar tegemoet komt, gaat ze automatisch via haar mond ademen. Ze begroet de mensen van de technische recherche; twee mannen en een vrouw in witte wegwerpoveralls. Zij zijn klaar met hun werk. Onder hun haarbedekkende mutsjes knikken ze ter bevestiging dat de plaats delict is vrijgegeven.

Met een lichte zucht volgt Julia haar collega Sjoerd, die de gang van de eengezinswoning binnenstapt.

De deur naar de woonkamer staat open, zodat ze meteen het lichaam van de jongeman zien. Hij ligt met uitpuilende ogen en wijd open mond op de grond. De plas bloed die uit de wond aan zijn hoofd is gestroomd, verspreidt een weeë, misselijkmakende lucht. Een paar grote, blauwgroene vliegen hebben het lichaam snel weten te vinden.

Julia neemt alle bijzonderheden aandachtig in zich op. Ze heeft al heel wat moordonderzoeken gedaan, maar echt wennen doet een gewelddadige dood nooit. Op zijn best wordt het routine, die haar in staat stelt zich te verschuilen achter een professionele houding.

Sjoerd komt naast haar staan. 'In zijn hoofd en twee keer in zijn borst geschoten.'

'De moordenaar moet achterom gekomen zijn. Het is warm, de keukendeur stond open,' zegt Julia.

Ze lopen om het lijk heen en gaan naar de keuken, waar het tweede slachtoffer ligt. In de deuropening kijken ze een ogenblik zwijgend naar Kristien Moors, vijfentwintig jaar, die op haar zij op de keukenvloer ligt. Ze is gekleed in een panterbloesje en een witte legging, waar het rood van haar bloed fel tegen afsteekt. Er zijn vliegen op de schotwond afgekomen, die zich met een luid gezoem te goed doen aan het vlees. Een van de insecten strijkt neer op Julia's arm. Vol afkeer slaat ze het beest van zich af.

Met mededogen kijkt ze neer op het lichaam, dat ze herkent van de foto's die door de fotograaf van het forensisch team zijn gemaakt. Foto's die ze achter haar bureau heeft bestudeerd terwijl het sporenonderzoek liep, die indruk maakten door het brute geweld dat de vrouw was aangedaan, maar die niet in de buurt kwamen van de werkelijkheid, nu het lichaam aan haar voeten ligt.

'Eén schot door haar hoofd en ze was dood,' zegt Sjoerd. Zijn stem klinkt zakelijk en beheerst, en zijn ogen blijven rusten op de halfgevulde picknickmand op het aanrecht. 'Ze wilden een dagje weg. Picknicken aan de Maasplas.'

'Maar toen kregen ze bezoek,' zegt Julia.

Ze weet dat er theeglazen op het aanrecht stonden. De technische recherche heeft ze meegenomen om ze op vingerafdrukken en speekselresten te onderzoeken. Als ze mazzel hebben, staat de onbekende bezoeker in het DNA-databestand, maar tenzij het om een geregistreerde crimineel gaat, is die kans niet erg groot.

Omwoners hebben op de dag van de moord om halftwaalf een zilvergrijze Alfa Romeo voor de deur zien staan. Die wagen is niet van de moordenaar, want Kristien Moors en Ruud Schavenmaker zijn daarna nog in leven gezien. Maar evengoed zou de recherche graag met de eigenaar van de auto willen praten.

De melding is net binnengekomen. Er zouden twee lijken liggen in een woning in de Bachstraat, die door een buurvrouw zijn ontdekt. Ze maakte zich zorgen omdat ze haar buren al een tijdje niet had gezien. Toen ze ontdekte dat de achterdeur niet afgesloten was, is ze naar binnen gegaan en zag ze de lichamen. Julia en Sjoerd, die deel uitmaken van de rechercheeenheid Midden-Limburg, zijn opgeroepen om naar het adres te gaan. In zijn functie van inspecteur heeft Sjoerd de leiding. Een snelle inspectie heeft hun geleerd dat de slachtoffers niet meer in leven waren, waarna ze de plaats delict hebben afgezet in afwachting van de komst van de technische recherche. Inmiddels is het forensisch team klaar, zijn er video-opnamen gemaakt en kunnen de lijken naar het mortuarium worden gebracht.

De bel gaat en Julia werpt een blik om de hoek van de keuken. Langs het trottoir staat een lijkwagen geparkeerd. Ze loopt naar de gang om open te doen en begroet de hulpofficier van justitie, die met het team van de uitvaartonderneming voor de deur staat. Even later vullen ze de kleine ruimte van de woonkamer met hun lijkzakken en opkrikbrancards. Er moet altijd een politieambtenaar aanwezig zijn bij de inbeslagname van de lijken, om te voorkomen dat er iets gebeurt dat opsporing en vervolging van de moordenaar kan belemmeren.

Het lichaam van Ruud Schavenmaker wordt met de nodige voorzichtigheid opgepakt en in de lijkzak gelegd. De behoedzaamheid van de uitvaartondernemers verraadt respect en mededogen, maar komt ook voort uit het gevaar dat het lichaam, dat bol staat van de lichaamssappen, lekgeprikt wordt.

Terwijl een medewerker van het medisch team de lijkzak dichtritst, zet Julia het raam wijd open. De bromvliegen zoemen nog een tijdje rond, maar vliegen uiteindelijk naar buiten. Ze kijkt ze na en vraagt zich af op welk mens, dier of voedingsmiddel ze het eerst zullen neerstrijken. Met een rilling van afkeer wendt ze zich af.

Het team van de uitvaartonderneming is intussen teruggekeerd en loopt naar de keuken. Even later rijden ze met het lichaam van Kristien Moors naar buiten, waar een grote groep buurtbewoners met de handen voor de mond bijeen staat. Ook de pers heeft zich verzameld en vult de straat met busjes, cameramensen en microfoons.

'Gaan wij ook of wil je nog even rondkijken?' vraagt Sjoerd.

'Nee, ik ben klaar. Laten we maar teruggaan naar het bureau. Misschien is de uitslag van het forensisch onderzoek intussen binnen.' Julia kijkt nog een keer goed om zich heen om zich ervan te verzekeren dat ze niets over het hoofd heeft gezien, en dan volgt ze Sjoerd naar de voordeur.

Eenmaal buiten haalt ze diep adem, maar er is meer nodig dan een paar teugen frisse lucht om haar gevoel van onpasselijkheid kwijt te raken.

'Gaat het?' Sjoerd legt bezorgd zijn hand op haar schouder.

Ze knikt en samen stappen ze langs de groene schermen die de woning aan de nieuwsgierige blikken van buurtbewoners moet onttrekken. Een paar journalisten komen aanrennen en duwen Julia en Sjoerd microfoons onder de neus.

'Kunt u zeggen of er al iets bekend is over de daders?'

'Wat heeft het onderzoek tot nu toe opgeleverd?'

'Hebt u een motief voor deze moorden kunnen ontdekken?'

Ze beantwoorden alle vragen met een eenvoudig 'Geen commentaar' en 'Daar zal de politiewoordvoerder u later uitgebreid over inlichten.'

Snel stapt Julia in de auto. Sjoerd gaat aan de bestuurderskant zitten, start de motor en even later rijden ze de straat uit. Al zijn ze nog geen uur binnen geweest, de zon heeft de wagen in een oven veranderd. Met de airco op volle sterkte rijden ze de straat uit.

4

In de halfronde hal van bureau Roermond is het snikheet. Door de grote raampartijen heeft de ruimte nog het meest weg van een broeikas, waar de temperatuur op warme dagen flink oploopt.

Na een groet en een kort praatje met de agente die baliedienst heeft, lopen Julia en Sjoerd door naar de rechercheafdeling op de tweede verdieping. Bij de waterkoeler op de gang tapt Julia een bekertje koud water. Terwijl het water loopt, kijkt ze naar de grote pop van een buitenaards wezen die iemand een keer op de kermis heeft gewonnen, en die sindsdien zo'n beetje geadopteerd is door de agenten. Op zijn bleke, kale schedel prijkt een politiepet, handboeien hangen om zijn knokige polsen en het witte lijf van ET, zoals ze hem genoemd hebben, gaat schuil onder de nepdecoraties.

'Goeiemorgen, ET,' zegt Julia. 'Wees maar weer blij dat je hier rustig in de gang kunt staan. Er zijn van die dagen waarop ik me afvraag waarom ik geen kleuterjuf ben geworden.'

ET kijkt haar meewarig aan, en met een gelaten gezicht pakt Julia haar bekertje water en tapt voor Sjoerd koffie. Hoe warm het ook is, Sjoerd drinkt koffie. Op water en thee kan hij niet leven, beweert hij altijd. Wat honing voor een beer is, is koffie voor een smeris.

Met de twee bekertjes in haar handen loopt Julia door naar de recherchekamer. Het is er rustig. Alleen Koenraad en Ari, twee collega-rechercheurs, zitten hun verslagen te tikken. Ze kijken beiden op van hun toetsenbord. Ari rolt zijn stoel wat naar achteren en vraagt: 'En, nog nieuws?'

Julia zet het bekertje koffie op Sjoerds bureau en neemt een slokje water.

'De dader heeft opvallend weinig sporen achtergelaten. Geen sporen van braak, geen voetstappen,' zegt ze. 'De achterdeur stond open, dus hij kon zo naar binnen lopen. En het is een slimmerik: hij heeft er goed voor opgepast om niet in het bloed van zijn slachtoffers te gaan staan.'

'Dat is bekend. Wij hebben de foto's ook gezien. Ik vroeg of er nieuws was.' Ari neemt niet de moeite om op te kijken van het toetsenbord.

'Oké. Sorry hoor. Ik dacht dat je de zaak wilde doorspreken.' Julia trekt een gezicht en schuift achter haar computer.

Ze weet dat Ari niet tot haar grootste fans behoort. Lange tijd heeft ze gedacht dat dat kwam doordat ze een vrouw is, maar dat lijkt er niets mee te maken te hebben. Er werken meer vrouwen bij de recherche en met hen gaat hij wel goed om. Sjoerd heeft het haar een keer uitgelegd toen ze in de kroeg zaten. Ze is te jong en te slim, volgens hem. Die combinatie zou Ari dwarszitten, omdat hij er zelf eindeloos lang over heeft gedaan om bij de recherche te komen. Toen kwam Julia binnen, om hem met grote stappen voorbij te gaan. Binnenkort gaat ze deelnemen aan de opleiding Operationeel Leidinggevende Leergang-Recherche, zodat ze in de toekomst in aanmerking komt voor de post van inspecteur. Ari voelt zich, om het zo maar te zeggen, bedreigd en op zijn pik getrapt, volgens Sjoerd.

Julia had een gezicht getrokken, een flinke slok van haar bier genomen en zich verdedigd door te zeggen dat ze een fotografisch geheugen had. Ze was cum laude afgestudeerd. Kon zij daar wat aan doen? Wantrouwig had ze haar collega aangekeken en gevraagd of hij er ook problemen mee had.

Met een brede grijns had Sjoerd haar aangekeken en zijn hoofd geschud. 'Natuurlijk niet. Je bent mijn partner en de beste rechercheur van mijn team. Ik heb er alleen maar voordeel van dat we samen zoveel zaken oplossen. Ik laat jou al het werk doen, neem alle lof in ontvangst en vraag daarna om salarisverhoging.'

Ze had gedaan alsof ze haar biertje in zijn gezicht wilde gooien, en daarna hadden ze samen gelachen. Hun samenwerking verliep vanaf het begin uitstekend. Als je de hele dag met elkaar optrekt, leer je elkaar snel beter kennen. Ze weet dat Sjoerd meer van Burger King dan van McDonald's houdt, wat hij tussen de middag op zijn brood eet, waar hij zich aan ergert en wat hem aan het lachen maakt. Ze weet dat zijn voorkeur uitgaat naar klassieke muziek, maar dat hij daar niet voor uit durft te komen, dat hij liever met kiespijn rondloopt dan naar de tandarts gaat en dat hij gek is op salmiaklolly's.

Ze kent Sjoerd zoals ze hem gekend zou hebben als ze een relatie met hem had gehad. Het grootste deel van de week brengen ze in elkaars directe nabijheid door, en delen ze de gevaarlijke, schokkende en mooie aspecten die hun werk met zich meebrengt. Je partner is zoveel meer dan alleen een collega. Wat dat betreft is het woord goed gekozen.

Julia moet er niet aan denken dat ze met iemand anders zou moeten werken, en zeker niet met Ari. Het idee alleen al; ze zou meteen om overplaatsing vragen.

Nog een beetje geërgerd over Ari's opmerking gaat ze aan het werk, maar al gauw is ze te veel in haar verslag verdiept om zich er nog druk over te maken.

In tegenstelling tot de meeste politieagenten heeft Julia geen hekel aan het papierwerk dat haar baan met zich meebrengt. Terwijl haar collega's zich iedere dag mopperend en klagend aan de administratieve rompslomp zetten, trekt zij zich graag even terug achter haar bureau, met een kop thee en een Mars binnen handbereik.

Een ritueel dat vandaag verstoord wordt door de hitte, waardoor ze de hele dag alleen maar water drinkt.

Tijdens een onderzoek moet alles wat ze doet op papier gezet worden. Van het kleinste gesprekje en iedere stap die ze buiten de recherchekamer zet, wordt een verslag geëist. Iedere dag weer.

Sjoerd neemt ook plaats achter zijn pc en gaat aan de slag. Ze zijn net een halfuur druk bezig als hoofdagente Riëtta de recherchekamer binnenkomt en een map op Julia's bureau legt: een verzameling tips die het buurtonderzoek heeft opgeleverd.

'Dank je, Riëtta,' zegt Julia, zonder haar vingers van het toetsenbord te halen.

'Alsjeblieft. Zijn dat de foto's van de plaats delict in de Bachstraat?' Riëtta vist een map foto's uit de wirwar aan papieren op Julia's bureau en bekijkt ze een voor een. 'Zijn er al aanwijzingen?' vraagt ze.

'Tot nu toe niet veel. We wachten op de rapporten van het Forensisch Instituut.'

'Maar wat denk je zelf?'

Vanuit haar ooghoeken ziet Julia dat Ari en Koenraad een blik wisselen, en ze draait hun de rug toe.

'Het lijkt op een afrekening,' zegt ze. 'Ruud Schavenmaker had nogal wat problemen met zijn allochtone buurtbewoners. Maar als iemand hem zat was, dan begrijp ik niet waarom zijn vriendin daar ook het slachtoffer van moest worden.'

'Misschien waren ze haar ook zat, of stond ze in de weg.'

'Volgens mij speelt er meer dan discriminatie alleen,' zegt Julia. 'Je weet wat voor een wijk de Donderberg is. Het zou een afrekening kunnen zijn.'

Op de Donderberg wonen veel verschillende nationaliteiten bij elkaar, wat tot grote spanning leidt tussen de allochtone en de autochtone bewoners. Daarnaast zit er een criminele kern, waardoor het er altijd onrustig is. Alleen al voor de drie probleemwijken van de stad, Het Veld, de Donderberg en De Kemp, zou je de hele geuniformeerde politiedienst fulltime aan het werk kunnen houden. Vechtpartijen in cafés, steek- en schietincidenten, drugshandel en afrekeningen, blauw kan het amper aan. En de mensen die in de wijken wonen, houden hun kaken stijf op elkaar. Niemand durft te getuigen of melding te doen van een misdrijf.

'Rechercheur Vriens heeft de zaak al opgelost.' Ari draait zijn stoel zo dat hij naar Julia kan kijken. 'In gedachten dan. Zonder een spoortje bewijs.'

'Dat heet rechercheren, Walraven,' zegt Julia. 'Naar bewijs moet je zoeken.'

'Nee, dat heet tunnelvisie, Vriens. Op basis van veronderstellingen naar bewijs zoeken.'

Julia zucht diep, schudt haar hoofd en wendt zich van haar collega af.

'Laat hem maar,' zegt Riëtta. 'Hij is gewoon een groot kind. Ik ga even koffie halen, wil je ook?'

'Ja, lekker. Dank je.'

'Lekker, Riëtta,' roept Ari. 'Je weet hoe ik hem drink, hè?'

'Ja hoor,' zegt Riëtta terwijl ze de recherchekamer uit loopt. 'Zo zwart als je ziel.'

Twintig rechercheurs van verschillende bureaus in Midden-Limburg worden op de zaak gezet. Onder hen zijn ook deskundigen die parttime voor het team werken, zoals de digitale recherche. De foto's en filmopnamen van de plaats delict worden bestudeerd en de misdaaddossiers van bewoners van de Roermondse wijk de Donderberg die een strafblad hebben, worden nageplozen.

Buurtonderzoek heeft uitgewezen dat het vermoorde stel niet erg geliefd was in de overwegend allochtone wijk. Als een van de laatste autochtone bewoners van de wijk, verzette Ruud Schavenmaker zich hevig tegen wat hij het verval van de buurt noemde. Duidelijk was dat hij daarmee niet alleen het achterstallige onderhoud aan flats en huizen bedoelde, maar vooral zijn buurtbewoners.

'Hij stond regelmatig te schelden tegen die Marokkaanse jongens,' verklaart een oudere vrouw, die in haar eentje in het huis naast Ruud en Kristien woont. 'Ze deden niets, ze stonden daar gewoon een beetje te roken en te praten, maar Ruud belde iedere keer de politie om ze uit elkaar te jagen. Vooral met die ene jongen, hoe heet hij, Rachid Amrani, had hij het altijd aan de stok. Hij maakte die jongen voortdurend voor rotte vis uit. Ik heb weleens gedacht: als dat maar goed gaat. Je kunt mensen niet eeuwig ongestraft discrimineren. Ik dacht: op een dag krijgt hij nog een mes in zijn buik, net als Theo van Gogh.'

Dat is niet gebeurd, denkt Julia. Maar veel verschil maakt het niet.

Aan het einde van de werkdag is Julia nog maar op de helft van haar papierwerk en is haar rug stijf van de lange zit achter haar computer. Ze mag dan geen hekel hebben aan verslagen schrijven, als ze zich ophopen is de lol er wel af. Liever is ze buiten, op weg ergens naartoe. Daarom paste het werk van surveillant zo goed bij haar. Ze hield ervan door de stad te lopen, te bemiddelen tussen kleine ruzies, in te grijpen als er ergens een vechtpartij uitbrak en zo nodig arrestaties te verrichten.

Toch heeft ze die kant van het politiebestaan vaarwel gezegd en haar kans gegrepen toen haar de mogelijkheid werd geboden om bij de recherche te komen. Sjoerd is degene die haar heeft aangeraden om de opleiding tot inspecteur te volgen waar ze nu mee bezig is. Een veeleisende studie, zeker naast een volledige werkweek, maar ze is ambitieus genoeg om hogerop te willen komen.

Snel ruimt Julia de rommel op haar bureau op, pakt haar tas en loopt naar de wapenkamer. Ze bergt net haar dienstpistool op als Sjoerd binnenkomt. Hij doet zijn schouderholster af en opent zijn kluisje.

'Ga je iets bijzonders doen vanavond?' vraagt hij, terwijl hij zijn spullen opbergt.

'Ik ga met Taco wat eten in de stad.'

'Gezellig.'

'Ja.'

Ze kijken elkaar aan.

'Nou,' zegt Julia, 'ik ga maar eens. Prettige avond.'

'Ja, jij ook. Tot morgen.'

Ze loopt weg, maar Sjoerd roept haar na. Met een vragend gezicht kijkt ze om.

'Wees voorzichtig,' zegt hij slechts.

Meer is het niet. Gewoon een waarschuwing en een moment van oogcontact. Maar het is genoeg. Julia knikt en loopt de gangen door, het politiebureau uit.

5

Het logo van Novotel is vanaf de snelweg duidelijk zichtbaar. De route naar het hotel wordt ook meteen aangegeven. Nathalie zet de richtingaanwijzer naar rechts aan en neemt de afslag.

Achter haar krijst Robbie op volle sterkte in zijn nieuwe autostoeltje. Daar is niets aan te doen, ze kan zich nu niet met hem bezighouden. Wat ze wel kan doen, is oogcontact met hem zoeken via de achteruitkijkspiegel en aan één stuk door alle kinderliedjes zingen die ze zich uit haar jeugd herinnert.

Veel helpt het niet. Af en toe valt Robbie stil om op adem te komen, waarbij hij haar met roodbehuilde ogen aankijkt, om even later met hernieuwde energie verder te schreeuwen.

Het kind is het zat, het wil de auto uit. Net als zij. De lange rit begint zijn tol te eisen: haar schouders zijn verkrampt, haar rug doet zeer en achter haar ogen klopt een beginnende hoofdpijn. Bovendien heeft ze honger. Haar darmen hebben het zakje paprikachips allang verteerd.

Ze zet haar auto in de parkeergarage van het hotel, haalt de buggy uit de kofferbak en klapt hem open. Robbie houdt meteen op met gillen als ze hem erin zet. Met een zucht van opluchting verwelkomt Nathalie de stilte.

Ze hangt haar tassen aan de handvatten – handig zo'n karretje – en rijdt de buggy voor zich uit naar de lift, die in de lobby van het hotel uitkomt.

'Guten Tag, Fräulein.' De receptioniste glimlacht vriendelijk en werpt een meewarige blik op Robbie, die met een rood gezicht nasnikkend om zich heen kijkt.

Op Nathalies vraag of er een kamer beschikbaar is, antwoordt de receptioniste bevestigend en pakt een formulier. Slordiger dan ze gewend is, vult Nathalie het formulier in, vist haar legitimatiebewijs uit haar tas en legt het op de balie.

De receptioniste bekijkt haar gegevens vluchtig. Gespannen wacht Nathalie af. Het is niet haar eigen naam in het paspoort, evenmin als die op haar rijbewijs. Beide documenten zijn vals, maar ze heeft de kwaliteit ervan nog nooit op de proef hoeven stellen. Ze houdt haar adem in, en laat hem opgelucht los als het meisje knikt.

Op Nathalies vraag of ze gebruik kan maken van internet, vertelt de receptioniste dat er draadloos internet is in de openbare ruimtes en op de kamers. De kosten zijn achttien euro per vierentwintig uur. Heeft Fräulein een laptop bij zich?

Nathalie heeft inderdaad een laptop meegenomen. Ze neemt de sleutelkaart van haar kamer in ontvangst en duwt de buggy met Robbie en haar bagage naar de lift. Haar kamer ligt op de derde verdieping. Met een vermoeide zucht haalt ze de sleutelkaart door de sleuf en gaat naar binnen.

Een grote kamer is het niet, maar hij biedt alles wat ze nodig heeft. Een bed dat veert als ze erop gaat zitten, een bureau, een zitje dat bestaat uit twee stoeltjes en een rond tafeltje, een televisie, een minibar en een badkamer met de belangrijkste toiletartikelen.

Ze parkeert Robbie voor de televisie, zoekt met de afstandsbediening een kinderprogramma en zet haar laptop op het bureau. Nadat ze het apparaat heeft aangesloten, komt het langzaam tot leven. Intussen inspecteert ze de inhoud van de minibar. Mooi zo, een flesje witte wijn. Daar is ze wel aan toe.

Terwijl ze de schroefdop opendraait, overvalt haar een enorm hongergevoel. Met één hand schenkt ze haar wijnglas vol en met de andere hand pakt ze de menukaart van het restaurant. Ze drinkt terwijl ze een keuze maakt, voelt de witte wijn haar droge keel verfrissen en haar spieren ontspannen. Al aardig licht in haar hoofd geeft ze haar bestelling door aan roomservice.

Internet is intussen opgestart. Gespannen begint ze haar zoektocht. Eerst googelt ze op lijk, Brabant en boerderij. Als dat niet de gewenste resultaten oplevert, typt ze de naam van het dorp in. Hits genoeg, maar voornamelijk over mooie Brabantse boerderijen. De enige treffers waar het woord 'lijk' in voorkomt, is in woorden als 'onmiddellijk' en 'onbederfelijk'. Ook als ze die zoekterm vervangt door 'lichaam' en 'dood' en 'moord', komt er niets bijzonders in beeld. Toch heeft iemand haar gebeld met Vincents telefoon, dus zijn lichaam moet gevonden zijn. Misschien houdt de politie het nog even stil. Hoe dan ook, zolang zij niet opneemt, kunnen ze er onmogelijk achter komen waar ze zit. Ze is niet achterlijk, ze weet heel goed dat ze via haar gsm te traceren is. Of dat ook mogelijk is als hij uitstaat, weet ze niet. Ze gelooft van niet.

Achter haar begint Robbie te jammeren. Nathalie kijkt om en komt overeind.

'Dat is waar ook. Jij wilt zeker wel iets eten, hè mannetje? Je zit daar zo zoet, ik was je bijna vergeten.'

Ze haalt een warmhouder voor potjesvoeding uit haar tas, vult hem voor de helft met water en zet er een potje met een oranje substantie in: worteltjes met vis. Het duurt even voor het water opgewarmd is, en nog langer voor ook de worteltjes een aangename temperatuur hebben. Robbie begint te morren en om hem af te leiden, hurkt Nathalie bij hem neer en zwaait met zijn nieuwe speeltjes voor zijn neus.

Dat vindt hij leuk. Hij beloont haar met zo'n stralende lach dat het Nathalie ontroert. Ze hurkt bij Robbie neer en kriebelt hem op zijn buikje.

'Moet jij lachen, vent? Zit jij daar plezier te hebben in je buggy?'

In reactie op haar aandacht straalt Robbie van oor tot oor en maakt hij vrolijke geluidjes, die Nathalie aanmoedigen hem nog een keer te kietelen. Het kind schatert het uit. Ze trekt gekke bekken tegen hem en zingt komt-een-muisje-aangelopen terwijl ze haar vingers via zijn beentje naar zijn zij laat wandelen. Robbie vindt het allemaal prachtig.

Met enige verwondering bedenkt Nathalie dat ze nooit heeft geweten dat een baby zo vroeg een eigen persoonlijkheid heeft. Zeven maanden en hij heeft al gevoel voor humor. Zijn ogen volgen iedere beweging die ze maakt, en iedere vorm van aandacht wordt beloond met aandoenlijke keelklanken die voor lachen moeten doorgaan.

Er klinkt een bescheiden klopje op de deur. Nathalie kijkt om en haar hart begint sneller te slaan.

Ze komt overeind en loopt naar de deur, maar doet niet open. 'Ja?'

'Roomservice,' klinkt een mannenstem aan de andere kant.

Nathalie opent de deur een klein stukje, zodat ze net naar buiten kan kijken. Er staat iemand met een dienblad in zijn handen in de gang. Ze bedankt de man, neemt het blad aan en duwt met haar voet de deur weer dicht.

De biefstuk en de gebakken aardappeltjes verspreiden een heerlijke geur. Ze zet het dienblad op het tafeltje en loopt naar de badkamer om Robbies worteltjes te halen. Handig, die buggy. Een goed idee om die ook meteen aan te schaffen. Ze kan hem naast haar stoel zetten en Robbie voeren terwijl ze zelf eet.

Nog nooit heeft ze haar bord zo snel leeggegeten, maar ze heeft ook nog nooit zoveel trek gehad. De maaltijd doet haar goed; de vermoeidheid en het sombere gevoel waarmee ze in het hotel aankwam, beginnen weg te ebben.

Desondanks gaat ze vroeg naar bed. Robbie valt in zijn buggy in slaap. Het reiswiegje staat nog op de achterbank van de auto, maar ze heeft geen zin om het te halen. Ze gooit haar hoofdkussen op de grond om ruimte te maken voor Robbie, en legt hem in bed.

Hij is altijd vroeg wakker, dus van uitslapen zal wel niets komen. Maar dat is ze ook niet van plan. Morgen heeft ze weer een lange dag in de auto voor de boeg.

Tot haar ergernis lukt het haar niet om in slaap te komen. Herinneringen komen in het donker aandrijven en er is niets wat ze kan doen om ze tegen te houden. Alsof de stop die ze heeft tegengehouden er plotseling is uitgetrokken, zo snel komen ze op haar af.

Rusteloos draait ze zich om en om, overgeleverd aan alles wat er uit de hoeken en gaten van haar geheugen tevoorschijn komt.

6

Tot haar twaalfde had Nathalie een redelijk goede verstandhouding met haar vader. Hij was een grote, stevige en intelligente man, een selfmade miljonair, geboren in een slecht aangeschreven buurt in Roermond. Als jongeman begon hij zijn carrière als ondernemer met een louche autobedrijfje, waar hij zich snel mee verrijkte. Vervolgens gebruikte hij zijn scherpe zakelijk inzicht om te speculeren in de vastgoedbranche. Het leverde hem een vermogen op, een groot huis in de chique wijk Kitskensdal, en een mooie vrouw met wie hij twee dochters en een zoontje kreeg. Nathalie was tien en Cécile zestien toen hun wereld abrupt veranderde.

Hun moeder en jonge broertje, een ongepland nakomertje, stierven door een ongeluk, en vanaf dat moment veranderde hun vader in een stille, norse man. Van nature was hij gezellig en joviaal, een echte levensgenieter, maar na de dood van zijn vrouw veranderde dat. Rond die tijd moest hij ook een paar gevoelige financiële klappen incasseren. Het dure huis werd verkocht en maakte plaats voor een gewoon rijtjeshuis. Vanaf dat moment leek een totaal andere persoonlijkheid bezit te nemen van Samuel. Uiterlijk leek hij nog wel op haar vader, maar de man die geregeld scheldend door het huis liep, te veel dronk, met spullen smeet en zijn dochters sloeg, herkende Nathalie niet meer.

Vooral Cécile moest het ontgelden. Vijfenhalf jaar ouder dan Nathalie was ze opstandiger en brutaler dan haar zusje. Diverse keren was Nathalie er getuige van hoe haar vader de deur forceerde van Céciles kamer, waar ze zich in opgesloten had.

Als de deur eindelijk uit zijn scharnieren vloog, kroop Nathalie weg achter het gordijn in de woonkamer en bedekte ze haar oren met haar handen om het geluid van de klappen en Céciles gegil niet te hoeven horen. Op haar achttiende ging Cécile het huis uit, en daarna zag Nathalie haar niet zo vaak meer.

'Gelukkig heb ik jou nog,' zei haar vader. 'Beloof me dat jij later niet zo wordt als je in de puberteit komt.'

Nathalie beloofde het en ze meende het serieus. Nooit zou ze haar stem verheffen tegen haar vader, zoals Cécile kon doen, en ze zou er niet over peinzen om zich te verzetten als ze een pak rammel kreeg. Daarmee maakte je het alleen maar erger, dat had ze zelf gezien. Sterker nog, ze zou haar uiterste best doen om haar vader geen aanleiding te geven haar te slaan.

Er waren ook geen tekenen die erop wezen dat het zover zou komen. Haar vader was stapelgek op haar.

'Jij bent mijn cadeautje,' zei hij altijd. 'Mijn kleine prinses.'

Met haar donkere krullen en bruine ogen had ze van jongs af aan vertederde blikken getrokken. Haar vader haalde daar graag herinneringen aan op.

'Waar we ook kwamen, overal complimenteerden de mensen je moeder en mij met zo'n lief dochtertje,' zei hij. 'Of je nou viool speelde op school of meeging om boodschappen te doen, overal keken de mensen vol vertedering naar je.' Hij keek haar onverwacht aan. 'Waarom speel je nooit meer viool? Doe je ouwe vader een plezier en speel een stukje.'

Tegen de tijd dat ze dertien werd, had Nathalie niet meer zoveel zin om op commando viool te spelen om haar vaders driftbuien te voorkomen. Al zat ze nog maar net in de brugklas, ze had niets van het kinderlijke dat veel van haar vriendinnetjes kenmerkte. Ze menstrueerde al, kreeg borsten en ze kon haar belangstelling voor make-up en jongens maar moeilijk verbergen. Zo jong als ze was, begreep ze dat haar vader geen afscheid wilde nemen van zijn kleine meisje. Dus verborg ze haar lichaam en deed ze alsof ze nog steeds plezier schepte in de dingen die ze vroeger leuk vond, zoals naar de dierentuin gaan en met haar vader bordspelletjes spelen.

Ze durfde de badkamer niet op slot te doen, maar als ze haar vader naar boven hoorde komen, haastte ze zich haar bh en slipje aan te trekken. Niet dat hij expres binnenkwam, maar hij vond dat ze niet moeilijk moest doen als hij even naar het toilet wilde of zijn scheerapparaat wilde pakken.

'sAvonds op de bank trok hij haar tegen zich aan, zoals hij altijd had gedaan, en ze durfde niet te protesteren. Hij legde haar dingen uit die op het journaal te zien waren, vertaalde grapjes uit Engelse comedy's. Ze probeerde te verhullen dat ze de Engelse taal goed machtig was. Op een keer was ze zo onvoorzichtig om hem te corrigeren, wat hem in woedend geschreeuw deed uitbarsten. De mep om haar hoofd was de eerste van vele.

Het moet de verandering zijn geweest. Haar vader hield er niet van om ergens zijn grip op te verliezen. De dood van zijn vrouw en zoontje, de instortende aandelenmarkt, twee opgroeiende dochters die hem ieder jaar minder nodig hadden: alles dreigde hem uit handen te glippen. Nathalie, zijn kleine meisje, was zijn grote trots en liefde. Maar ook zij werd groter en er was niets wat hij kon doen om dat tegen te houden.

Niemand had ooit iets in de gaten, geen klasgenoot of leerkracht. De vriendinnen van haar vader moeten het geweten hebben, maar ze grepen nooit in, en als de relatie eenmaal over was, zag Nathalie ze nooit meer terug. De buren zouden de geweldsuitbarstingen toch minstens een paar keer gehoord moeten hebben, maar er was niemand die een kijkje kwam nemen. Zelfs Cécile liet zich niet meer zien. Ze studeerde in Amsterdam en kwam amper thuis. Af en toe belde ze wel, maar omdat ze toch te ver weg was om iets voor haar te kunnen doen, antwoordde Nathalie ontwijkend op haar vraag hoe het met haar ging.

Slim als hij was, zorgde haar vader er wel voor dat hij haar niet sloeg op plekken waar de sporen zichtbaar waren. De kneuzingen en blauwe plekken kon Nathalie zonder al te veel moeite onder haar kleding verbergen, de innerlijke schade was helemaal niet te zien.

Achteraf begrijpt ze niet goed waarom ze, voor ze Vincent ontmoette, nooit iemand in vertrouwen heeft genomen. Uit schaamte misschien. Of omdat haar vader zich na ieder pak slaag zo berouwvol toonde en dan minstens een week de gezellige, liefdevolle vader liet zien die hij kon zijn. In die periode waren ze weer maatjes. Van die vader hield ze, hij was alles wat ze had. Ze spande zich tot het uiterste in om niet zijn misnoegen op te wekken en zo die andere kant van hem tevoorschijn te halen. Maar het maakte niet uit. De klappen kwamen evengoed.

7

Julia woont in de Koninginnelaan, op de hoek van een rijtje opvallende vierkante woningen, voorzien van veel glas, wat ze een moderne uitstraling geeft. Het huis ligt prettig dicht bij het centrum en nog dichter bij haar werk. Als het moest zou ze het zelfs lopend afkunnen, maar meestal pakt ze haar fiets. Ze heeft wel een auto, maar die is voor privégebruik en staat bijna de hele week ongebruikt voor de deur. Eigenlijk heeft ze hem niet nodig, maar ze weigert hem weg te doen. Haar auto is zo'n beetje de enige vorm van luxe die ze zichzelf toestaat.

Aan uitgaan heeft ze geen behoefte, de bioscoop trekt haar maar een of twee keer per jaar, ze rookt niet, drinkt matig. Welbeschouwd is er weinig waar ze haar geld aan opmaakt. Dat spaarzame gedrag heeft het haar ook mogelijk gemaakt om het vrij dure huis dicht bij het centrum te kopen. Ze houdt van haar woning, die licht en ruim is, en een achtertuin heeft waar Morf de hele dag rondsluipt, als een leeuw die zijn territorium bewaakt.

Als ze die dag thuiskomt, draait de zwarte kater om haar enkels, druk kopjes gevend.

'Hé mannetje, heb je honger? Zal ik je bakje eens even bijvullen?' Julia trekt een blikje kattenvoer open en schraapt de inhoud met een lepel in Morfs bakje. Op slag heeft het dier al zijn belangstelling voor haar verloren en schrokt hij gulzig zijn eten op. Julia negeert de stapel afwas op het aanrecht en loopt meteen naar boven, naar de badkamer.

Terwijl de lauwe stralen van de douche korte metten maken met het zweet en stof van de dag, denkt Julia aan Taco.

Ze hebben elkaar ontmoet op het verjaardagsfeestje van Melanie, Sjoerds vrouw. Normaal gesproken stelt Julia zich nogal terughoudend op als ze iemand niet kent, maar nu werden haar ogen als door een onzichtbaar magnetisch veld naar Taco toe getrokken. Hij leek te mooi om waar te zijn: aantrekkelijk en niet getrouwd, verliefd of verloofd.

Zodra de stoel naast haar vrijkwam, ging Taco er zitten en richtte hij zich geheel op haar. Heel onbeleefd zaten ze met hun rug naar de andere gasten toe, in gesprek alsof ze elkaar al jaren kenden, op een eilandje waar het gepraat van de anderen hen als het kabbelen van golven bereikte.

Zonder enige terughoudendheid wisselden ze aan het einde van de avond telefoonnummers uit, maar toen ze allebei tegelijk opstapten, keken ze elkaar aan en besloten dat ze net zo goed nog iets konden gaan drinken.

Dat was het begin van een los-vaste relatie, die nu twee maanden duurt. Erg serieus kan Julia het niet noemen, maar dat vindt ze niet erg. Of Taco de ware voor haar is betwijfelt ze, maar ze hebben het leuk en voorlopig vindt ze het prima zo. Sjoerd is wat minder te spreken over haar verhouding met Taco.

'Die man gaat jou niet gelukkig maken,' heeft hij ronduit gezegd, meteen na de eerste avond dat ze met Taco op stap was geweest.

'O nee?' reageerde Julia, gepikeerd door zijn gebrek aan vertrouwen in haar oordeel. 'En waar baseer je dat op?'

'Ik ken hem,' zei Sjoerd eenvoudig, en daar moest ze het mee doen.

Na acht weken weet Julia nog steeds niet precies wat hij daarmee bedoelde, al heeft ze er wel een vermoeden van. Sjoerd is de rust zelve, onverstoorbaar en gelijkmatig van humeur. Logisch dat hij niet veel opheeft met iemand die overal de spil van het gezelschap is. Taco heeft iets over zich dat ervoor zorgt dat mensen om hem heen cirkelen als planeten rond de maan. Mannen leggen graag een biljartje met hem, vrouwen voelen zich gevleid door zijn aandacht. Het type man bij wie je groeit door zijn belangstelling, omdat hij je het gevoel geeft dat je ertoe doet.

Julia zet de douche uit en droogt zich af. Niet voor het eerst wenst ze dat ze de zaak waar ze nu mee bezig is met haar vader zou kunnen bespreken. Hij was ook rechercheur, bij zedendelicten, en zijn verhalen en bevlogenheid wekten op jonge leeftijd Julia's interesse voor het vak. Tegen de zin van haar moeder, die haar dochter niet graag zo'n zwaar en gevaarlijk beroep zag kiezen, besloot Julia naar de politieacademie te gaan. De opleiding was haar op het lijf geschreven, en mede dankzij haar fotografische geheugen studeerde ze als een van de besten van haar jaar af.

Ze herinnert zich nog goed hoe ze zich toen voelde. De behoefte om iets te betekenen voor de wereld, om een verschil te maken. Vooral haar eerste zaak als rechercheur, waarbij een jong echtpaar bij een roofoverval werd vermoord en hun zoontje van vier zwaargewond op de intensive care belandde, greep haar aan. Voor haar was het meer dan werk, het werd een erezaak om de jongen, die de aanslag overleefde, te laten opgroeien in de wetenschap dat de moordenaar voor zijn daad had moeten boeten. Zelfs toen de dader allang achter de tralies zat, bleef ze zich betrokken voelen bij het jongetje en naar hem informeren.

De dag dat ze voor het eerst een uniform droeg, hebben haar ouders niet meegemaakt, zoals ze het grootste deel van haar puberteit hebben gemist. Ze kwamen beiden om bij een auto-ongeluk toen Julia vijftien was. Hun auto botste frontaal op een vrachtwagen die op de verkeerde weghelft reed.

Het was Emma, haar oma van vaders kant, die haar in huis nam, die bij alle diploma-uitreikingen aanwezig was, haar studie volgde en alle verhalen over haar eerste ervaringen op straat aanhoorde. Ze leefde met Julia mee en moedigde haar aan als de agressie en het geweld haar even te veel werd. Nog steeds is hun band onverbrekelijk sterk, en ze gaat zo vaak mogelijk naar haar oma toe.

Ze hebben afgesproken bij een restaurant aan het Munsterplein. Taco zit er al en geniet op het terras van een biertje en het gezelschap van twee Duitse meisjes, toeristen zo te zien, van wie hij meteen afscheid neemt als hij Julia ziet aankomen.

'Dag lieffie.' Hij staat op, slaat zijn arm om haar heen en geeft haar een warme kus. 'Hard gewerkt vandaag? Nog een paar boeven gevangen?'

Julia lacht en neemt plaats op de stoel naast hem. 'Was het maar waar. Iedere dag een paar boeven... dan was ik zo hoofdinspecteur.'

'Doe maar niet. Rechercheur is mooi genoeg. Mijn vrienden willen nu al niet meer met me omgaan uit angst voor jou.'

Ze grinniken naar elkaar en Taco bestelt een rosébiertje voor Julia. 'Dat wil je toch?' zegt hij, als de serveerster de bestelling al heeft opgenomen.

'Welja.' Het maakt Julia niet veel uit. De laatste keer dat ze uitgingen, dronk ze inderdaad rosébier, maar eigenlijk geeft ze niet veel om alcohol. Een colaatje vindt ze ook prima.

'Wat is het warm, hè?' zegt Taco. 'We kunnen wel buiten eten.'

'Ja, laten we dat doen. Het is gezellig hier.' Ontspannen leunt Julia naar achteren en kijkt naar het Munsterplein, waar mensen bij elkaar staan of wat flaneren. Er hangt een gemoedelijke, lome zomeravondsfeer. De terrassen zitten vol, overal klinkt gelach en gepraat. In het midden van het plein staat een muziekkapel, waar een orkestje neerstrijkt, dat veel bijval krijgt zodra het begint te spelen.

Julia en Taco bestellen iets te eten. Terwijl ze wachten, kijken ze naar de gezellige drukte om hen heen en bespreken ze hun dag, al is Julia voorzichtig met wat ze hem vertelt. De meeste informatie is vertrouwelijk, dus ze kan niet al te openhartig zijn. Daarbij roept ieder woord beelden op op haar netvlies waar ze niet op zit te wachten. Al in een vroeg stadium van haar carrière bij de recherche heeft ze zichzelf verboden haar werk mee naar huis te nemen, en al lukt dat nooit helemaal, ze probeert het zo goed mogelijk.

Liever vraagt ze Taco uit over zijn dag. Hij is rijinstructeur en kan smakelijk vertellen over de capriolen die zijn leerlingen uithalen in het verkeer.

'En toen zette ze haar richtingaanwijzer naar rechts, dus ik denk: ze gaat naar rechts. Slaat ze links af, zó de weg op. De auto achter haar ging net inhalen en kon ons nog net ontwijken, met een enorme bocht en gierende claxon. Goeie god, ik schrok me dood,' vertelt Taco.

'En je leerlinge?' informeert Julia.

'Die reed gewoon door. "Oeps," zei ze. Oeps!'

Julia schudt lachend haar hoofd. 'Mensen vragen zich vaak af wat me bezielt om bij de politie te werken, maar volgens mij is jouw beroep veel gevaarlijker.'

'Je moet in ieder geval overal op bedacht zijn. Vooral op leerlingen die het verschil tussen links en rechts niet kennen. En dat zijn er nogal wat.'

Het eten wordt gebracht en ze beginnen aan hun maaltijd zonder hun gesprek te onderbreken.

'Ik kan me nog zo goed herinneren dat ik pas mijn rijbewijs had,' zegt Julia. 'Net twintig was ik. Ik ging toen met Don.'

'Je vriendje van de middelbare school.'

'Ja, precies. Hij lag in het ziekenhuis voor een knieoperatie en ik mocht zijn auto lenen. Op een dag regende het heel hard en ik besloot met de auto naar het ziekenhuis te gaan om hem te bezoeken. Autorijden was geen probleem, maar inparkeren kon ik nog niet zo goed. Natuurlijk was het ontzettend druk op de parkeerplaats van het ziekenhuis, maar op een gegeven moment vond ik een plekje en wurmde die auto erin. Vlak naast een grote stationcar. Er was zo weinig ruimte over dat ik mijn portier niet eens een klein stukje kon opendoen. Ik probeerde te corrigeren, maar toen ik voorzichtig achteruitreed, kwamen mijn banden in een goot terecht, waardoor de auto heen en weer schokte. Ik was bang dat ik die stationcar zou raken als ik meer gas gaf, dus liet ik het maar zo en hoopte dat de eigenaar eerder terug zou zijn dan ik.'

Taco grinnikt. 'Maar dat was hij zeker niet?'

'Nee. Ik stapte via het andere portier uit en ging bij Don op bezoek. Het hele bezoekuur zat ik door het raam te kijken of die stationcar al weg was. Uiteindelijk vroeg Don waarom ik steeds naar buiten zat te kijken en heb ik opgebiecht wat er aan de hand was. Hij hing een ingewikkeld verhaal op over alle manoeuvres die ik moest maken om meer ruimte tussen die twee auto's te krijgen, maar hij zag aan mijn gezicht dat ik er niets van begreep. Dus beloofde hij me mij er via mijn mobieltje uit te praten. Ik moest hem bellen zodra ik achter het stuur zat.'

'En toen?' Taco luistert met een lachend gezicht.

'Zodra ik in de auto zat belde ik hem op, maar opnemen ho maar. Ik wist dat hij me kon zien vanuit zijn bed, dus ik zwaaide driftig met mijn mobieltje door het autoraampje. Tot ik bedacht dat hij misschien opgehaald was voor foto's of zo. Er zat niets anders op dan het toch maar zelf te proberen.' Er verschijnt een brede grijs op Julia's gezicht. 'Een lawáái dat ik geproduceerd heb! In mijn zenuwen gaf ik veel te veel gas, waardoor de motor als een gek brulde, waarna ik weer op mijn rem stond en heen en weer schudde in die goot. Uiteindelijk zag ik een oudere heer voorbijkomen en heb ik om hulp gevraagd. Hij reed Dons auto keurig naar achteren en ik kon weg. Toen ik nog even naar Dons raam keek, zag ik hem met een spierwit gezicht naar buiten kijken.' Julia schiet in de lach bij de herinnering. 'Hij had net een arts op bezoek toen ik belde. Die dokter ging een heel gesprek met hem aan, maar het enige wat hij hoorde was dat verschrikkelijke lawaai dat ik maakte met zijn auto. Het zweet brak hem uit!'

Taco barst in lachen uit.

'En toen de dokter eindelijk weg was, zag hij een vreemde kerel in zijn auto zitten terwijl ik buiten stond. Die man had zo weg kunnen rijden!' voegt Julia eraan toe.

'Als je een lesje speciale verrichtingen nodig hebt, wil ik je dat met alle plezier geven, hoor.' Taco schudt lachend zijn hoofd.

'Nee, dank je. Door schade en schande ben ik wijs geworden en nu kan ik in- en uitparkeren als de beste. Maar je hebt geen idee hoe lang ik nog briefjes onder ruitenwissers heb gestopt!'

Weer lachen ze, een geluid dat op de hoek van het terras overdreven hard wordt nagedaan. Verbaasd kijkt Julia in de richting van het groepje jongeren dat daar zit. Ze zijn een jaar of achttien en amuseren zich met het nadoen van de mensen in hun omgeving, onder wie Taco en Julia. Twee meisjes lopen het terras op en kijken om zich heen, zoekend naar een vrij tafeltje. Een van hen heeft een omvangrijk achterwerk, wat aan de heren allerlei beledigende opmerkingen ontlokt.

'Nou ja, zeg.' Julia fronst geërgerd haar wenkbrauwen. 'Wat een stel idioten.'

Taco zakt iets onderuit en bestudeert het gezelschap met gefronste wenkbrauwen. Een van de jongens vangt zijn blik, zakt eveneens onderuit en imiteert zijn gezichtsuitdrukking. Met zijn ogen op Taco gericht, bromt hij iets tegen zijn vrienden, die in lachen uitbarsten. Vervolgens wenden ze zich weer tot de twee meisjes, die elkaar onzeker aankijken.

'Hé!' Taco gaat rechtop zitten. 'Schei daar eens mee uit!'

Er daalt een stilte over het terras, waarin de jongeren Taco een paar seconden verbaasd aankijken.

'Had je wat?' roept de jongen, weinig origineel.

'Ja, ik heb zeker wat. Jullie bederven de sfeer, dus rot even een eind op!' roept Taco terug.

Op het puntje van haar stoel volgt Julia de woordenwisseling die ontstaat. Ze houdt een diepe zucht binnen.

'Laat nou maar,' zegt ze tegen Taco. 'Ze houden toch niet op, en nu zeker niet meer. Negeer ze.'

De groep is echter niet van plan om hen te negeren. De jongen met de grootste mond, degene die Taco onderuitgezakt belachelijk maakte, staat op.

'Moet ik even bij je komen?' dreigt hij.

'Ja, kom maar!' Taco schuift zijn stoel naar achteren en gaat eveneens staan. Hij schudt de hand van Julia, die hem tegen wil houden, van zijn arm en loopt om het tafeltje heen het terras op. Zijn tegenstander kan nu niet meer achterblijven en komt hem tegemoet. Halverwege treffen ze elkaar. De jongen zet zijn handen in zijn zij, klaar om een grote mond op te zetten, maar Taco heeft een ander soort communicatie in gedachten. Zonder waarschuwing brengt hij zijn rechterarm naar achteren en stoot hem vervolgens vol kracht naar voren. Zijn vuist raakt de jongen aan de zijkant van zijn gezicht. Verrast door de klap valt hij achterover op een van de tafeltjes. De gasten vliegen met een gil van schrik overeind, borden vallen kletterend aan stukken, er klinkt glasgerinkel.

Even is er een moment van verwarring, dan springen de andere jongens op uit hun stoelen. Dreigend komen ze op Taco af, die hen met ijskoude blik opwacht.

Tegen zo'n overmacht is hij nooit opgewassen, beseft Julia. Ze staat op, loopt op het groepje af en zegt op overredende toon: 'Vooruit jongens, kappen nu, anders bel ik de politie.'

Met een paar stappen is de leider van het groepje bij haar en geeft haar een flinke duw. 'Ben je wel goed wijs, bitch? Waar bemoei je je mee?'

Voor hij haar een tweede zet kan geven, heeft Julia hem vastgegrepen en draait ze zijn arm zo ver op zijn rug dat hij het uitschreeuwt.

'Kappen, zei ik. Ik ben nu nog aardig, maar als je me nog een keer aanraakt, dan breek ik je arm.' Ze laat de jongen los en geeft hem een duw, zodat hij struikelt en bijna valt.

Er gaat spontaan een applausje op bij de andere gasten op het terras. Een paar mannen staan op en komen bij Taco en Julia staan om assistentie te verlenen. Dat is het sein voor de jongens om ervandoor te gaan. Wat achterblijft zijn de scherven op de grond, de verbouwereerde gasten en een mopperende restauranthouder.

'Zo, dat was lachen, hè?' grinnikt Taco als ze afgerekend hebben en de stad in lopen.

'Lachen? Hoe kom je daar nou bij? Het was helemaal niet lachen!' Verontwaardigd kijkt Julia hem aan. 'Of vind je het soms leuk om mensen op hun gezicht te slaan?'

'Wel als ze erom vragen, en die gasten vroegen erom. Als niemand ooit iets doet, kunnen dat soort ettertjes gewoon hun gang gaan. Daar pas ik voor,' zegt Taco op heftige toon.

'Dat begrijp ik wel, maar...'

'Maar wat? Wat had ik dan moeten doen? Toestaan dat die twee meiden werden beledigd en dat onze avond werd verpest? Dacht het niet.'

Julia zucht diep. Als rechercheur is ze er niet op uit om vechtpartijen te stimuleren, maar aan de andere kant wil de politie een gemeenschap creëren waarin mensen niet wegkijken maar voor elkaar opkomen. Dat daar weleens klappen bij vallen, is niet te vermijden.

'Eigenlijk,' zegt ze, en een glimlach verspreidt zich langzaam over haar gezicht, 'eigenlijk ben ik wel trots op je.'

'Als ik niets gedaan had, zou ik er de hele nacht opgefokt wakker van hebben gelegen.'

'Echt waar?'

Taco knikt. 'Zeker weten. En o ja, nog wat: bemoei je er de volgende keer niet mee, wil je?'

'Pardon?' zegt Julia verbaasd.

'Ik heb geen hulp nodig bij dat soort gasten,' zegt Taco kortaf. 'En zeker niet van mijn vriendin.'

8

'Was het gezellig gisteravond?' informeert Sjoerd. Ze lopen naar de briefingzaal voor een vergadering over de meest recente ontwikkelingen in het onderzoek.

'Ja hoor, het was leuk,' zegt Julia slechts.

Ze is niet ingegaan op Taco's opmerking dat hij haar hulp niet nodig heeft, maar die is wel blijven hangen. Hun afscheid verliep nogal koel en ze weet niet goed of ze hem vandaag zal sms'en of niet.

'Ik zag jullie nog.' Ari komt naast hen lopen. 'Op het Munsterplein. Is dat je nieuwste scharrel? Is die gast niet veel jonger dan jij? Het leek wel een studentje.'

Julia draait zich om naar de ET-pop. 'Hé, Ari,' zegt ze. 'Je ziet er goed uit vandaag. Afgevallen?'

Ari negeert haar opmerking en grijnst breed.

'Ik had vorige week toch een date kunnen hebben!' zegt hij. 'Zit ik gewoon een biertje te drinken in de kroeg, komt er een bloedmooie meid op me af stappen. En me versieren, hè, niet normaal. Als ik had gewild, had ik haar zo mee naar huis kunnen nemen, mijn bed in.'

'Als je vrouw daar niet toevallig al lag,' zegt Julia verveeld.

Ari's pocherige verhalen over zijn liefdesleven dreigen legendarisch te worden op het bureau, en zoals altijd negeert hij iedere toespeling die hem op zijn burgerlijke status wijst.

'Echt, die meid was sensationeel. En ik ben kritisch, hè, dat weet je. Voor mij moet een vrouw een lekker kontje hebben, een paar goeie tieten en natuurlijk een mooi figuurtje.'

'Origineel,' vindt Sjoerd.

'Origineel of niet, dat moet ze gewoon allemaal hebben. Klaar!'

Irritatie golft in Julia omhoog. 'O ja?' zegt ze met een kritische blik op Ari's lichaam, dat aan de dikke kant is voor een rechercheur. 'En wat heb je zelf te bieden?'

Haar collega verspert haar de doorgang door wijdbeens voor haar te gaan staan, met de handen in de zij. 'Julia Vriens, zolang ik me kan herinneren...'

'En dat is ongeveer een halfuur terug,' interrumpeert Julia, terwijl ze langs hem heen stapt.

'Loop nou maar door, Ari. We hebben een briefing,' spoort Sjoerd hem aan.

Julia is de vergaderzaal al binnengelopen en zoekt een stoel uit.

Hoofdschuddend laat Sjoerd zich naast haar neer zakken. 'Je moet je niet zo laten opfokken. Je weet toch hoe hij is.'

'Ja, maar het went nooit. Goddank dat hij mijn partner niet is. We zouden aan rechercheren niet meer toekomen.'

Intussen loopt het zaaltje vol politiemensen, onder wie informatiespecialisten, analisten en andere deskundigen. Iedereen zit te praten, maar zodra hoofdinspecteur Maarten Ramakers naar het whiteboard loopt, valt het gezelschap stil.

'Goed, dames en heren. De bevindingen van het NFI inzake de Bachstraat zijn binnengekomen.'

Ramakers geeft een korte samenvatting van de gebeurtenissen van de afgelopen dagen, waar iedereen aandachtig naar luistert.

'Woensdag 3 juli, de dag waarop de moorden zijn gepleegd, was een mooie zomerdag,' zegt Ramakers. 'Er waren veel mensen op straat. Rond het middaguur, om een uur of halftwaalf, hebben diverse getuigen gezien dat een jonge vrouw haar Alfa Romeo in de Bachstraat parkeerde. Ze belde aan en Kristien Moors heeft haar binnengelaten. De vrouw had schouderlang donker haar. Op de bank in de woonkamer zijn twee donkere haren aangetroffen die niet aan de slachtoffers toebehoorden, en dus mogelijk van de bezoekster waren. De gevonden haren waren autosomaal, wat betekent dat er haarwortels aan zaten, waardoor er een sluitend DNA-profiel gemaakt kon worden. Helaas was er geen match met de DNA-profielen in het databestand.'

Ramakers draait zich om en schrijft een paar tijden op het whiteboard.

'Tussen 12.15 en 12.30 uur is de vrouw vertrokken. Volgens getuigen waren Kristien Moors en Ruud Schavenmaker rond 13.00 uur nog in leven. Op dat tijdstip hebben ze voor het huis een praatje gemaakt met de buren. Vervolgens zijn ze naar binnen gegaan om een lunchpakket te maken, want ze zouden naar de Maasplassen gaan. Ze zijn echter niet meer naar buiten gekomen. Toen de buurvrouw achterom binnenkwam, zag ze Kristien in de keuken liggen.' Hij tikt met zijn schrijfstift op het whiteboard. 'Dat was om 14.40 uur, dus ergens tussen 13.00 en 14.35 uur is de moordenaar het huis binnengedrongen. Op de bel van de voordeur zijn vingerafdrukken gevonden die overeenkomen met vingerafdrukken die op het theeglas van de bezoeker zaten. Helaas komen ze niet voor in het databestand, dus daar schieten we op dit moment niets mee op. De identiteit van de vrouw in de Alfa Romeo is nog onbekend. Die van de moordenaar ook, want hij is erin geslaagd geen enkel spoor achter te laten. Geen vingerafdrukken, niets. Wel is uit het buurtonderzoek naar voren gekomen dat er een zilvergrijze Porsche gezien is in de Bachstraat. Een paar straten verderop is hij gestopt, maar niemand heeft het kenteken genoteerd.'

'Er rijden zoveel dure auto's rond in die buurt,' zegt Koenraad. 'En die zijn lang niet allemaal verdiend met hard en eerlijk werken.'

'Zijn de schoten door niemand gehoord?' vraagt Sjoerd.

Ramakers schudt zijn hoofd. 'De moordenaar moet een geluiddemper hebben gebruikt. Alle ramen en deuren in het huis stonden open. Zonder geluiddemper was de hele buurt opgeschrikt. De slachtoffers zijn beiden door het hoofd geschoten, Ruud Schavenmaker ook twee keer in de borst, met een negenmillimeterpistool, waarschijnlijk een Smith & Wesson.'

Hij raadpleegt zijn papieren en gaat over tot het volgende punt. 'Helaas zijn er erg weinig sporen gevonden in en rond de woning, maar wat we wel hebben is speeksel. Er zat een flinke plek op het shirt van Ruud Schavenmaker. Het forensisch lab heeft onderzocht of het zijn eigen speeksel was, maar dat is niet zo. Het kan zijn dat het hier om een afrekening gaat en dat de moordenaar na zijn daad als uiting van minachting of wraak op het lichaam van Schavenmaker heeft gespuugd. Helaas biedt het DNA uit het speeksel ook geen match met de DNA-database.'

Hij zwijgt een moment, en voegt er dan aan toe: 'Desondanks gaan we de dader vinden, dames en heren. En wel zo snel mogelijk. Zijn er vragen?'

Iedereen heeft in stilte en vol aandacht geluisterd, maar op Ramakers teken barst er een spervuur aan vragen los. Op de meeste moet Ramakers het antwoord schuldig blijven.

'Alles wat ik heb, zijn de testuitslagen van het NFI. Voorlopig moeten we het daarmee doen, mensen.'

Het volgende kwartier besteedt hij aan het uitdelen van orders aan de rechercheurs. Ieder koppel wordt met een eigen opdracht weggestuurd. Terwijl ze de briefingzaal verlaten, wenkt Ramakers Julia en Sjoerd.

'Julia, jij bent toch op de Donderberg opgegroeid?'

'In Sterrenberg.'

'Dat ligt er praktisch naast. Ik neem aan dat je er veel mensen kent. Lopen jullie dat buurtonderzoek nog een keer na. We zoeken een dader die waarschijnlijk nog nooit is veroordeeld, maar die nu opeens een dubbele moord heeft gepleegd. Dat is vreemd. Het kan zijn dat hij door anderen tot de moord is aangezet.'

'Of het is iemand die actief is in de criminele wereld, maar slim genoeg om niet gepakt te worden,' merkt Sjoerd op.

'Zoek dat uit. Neem de verslagen van het buurtonderzoek nog

eens door en kijk wat je ermee kunt.'

'In die verslagen staat hoegenaamd niets, meneer. In dat soort buurten houden de mensen hun mond stijf dicht.'

'Zorg dat ze hem opendoen,' zegt Ramakers. 'Ik wil namen hebben. Vandaag nog.'

9

'Vandaag nog,' herhaalt Julia als ze op de parkeerplaats van het bureau in de auto stappen. 'Natuurlijk, meneer! Over een uurtje heb ik een lijst.'

Nijdig ploft ze op de bestuurdersstoel. Het is haar beurt om te rijden, maar net als ze wil starten, bedenkt ze zich. 'Rijd jij maar, Sjoerd. Ik wil straks even goed om me heen kijken.'

Sjoerd vangt de autosleutel op die ze hem toegooit, en ze wisselen van plaats.

Ramakers heeft mooi praten, denkt Julia als ze de Andersonweg op draaien. Ze is inderdaad opgegroeid in Sterrenberg, de wijk die naast de Donderberg ligt. Maar dat was een andere tijd. Iedereen die ze er heeft gekend, is allang vertrokken. Ze kende het vermoorde jonge stel niet, ze kent er helemaal niemand meer. Nou ja, een enkeling. Af en toe komt ze iemand tegen van vroeger, maar die contacten gaan niet zo diep dat ze mag verwachten dat ze haar zullen inseinen over het wel en wee in de buurt.

'Waar wil je eerst naartoe? Gewoon een beetje rondrijden?' vraagt Sjoerd.

'Ja, doe maar. Of nee, laten we naar die snackbar bij dat kinderboerderijtje gaan. Dat is echt zo'n gelegenheid waar iedereen komt,' zegt Julia.

Ze gaan rechtsaf, de Koninginnelaan in, slaan af bij de Bredeweg en even later rijden ze langzaam de Donderberg op. Het is opnieuw een mooie dag en de straten liggen er vredig bij. Bedrieglijk vredig. De afgelopen vier maanden is hier meermalen preventief gefouilleerd. Bij de in totaal honderd gecontroleerde personen werden dertig wapens gevonden, en dat waren geen keukenmesjes. Sommige kapmessen waren zo groot dat het een wonder was dat de eigenaar zichzelf niet had verwond alleen al door het bij zich te dragen.

Voor een kebabzaak staat een groep jongens met capuchons op bier te drinken uit de fles. Ze kijken Sjoerd en Julia na als ze voorbijrijden, maar zeggen niets. Hoewel ze niet in een dienstauto rijden en als burgers gekleed gaan, lijkt het wel alsof het woord rechercheur op hun voorhoofd getatoeëerd staat.

De meeste van die jongens kent Julia wel. Het zijn koeriers en dealers, de beginnelingen in de criminele scene. Een strafblad hebben ze niet, maar dat is een kwestie van tijd.

Nog niet zo lang geleden zou die groep hen nog hebben bekogeld met vuilnis, wat vóór de politie een zerotolerancebeleid invoerde een heel gebruikelijke reactie was op hun verschijning.

Maar nog steeds is er een schrikbarend gebrek aan ontzag voor politieagenten. Vooral blauw wordt voor alles en nog wat uitgemaakt als ze surveilleren, maar ook Sjoerd en zij hebben tijdens het uitoefenen van hun werk regelmatig te maken met agressief gedrag.

Bij een kleine, wat verlopen kinderboerderij zet Sjoerd de auto aan de kant. Ze stappen uit en kijken om zich heen. In het parkje lopen een paar kinderen. Een meisje met lange donkere krullen heeft een peuter aan de hand, een wat jonger meisje duwt een lege buggy voort. De ingang van het park ligt aan de Bachstraat. Om de hoek is cafetaria de Donderberg, een snackbar die druk bezocht wordt door de buurtbewoners. De zaak wordt gerund door Roy, een bekende van Julia.

'Hé Roy,' zegt ze als ze binnenkomen. Sjoerd groet hem eveneens, maar Roy lijkt niet erg blij met hun bezoek. Hij staat achter de toonbank met een vaatdoekje in zijn hand en bromt wat.

'We willen je graag wat vragen, Roy,' zegt Julia.

'Luister, ik weet niets van die moorden in de Bachstraat, oké? Helemaal niets!' zegt Roy.

'Best, hoor. Ik wilde je alleen vragen of je een aardbeienmilkshake voor me hebt.' Julia wendt zich tot haar collega. 'Wat wil jij, Sjoerd? Vanille zeker?'

'Doe maar,' zegt Sjoerd met een bevestigend knikje.

Wantrouwig kijkt Roy van de een naar de ander. 'Zijn jullie daarvoor hier? Voor twee milkshakes?'

'Je hebt gelijk. Doe er nog maar twee kroketjes bij,' zegt Julia.

Met opgetrokken wenkbrauwen voert Roy de bestelling uit, nu en dan over zijn schouder kijkend.

'Je had het over die moorden in de Bachstraat,' zegt Julia. 'Daar zal wel druk over gespeculeerd worden in de buurt.'

Zonder antwoord te geven blijft Roy met zijn rug naar haar toe staan. De kroketten sissen in het vet. Als hij zich omdraait, schrikt hij. Julia hangt over de toonbank en kijkt hem vragend aan.

'Ja, natuurlijk wordt daarover gepraat. Maar ik ga er niets over vertellen, oké? Ik heb geen zin in een overval 's avonds laat,' zegt Roy met een nerveuze blik naar buiten.

'Betekent dat dat je weet wie er verantwoordelijk is voor die moorden?' vraagt Sjoerd.

'Nee, natuurlijk niet. Ik weet alleen dat er hier een hoop gajes rondloopt en het zou me niets verbazen als een van hen er iets mee te maken heeft. Maar weten doe ik niets.'

'Maar je vangt weleens iets op,' neemt Julia aan.

Zonder haar aan te kijken zet Roy twee milkshakes op de toonbank.

'Roy, als je je er ongemakkelijk bij voelt om dit hier te bespreken, willen we je ook wel even meenemen naar het bureau,' stelt Sjoerd voor. 'Is dat een beter idee?'

Een woedende blik is het antwoord. 'Wat voor indruk denken jullie dat dat maakt op die gasten?'

'Ze zullen denken dat je een boekje hebt opengedaan. Helemaal als we je wat langer vasthouden. Nu zijn we zo weer weg, als we gehoord hebben wat we willen weten.'

'Maar ik weet niets! Dat heb ik nu al een paar keer gezegd! Ik vang heus weleens iets op, en ik heb zo mijn vermoedens van wat ze uitvreten, maar zeker weten doe ik niets. En ik weet ook niet wie er achter die moorden in de Bachstraat zit. Ik zweer het, als ik het wist, zou ik het vertellen. Die twee kwamen hier regelmatig friet en ijs halen. Aardig stel. Het is verschrikkelijk wat er met ze gebeurd is, maar ik weet er verder niets van. Wat hebben jullie eraan als ik zomaar wat namen ga noemen?' roept Roy uit.

Zijn blik dwaalt naar buiten en hij verstart. Julia keert zich naar het raam. Acht dreigende types staren hen vanaf het trottoir aan. Zes van hen zijn donker van uiterlijk, de twee anderen zijn blank. Ze staan daar maar, waakzaam als roofdieren die hun prooi bestuderen. Als de groep mannen in beweging komt en naar de ingang van de cafetaria loopt, glijdt Julia's hand automatisch naar haar Walther P5.

10

Drie of vier uur, langer slapen lukt niet. Hoe moe Nathalie ook is, bij het minste geluid schrikt ze wakker, om vervolgens weer een uur wakker te liggen. Ze heeft weleens gehoord dat als mensen de dood in de ogen zien, ze hun leven in een reeks beelden aan zich voorbij zien trekken. Dat gevoel heeft ze die nacht, als de slaap haar in een verwarrende maalstroom van gebeurtenissen meezuigt, waarna ze zichzelf, na een abrupt ontwaken, gedesoriënteerd terugvindt in een vreemd bed.

Nathalie kijkt opzij. Naast haar ligt Robbie in diepe rust. Hij maakt zachte, gorgelende geluidjes, afgewisseld met pufjes en zuchtjes. Het kalmeert Nathalie op een manier die ze zelf niet begrijpt. Ze zou zich zorgen over hem moeten maken, in plaats van troost te putten uit dat slapende lijfje naast haar.

Ze dommelt weer in, maar om vijf uur in de ochtend schrikt ze wakker van doordringend gehuil. Nu ze zo ruw in haar slaap is verstoord, is ze klaarwakker.

Ze draait zich om naar Robbie, sust hem, spreekt hem zachtjes toe. Het helpt: hij stopt met huilen, maar begint weer te jammeren zodra ze het contact verbreekt.

Nathalie staat op en legt hem op het voeteneinde van het bed om zijn luier te verschonen. Daarna zet ze hem in zijn buggy en geeft hem een paar speeltjes, die hij driftig door de kamer gooit. Rood aangelopen van woede strekt Robbie zijn armpjes en beentjes en krijst op volle sterkte verder.

In de badkamer maakt Nathalie een fles melk voor hem klaar. Begeleid door Robbies geschreeuw schept ze de melkpoeder zorgvuldig in de fles, lengt het aan met water en schudt het geheel stevig door elkaar. De melk is nog niet eens goed warm als ze haastig naar Robbie toe loopt. Ze heeft ontdekt dat hij zelf kan drinken als ze zijn beertje of een opgevouwen doek onder zijn fles legt, zodat ze hem niet een kwartier lang op schoot hoeft te houden.

Dat geeft haar de tijd om haar mobieltje aan te zetten en te kijken of er nog gebeld is. Gespannen staart ze naar de display, die met vrolijke geluidjes tot leven komt. Vijf oproepen zijn er geweest sinds ze haar telefoon heeft uitgezet, allemaal van Vincent. Twijfel besluipt haar. Wat als het niet de politie is of een van zijn vrienden? Wat als ze niet hard genoeg heeft geslagen en Vincent nog leeft?

Zenuwachtig bijt Nathalie op haar lip en luistert het laatste bericht af. De stem die haar oor bereikt, verbrijzelt alle hoop.

'Nathalie, met mij. Ik weet niet wat je bezielde, maar je hebt verdomd veel geluk dat ik nog leef. Hoe had je gedacht hiermee weg te komen? Hoe ver denk je te kunnen vluchten?' De stem zwijgt een paar seconden. 'Nico heeft het gat in mijn hoofd gehecht. Ik moet bekennen dat het goed is dat ik je gistermiddag niet te pakken heb gekregen, want dan zou je dit niet hebben kunnen navertellen. Maar inmiddels ben ik gekalmeerd. We moeten praten, Nathalie. Ik weet dat je in Frankfurt zit. Ik heb een kamer in hetzelfde hotel als jij en verwacht je morgenochtend in de ontbijtzaal. Tot dan.'

Duizelig van ontzetting blijft Nathalie met het mobieltje in haar handen zitten. Hij is hier, onder hetzelfde dak als zij! Ze twijfelt er geen moment aan dat hij de waarheid spreekt. Op de een of andere manier is hij haar gevolgd, waarschijnlijk omdat er een zendertje ergens onder de auto hangt. Dat zou net iets voor hem zijn. Vincent wil altijd totale controle, over alles. Dat is een van de redenen waarom ze bij hem weg wilde.

Maar ze laat zich niet meer slaan en commanderen. Door niemand, ook niet door Vincent. Ze is volwassen en in staat zichzelf te redden. Het werd tijd dat ze daar eens mee begon.

Dat had minder drastisch gekund, maar aan de andere kant zou ze nooit bij Vincent zijn weggelopen als ze had geweten dat hij nog leefde. Dat zou ze eenvoudigweg niet gedurfd hebben. Nu blijkt dat hij nog leeft, ligt het weer anders. Ze heeft de keuze: teruggaan of verder vluchten.

Beide opties geven haar de rillingen. Als ze ervandoor gaat en hij krijgt haar te pakken, dan heeft ze een groot probleem. Aan de andere kant: als ze bij hem terugkeert, kan ze net zo goed dood zijn. Dat praten van Vincent kent ze. Hier in het hotel zal hij haar niets doen, maar zodra ze alleen zijn, zal ze boeten voor haar daad. En ze kan alleen maar raden naar de mate waarin ze boete zal moeten doen.

Er trekt een huivering over haar rug. Angstige gedachten springen rusteloos door haar hoofd, maar op een gegeven moment roept ze die een halt toe en dwingt ze zichzelf tot handelen. Ze schiet in haar kleren en graait haar spullen bij elkaar. Terwijl hij zijn melk drinkt, volgen Robbies ogen haar vol belangstelling.

Om halfzes is ze klaar. Robbie is voldaan en de weinige bagage die Nathalie heeft meegenomen, staat bij de deur. Het ontbijt is van zeven tot elf uur, leest ze op de kaart op het bureau. Vincent kan wachten tot hij een ons weegt, maar zij is uitgepraat.

Nog een laatste keer checkt ze of ze alles bij zich heeft, dan hangt ze de tassen aan de handvatten van de buggy en duwt het karretje de gang op. Even later staat ze in de lift en drukt op de knop die haar naar de lobby moet brengen.

Natuurlijk had ze al snel in de gaten dat Vincent niet de prins op het witte paard was. Dat ze het ene probleem voor het andere had verruild toen ze het ouderlijk huis verliet. Hij maakte er geen geheim van hoe hij zijn geld verdiende.

Vanaf zijn zeventiende liet hij zich inhuren voor allerlei kleine criminele klussen. Op zijn twintigste besloot hij voor zichzelf te gaan werken. Voor een percentage van de opbrengst beraamde hij inbraken, die altijd succesvol verliepen. Daarna breidde hij zijn activiteiten uit naar drugstransporten. Daarmee was zijn kostje gekocht. In de misdaadscene hoorde hij erbij, gold hij zelfs als een van de grote jongens. Niet lang daarna ontmoette hij Nathalie.

In het begin zat ze er niet mee dat Vincent in de criminele business zat. Zoveel had ze ook weer niet op met justitie en haar medemens. Daarvoor had de buitenwereld haar te lang aan haar lot overgelaten. De enige die haar vriendschap en steun gaf was Vincent, en dat daar een prijskaartje aan hing, accepteerde ze zonder morren.

Toen ze erachter kwam dat Vincents wereld uit meer bestond dan inbraken en afpersing alleen, zat ze er al tot over haar oren in. Maar daarmee veranderde ook hun verhouding. Ze trok haar grens bij drugs en moord, en kreeg steeds vaker klappen te incasseren als ze weigerde ingezet te worden. Maar ze werd pas bang voor hem toen ze erachter kwam dat hij opdracht gaf tot liquidaties, en dat hij die ook regelmatig zelf uitvoerde. Die ontdekking brak haar laatste restje verzet. Ze nam een andere identiteit aan en werkte volop mee. Meedoen leek haar minder riskant dan weigeren of naar de politie stappen. Tot hij Robbie iets wilde aandoen. Er kwam een enorme woede in haar vrij toen hij in gevaar kwam. Ze handelde in een reflex, ze had geen andere keus.

Frankfurt, Mannheim, Karlsruhe. Zo gespannen als een snaar blijft ze rijden. Als er inderdaad een zendertje in haar auto is verborgen – en dat moet wel –, dan heeft Vincent de achtervolging alweer ingezet. Als hij wakker is tenminste. Het is beangstigend en frustrerend dat ze niet weet hoe ver hij achter haar zit. Ze had beter met een taxi naar het station kunnen gaan en met de trein verder reizen, maar daar heeft ze in haar paniek niet aan gedacht. Dat kan ze nog steeds doen, als ze maar zeker wist dat het zendertje in de auto zit. Voor hetzelfde geld zit het in de voering van haar handtas of in de hak van haar schoen.

Nee, besluit ze. Vincent kan nooit weten welke tas of welk paar schoenen ze zou dragen. Het enige wat hij wél weet, is dat ze niet zonder Robbie zou gaan. Bij de eerstvolgende stop zal ze zijn luiertas eens goed inspecteren.

Twee uur later stopt ze bij een wegrestaurant in de buurt van Straatsburg om eten en drinken in te slaan. Staand bij de auto eet ze een voorverpakt broodje en drinkt ze melk uit een kartonnetje. Robbie krijgt een schone luier en een fruithapje. Intussen doorzoekt ze systematisch de spullen die ze van thuis heeft meegenomen, maar als Vincent daar al een zendertje in heeft verborgen, dan zit het goed verstopt. Zelfs in de voering van de luiertas is niets te vinden.

Voor de zekerheid haalt Nathalie alles eruit en propt de tas in een prullenbak. De flesjes, speentjes en luiers stopt ze in haar schoudertas.

Eigenlijk zou ze snel verder moeten, maar ze heeft uren achter het stuur gezeten. Ze móét even wat rust nemen. Mocht Vincent opeens het parkeerterrein op komen rijden, dan zal hij niet zo dom zijn om haar lastig te vallen. Uit ervaring weet ze dat je niet te veel moet rekenen op de hulp van omstanders, maar er zijn grenzen. Een vrouw met een baby roept altijd wel bij iemand beschermingsdrang op.

Met Robbie op haar arm wandelt ze langs de picknicktafels en geparkeerde auto's. Robbie is al die tijd wakker geweest, maar nu laat hij vermoeid zijn bolletje tegen haar borst zakken.

Na een tijdje loopt Nathalie terug naar de auto en zet Robbie in zijn Maxi-Cosi. Ze doet nog een paar rek- en strekoefeningen om haar stijfheid te verdrijven en neemt plaats achter het stuur. Even later rijdt ze weer over de snelweg, richting Zürich. Zonder oponthoud kan ze daar over twee uurtjes zijn. Met een beetje geluk is ze vanavond op haar eindbestemming in Italië.

Robbie valt in slaap. Nathalie zet de cd uit en zoeft over het glanzend zwarte asfalt, dat zich eindeloos voor haar uitstrekt. Gaandeweg wordt het drukker op de weg, maar ze kan nog steeds goed doorrijden. In de verte rijzen de bergtoppen van de Alpen op. Ze herinnert zich nog goed het gevoel van opwinding dat bezit van haar nam toen ze als kind tussen die bergen door reed en sneeuw op de toppen zag liggen. De weg is haar vertrouwd, al heeft ze hem nooit zelf gereden. Tot Cécile op zichzelf ging wonen, gingen ze ieder jaar met z'n drietjes naar het vakantiehuis aan het Lago Maggiore. Dat er een tijd is geweest dat haar moeder ook meeging, weet ze alleen van foto's. Ze heeft er zelf weinig herinneringen aan. Toen de zaken zo slecht gingen dat ze hun dure villa uit moesten, begreep ze niet waarom haar vader het vakantiehuis aan het Lago Maggiore per se wilde aanhouden. Nu is ze hem er dankbaar voor. Het is een vreemd idee dat haar vader uiteindelijk toch degene is die haar een veilig onderkomen biedt.

II

Vincent was de eerste vreemde aan wie ze haar vertrouwen durfde te schenken. Hij was ook de eerste die niet wegkeek toen hij haar blauwe plekken zag.

Aan Cécile had Nathalie niets. Ze was gewoon het huis uit gegaan en had haar achtergelaten. Al die tussenliggende jaren stond ze er alleen voor. Er was niemand tot wie ze zich kon wenden, niemand die haar vernedering en schaamte kende.

Het kwam nooit bij Nathalie op om aangifte te doen tegen haar vader. Lange tijd wist ze niet eens dat ze aangifte kón doen. Er bestaat een merkwaardige loyaliteit bij kinderen die mishandeld worden. Haar vader was de enige die ze nog had. Ze had er geen idee van dat hij uit de ouderlijke macht gezet kon worden, en zelfs als ze dat geweten had, weet ze niet zeker of ze hem had laten oppakken. Ze was zich er niet eens van bewust dat haar jeugd abnormaal verliep. Het was nu eenmaal zo, ze zat er middenin en vond het op een bepaalde manier normaal. Iedereen had wel wat, en zij had een vader bij wie ze voortdurend op haar tenen moest lopen. Ze haatte hem als hij haar sloeg, maar ze hield van hem als de bui overgedreven was. Diep in haar hart had ze zelfs medelijden met hem als hij met zijn gezicht in zijn handen zat te huilen om wat hij zijn dochter had aangedaan.

Die gedaantewisseling heeft haar altijd het meest verbijsterd. Het was angstaanjagend hoe snel haar vader van een beminnelijke, joviale man kon veranderen in een gewelddadige vreemde. Nathalie wist precies wanneer die transformatie in gang werd gezet. Een spiertje dat trilde bij zijn oog, het licht verstrakken van zijn kaak, de verbeten flits die in een seconde tijd over zijn gezicht ging, het waren signalen waar ze altijd alert op was. Dan wist ze dat ze op haar tellen moest passen, dat hij zijn tolerantieniveau bereikt had. Maar hoe onzichtbaar ze zich ook maakte, vroeg of laat wist hij haar te vinden. Al zijn woede en frustratie ontlaadden zich dan in een aanval waartegen ze zich onmogelijk kon verweren.

Niet dat ze daar moeite voor deed. De ervaring had haar geleerd dat het het beste was om zo passief mogelijk te blijven, om niet nog meer woede op te wekken. Haar vader schopte en sloeg, gooide haar tegen de muur en één keer heeft hij haar zelfs de trap af geduwd. Nathalie slaagde erin zich vast te grijpen aan de leuning, maar trok daarbij bijna haar arm uit de kom. Ze liep een lelijke schaafwond op toen ze haar arm langs het ruwe stucwerk van de muur openhaalde.

Ook al miste ze haar moeder nog zo erg, ze juichte de komst van iedere vriendin van haar vader toe. Zodra er een nieuwe liefde zijn leven binnenstapte, leek hij een complete metamorfose te ondergaan. Van een kortaangebonden, introverte kerel die zijn driftbuien niet onder controle kon houden, veranderde hij in een gezellige, hartelijke man vol onverwachte attenties. Hij organiseerde leuke uitstapjes, stond zingend in de keuken te snijden en te hakken, de muziek keerde terug in huis en hij zat vol grappen en verhalen.

Nathalie wist nooit precies hoe lang zo'n periode ging duren. Het kon weken, maanden of zelfs een jaar zijn, maar iedere keer bekeek ze haar vader met verbazing. In zijn verliefde periodes mocht ze weer uit, al moest ze stipt om twaalf uur thuis zijn. Dan stond hij haar toe om een beetje make-up te gebruiken en durfde ze af en toe een vriendin mee naar huis te nemen. Wanneer de prille liefdesrelatie van haar vader en zijn vriendin barsten begon te vertonen, deed Nathalie haar uiterste best om ze te lijmen. Ze praatte met haar vader, ze praatte met de vriendin, ze deed alles om de ruzie te bezweren. Maar ze kon de afloop al voorspellen: de eerste tik die haar vader aan zijn vriendin uitdeelde werd nog met veel sorry's en intense gesprekken afgezoend, bij de tweede klap waren de meeste dames vertrokken en de echte volhouders kregen op een dag onvermijdelijk het pak rammel dat het laatste leven uit de relatie sloeg.

In de weken of maanden die volgden liep Nathalie op haar tenen. Ze liet de radio uit, peilde voortdurend haar vaders stemming en woog ieder woord dat ze tegen hem sprak zorgvuldig af. Ze nam niemand meer mee naar huis, durfde niet te vragen of ze uit mocht maar zat in haar eentje op haar kamer te leren, te lezen of te schrijven. Om zes uur kwam haar vader thuis van zijn werk en aten ze samen. Ze spraken niet veel. Hij stelde haar altijd dezelfde obligate vragen over school en cijfers, en zij gaf de standaard antwoorden. Op school ging het goed, alles ging goed.

En het ging ook goed. In de periodes van betrekkelijke rust werkte Nathalie hard. Al in twee havo was het tot haar doorgedrongen dat goede cijfers betekenden dat ze over zou gaan, en dat ze op een dag examen zou doen. Hoe eerder ze examen deed, hoe sneller ze het huis uit kon en dus zorgde ze er wel voor dat ze niet bleef zitten.

Ze heeft Vincent leren kennen toen de nood het hoogst was en ze de keuze had tussen in zijn armen vluchten of aan de situatie ten onder gaan. Bijna iedere dag hing hij met een groep vrienden rond in de buurt van haar school, de middelbare school waar hij zelf ook op had gezeten. Een intelligente jongen die zijn IQ voor verkeerde zaken gebruikte. Dat wist ze toen nog niet, alles wat ze zag was een knappe, lange jongen die zich ophield in een interessant, duister groepje dat haar tegelijk aantrok en afstootte.

Vincent stond niet goed bekend in de buurt, maar voor haar was hij zo lief als nog nooit iemand voor haar was geweest. De eerste keer dat ze hem zag, zat ze op de bus te wachten. Het regende en ze zat ineengedoken op het bankje. Hij liep de abri in en bestudeerde het bord met de vertrektijden. Ze wierp een korte blik op hem, die hij meteen onderschepte. Hij glimlachte haar toe en knikte vragend naar het bankje.

Zonder iets te zeggen schoof ze een stukje op.

De volgende dag wachtte hij tot hij haar zag komen aanlopen. Weer knikte hij haar alleen maar toe. Pas een week later, toen ze tegelijk bij de bushalte arriveerden, glimlachte ze naar hem. Dat was het begin. In de abri praatten ze wat met elkaar. Oppervlakkig gebabbel, waar steeds langere gesprekken uit voortvloeiden.

Ze weet nog steeds niet wat haar ertoe aanzette om Vincent alles te vertellen. Misschien deed ze het omdat ze besefte dat ze op een keerpunt afstevende. Dat ze de keuze had tussen haar mond blijven houden, zodat de situatie in stand bleef, of een nieuwe richting aan haar leven geven.

Toen ze eenmaal begon te praten, was er geen houden meer aan. Ze vertelde alles, tot in de kleinste details. Hoe ze zich soms dagenlang niet kon bewegen van de pijn. Over het bloed dat uit haar neus gespoten was en dat nog steeds zichtbaar was op de muur van de overloop. Over die keer dat ze bijna haar nek had gebroken toen ze van de trap werd gegooid.

Vincent luisterde zonder haar te onderbreken, met groeiende afschuw en woede. 'Je gaat niet terug naar die lul,' was het enige wat hij zei toen ze uitgesproken was. 'Je gaat nooit meer terug.'

Ze had niet geprotesteerd. Dezelfde middag haalden ze samen haar spullen op en trok ze bij Vincent in. Maar haar vader kwam er zonder veel moeite achter waar ze zat. Een paar keer kwam hij stennis maken voor de deur, tot hij op een dag in een steeg werd overvallen en in elkaar geslagen. Met een gescheurde milt, een zware hersenschudding en een gebroken arm werd hij op de Eerste Hulp van het ziekenhuis binnengebracht. Hij overleefde de overval niet.

12

Ze staan tegenover elkaar als boksers in de ring die elkaars zwakheden aftasten. De groep is de cafetaria binnengedrongen en heeft zich bij de deur opgesteld, met afgezakte broeken, capuchons en een donkere blik in de ogen. Er gaat een enorme dreiging uit van hun houding en zwijgzaamheid.

Julia overweegt om haar politiepasje te laten zien, maar ze betwijfelt of ze daarvan onder de indruk zullen zijn. Bovendien weten die gasten natuurlijk heel goed dat ze van de politie zijn. Daarom zijn ze hier juist.

In een reflex is haar hand naar haar dienstwapen gegleden, maar na een zacht stootje van Sjoerds elleboog laat ze haar arm zakken.

'En twee kroketten!' De schrille klank in Roys stem verraadt dat zijn luchthartige toon geforceerd is. 'Eet u ze hier op, of...'

Of donderen jullie nu lekker op. Hij spreekt die woorden niet uit, maar de manier waarop hij van de een naar de ander kijkt, zegt genoeg. Om Julia en Sjoerd een duwtje in de goede richting te geven, doet hij de kroketten alvast in een zakje.

'We nemen ze mee.' Sjoerd rekent af, pakt de snacks en loopt naar de deur. De uitgang wordt nog steeds geblokkeerd door de groep.

'Heren?' zegt Sjoerd met een licht dreigende klank in zijn stem.

Met tegenzin schuifelen ze uiteen, zodat er net genoeg ruimte ontstaat om hen te passeren. In dodelijke stilte verlaten ze de cafetaria. Eenmaal buiten hoeven Sjoerd en Julia zich niet om te draaien om te weten dat ze nagekeken worden.

'Dit zouden we eigenlijk niet moeten pikken,' zegt Julia terwijl ze het portier van de auto opentrekt.

'Ik zou niet weten wat we anders hadden moeten doen. Behalve ons wegkijken, hebben die gasten niets gedaan.' Sjoerd stapt aan de bestuurderskant in en draait meteen het raampje open. 'Goeie genade, het is hier snikheet. Leve de airco. Stap in, Julia, dan kan hij aan.'

Julia laat zich op haar plaats zakken in de hete auto en klapt met tegenzin het portier dicht. Zodra ze rijden, begint de airco te blazen en wordt de temperatuur geleidelijk aan draaglijker.

'Het was pure intimidatie,' zegt ze terwijl ze het zakje kroketten openmaakt. 'We moesten opkrassen en snel ook. En wat deden we? We gingen!'

'Ik denk dat ze daar voor Roy stonden,' zegt Sjoerd. 'Hij zei al niet veel, maar toen zij verschenen, klapte hij helemaal dicht. Zelfs als we hem meegenomen hadden naar het bureau, zou hij niets gezegd hebben. Dat tuig heeft de zaak goed onder controle.'

Julia haalt de kroketten uit het zakje en geeft er een aan haar collega. Enige tijd blazen en eten ze in stilte. Ze rijden over de Koninginnelaan, langs Julia's huis. In gedachten zendt ze een groet aan haar kat, die vast ergens in de tuin naar vogels ligt te loeren.

'Ik begrijp niet waarom niemand de moordenaar heeft gezien. Op een warme zomerdag waarop iedereen buiten was,' zegt ze.

'O, hij is beslist gezien. Door meerdere mensen waarschijnlijk. Alleen heeft niemand speciale aandacht aan hem besteed.'

'Of niemand durft iets te zeggen.'

'Misschien komt er op Meld Misdaad Anoniem nog wat binnen.'

'Misschien,' zegt Julia, maar haar stem klinkt niet alsof ze daar veel hoop op heeft.

Ze naderen het bureau. Julia stopt het laatste stukje kroket in haar mond en veegt haar vette vingers af aan het servetje. Sjoerd slaat af naar het politiebureau en parkeert de auto in een vrij vak. In de auto hangt een indringende frituurlucht en hij trekt een vies gezicht.

'Vette bende zo vroeg op de ochtend.'

'We hebben die milkshakes ook nog. Misschien vind je daar een liefhebber voor op het bureau. Ari bijvoorbeeld. Die hangt van junkfood aan elkaar. Kom eens, er zit een stukje kroket in je mondhoek.' Julia buigt zich naar Sjoerd toe en veegt het bruine korstje weg met het servetje. Vervolgens trekt ze zich behoedzaam terug. Ze voelt Sjoerds ogen op haar gericht, maar ze kijkt niet terug. Ze vouwt het verfrommelde servetje uit en strijkt het glad op haar been. Roy gebruikt witte servetjes in zijn cafetaria, die je uit een grote dispenser kan trekken. Dat hebben ze niet gedaan, hij heeft ze er zelf bij gestopt. En in een onbewaakt ogenblik heeft hij kans gezien er iets op te schrijven. Met grote letters, in zwarte ballpoint, staan de initialen R. A. te lezen.

'Krijg nou wat,' zegt ze.

'Rachid Amrani,' zegt Ramakers van achter zijn bureau. 'Maar hij is wel ingeburgerd hier.'

Julia zit tegenover hem en knikt. Sjoerd staat tegen de muur geleund, evenals Ari en Koenraad, die ook in het kantoor zijn geroepen.

Een onderzoek naar criminelen met de initialen R.A. heeft een kort lijstje opgeleverd. Een van de namen die bovenaan staan is die van Rachid Amrani, een tweeëntwintigjarige Marokkaan.

'Het is een patser,' zegt Julia terwijl ze een computeruitdraai bestudeert. 'Rijdt de hele dag rond in een gepimpte slee en heeft een lekker stel vrienden. Allemaal gasten uit de criminele scene. We hebben alleen niets om hem voor op te pakken.'

Ramakers neemt een slok koffie uit een beker met een poezenkop erop die hij voor zijn verjaardag heeft gekregen van zijn dochtertje van zes.

'Laten we maar eens wat onderzoek gaan doen naar deze jongeman. Zoek alles uit wat er over hem te vinden is. Ik zal het BRI vragen hem na te trekken. Aan de slag, mensen.'

Ze gaan uiteen. Ramakers verlaat de recherchekamer en de anderen schuiven achter hun computer. In de uren daarna komt de informatiestroom, bijgestaan door het Bureau Regionale Informatie in Venlo, snel op gang. In alle beschikbare systemen wordt gezocht naar aanknopingspunten. Het landelijk opsporingssysteem, maar ook de gemeentelijke basisadministratie, het BKR in Tiel, het kadaster, de Kamer van Koophandel en internet, alles wordt nageplozen. Als het om jongeren gaat, zijn ook Hyves, YouTube en Facebook informatiebronnen van grote waarde. Een uurtje googelen op de naam van de verdachten levert vaak een schat aan informatie op. Ook digitale informatiedragers, zoals gsm en msn, zijn nuttig om te onderzoeken.

De uitkomst is echter teleurstellend: Rachid Amrani kan op geen enkele manier in verband worden gebracht met de moorden in de Bachstraat.

'Als hij de moorden heeft gepleegd, is hij een klootzak van het ergste soort, maar heb ik respect voor zijn IQ.' Julia rekt zich vermoeid uit.

'Wie wil er koffie?'

Ze willen allemaal koffie. Een beetje stijf van het lange zitten loopt Julia naar het koffieapparaat in de gang. In de deuropening botst ze tegen Ramakers op.

'De uitslag van de speekseltest is binnen,' zegt hij. 'Het DNA uit het speeksel op Ruud Schavenmakers shirt komt overeen met dat van Rachids wangslijm. We gaan hem maar eens vragen wat voor verklaring hij daarvoor heeft.'

13

Met het nodige oponthoud, maar zonder problemen, nadert Nathalie de grens bij Basel. Ze had gehoopt met een stevig vaartje door te kunnen rijden, maar de douaniers bekijken iedere wagen met scherpe blik.

Zelf houdt ze iedereen die achter haar aansluit in de gaten. Er is geen spoor van Vincent te bekennen, maar ze blijft op haar hoede. Als hij haar te pakken krijgt, vermoordt hij haar. Daarover bestaat geen twijfel.

Samenwonen met Vincent betekende instappen in zijn wereld. Heel geleidelijk, maar steeds dieper, als in een labyrint waarin je na een paar passen de uitgang niet meer kunt vinden. Het eerste wat Vincent voor haar regelde was een andere identiteit en valse legitimatie. Na alles wat ze thuis had doorstaan, viel het haar niet moeilijk om afscheid te nemen van haar naam. Het meisje dat ze geweest was verdween en maakte plaats voor een jonge vrouw, Nathalie, die in een nieuwe spannende wereld stapte. Haar valse naam, waar Vincent haar vanaf dat moment mee aansprak en die ze zelf ook ging gebruiken. Een andere identiteit kwam goed van pas bij de klusjes die ze voor hem opknapte. Op haar naam kocht hij panden om hennepkwekerijen in onder te brengen, huurde hij auto's om transporten te regelen en opende hij rekeningen om geld weg te sluizen. Al gauw gebruikte Vincent niet alleen haar naam, maar werd ze ook ingezet voor koeriersdiensten, waarbij ze drugs en geld naar het buitenland moest brengen. Zolang ze deed wat hij zei, was hij goed voor haar. Hij sloeg haar alleen als ze hem tegensprak en vroeg haar nooit om seks te hebben met andere mannen, waartoe de vriendinnen van zijn vrienden weleens gedwongen werden. Integendeel, hij liet er geen misverstand over bestaan dat hij haar voor zichzelf wilde.

'Onze liefde is voor eeuwig,' zei hij altijd ernstig. 'Als je ooit met een ander rotzooit, of bij me wegloopt, zal ik je moeten doden.'

Ze heeft erom gelachen, maar hij lachte niet terug. Hij was bloedserieus.

Nathalie veegt haar zweterige hand af aan haar spijkerbroek. De grenswachten laten alle auto's langzaam passeren, alsof ze de nummerborden van verdachte voertuigen uit hun hoofd hebben geleerd en er nu naar op zoek zijn. Nathalie zakt wat onderuit en neemt de gelaten houding aan van de toerist die accepteert dat vertraging nu eenmaal bij reizen hoort. Als de blik van de grenswacht naar haar auto glijdt en hij haar aandachtig opneemt, kijkt ze niet abrupt van hem weg, maar laat ze haar ogen nonchalant afdwalen. Haar valse paspoort is een meesterwerkje, maar het blijft een risico om het te laten zien.

De grenswacht steekt zijn hand op en een misselijkmakend angstgevoel gaat door Nathalie heen. Ze maakt aanstalten om te stoppen, maar dan gebaart de man dat ze door kan rijden.

Opgelucht trapt ze het gaspedaal in en met een hart dat nog bonst van spanning, rijdt ze Zwitserland in. Met een stralende lach draait ze zich om naar Robbie, die haar met grote bruine ogen aankijkt.

'We zijn in Zwitserland, Robbieboy! Het is gelukt! Nu houdt niemand ons nog tegen!'

Dat valt natuurlijk nog te bezien, maar als ze ongestoord twee grenzen kan passeren, zou het met de grens van Italië ook moeten lukken.

Gelukkig heeft ze Vincent nooit verteld over het vakantiehuisje aan het Lago Maggiore. Het staat op naam van Cécile en haar, maar ze komt er nooit. Haar zus maakt er wel regelmatig gebruik van en Nathalie kan alleen maar hopen dat het nu leegstaat. Het laatste waar ze op zit te wachten is een confrontatie met Cécile.

Basel ligt nog maar net achter haar als de grote drukte op de weg begint. In eerste instantie rijden ze nog, maar na Zürich staat het verkeer met regelmatige tussenpozen vast. Volgepakte auto's met vakantiegangers en jengelende kinderen op de achterbank kruipen bumper aan bumper voort. Robbie wordt wakker en begint te dreinen. Gelukkig komt na een tijdje de verkeersstroom weer op gang en kunnen ze doorrijden. Langzaam maar zeker verandert de omgeving. De azuurblauwe meren maken plaats voor machtige bergen, waarvan de toppen bedekt zijn met sneeuw. Kleine watervalletjes klateren naar beneden, de weg stijgt en daalt.

Een tijdlang rijdt Nathalie lekker door, tot borden aankondigen dat ze de Gotthardtunnel nadert. Ze besluit een korte stop in te lassen bij de Gotthard-Raststätte, het laatste tankstation voor de weg die de zeventien kilometer lange tunnel in voert.

Helaas is ze niet de enige die op dat idee gekomen is. Er is nauwelijks een parkeerplaats te vinden, en dus zet ze haar auto op een plek waar het eigenlijk niet mag. Ze is toch zo weer weg: plassen, iets te eten halen en dan verder. Het doet Robbie ook goed om even buiten de auto te zijn. Vol belangstelling kijkt hij om zich heen, of ze nu in de toiletruimte in de rij staan of in het restaurant broodjes bestellen. Terug bij de auto protesteert hij luidkeels als Nathalie hem weer in zijn stoeltje zet, maar een babykoekje doet wonderen.

Ze rijden verder en sluiten aan in de rij voor de tunnel. Om te voorkomen dat men daarbinnen stil komt te staan, wordt het verkeer met verkeerslichten geregeld. Een uur lang wacht Nathalie op haar beurt, dan springt het licht op groen. Niet zonder tegenzin rijdt ze de tunnel in: een benauwend smalle, donkere wereld na al dat zonlicht en woeste natuurschoon.

Haar gedachten gaan naar Vincent. Waar zit hij? Rijdt hij ergens vlak achter haar of heeft ze hem afgeschud? Via haar spiegel blijft ze het verkeer in de gaten houden, maar nergens ziet ze Vincents Porsche.

Als haar moeder niet was gestorven, als haar vader een gewone, liefhebbende man was geweest die zijn dochters met trots en plezier zag opgroeien, zou ze dan ook ontvankelijk zijn geweest voor Vincents charme?

Ze betwijfelt het. Wat Vincent haar als zeventienjarig meisje te bieden had, was iets wat ze onder andere omstandigheden nooit aangenomen zou hebben. Hij was de reddingsboei die haar werd toegeworpen toen ze serieus overwoog een einde aan haar leven te maken, de enige lijn die ooit in haar buurt was gekomen, en ze heeft hem gegrepen. Ze heeft nooit begrepen wat hij in haar zag, en ze voelde zich gevleid door zijn aandacht. Intuïtief voelde ze dat hij een donkere kant had, maar dat schrok haar niet af. Integendeel, hij had een mysterieuze aantrekkingskracht op haar. Die dag, toen hij haar aansprak en zij op zijn toenaderingspoging inging, was het begin van een nieuw leven. Het begin van het einde. Maar dat wist ze toen nog niet.

Een harde klap galmt door de tunnel, rode achterlichten spatten als bloeddruppels voor haar op. De tunnel vult zich met het geluid van auto's die elkaar raken, glasgerinkel en banden die gierend op het asfalt tot stilstand komen. In een reflex vindt Nathalies voet het rempedaal en met een zenuwslopend gekrijs van banden, dat echoot tegen de tunnelwanden, komt ze tot stilstand. Ze smakt naar voren terwijl de geur van smeltend rubber haar neus binnendringt. Geschokt maakt ze zich los van het stuur en gaat na of ze iets mankeert. Dat lijkt mee te vallen; ze voelt wel pijn op haar borst, maar niet zo erg dat ze zich zorgen moet maken.

Nathalie realiseert zich dat ze zich midden in een kettingbotsing bevindt, dat ze een aanrijding onmogelijk kan voorkomen en dat de kans groot is dat ze binnen een paar tellen van achteren wordt geraakt.

Naast haar raast een automobilist met veel te hoge snelheid voorbij en knalt op de auto waar Nathalie net nog achter reed. Nog maar nauwelijks van de schrik bekomen, ziet ze een rode Fiat komen aanslingeren, die haar aan de zijkant raakt.

De klap is niet hard, maar schudt haar toch flink door elkaar. Ze moet even bijkomen, en kijkt dan snel over haar schouder. Met Robbie is alles in orde. Hij is alleen geschrokken, te horen aan de keel die hij opzet.

Achter en voor hen is het verkeer tot stilstand gekomen en mensen stappen uit om te kijken of ze hulp kunnen bieden.

Nathalie stapt eveneens uit en bekijkt de schade aan haar auto. Het portier linksachter is helemaal ingedeukt. Verslagen loopt ze om haar wagen heen. Gelukkig zit Robbie rechts en mankeert hij niets. Nathalie kijkt naar de chaos in de tunnel, naar de beschadigde voertuigen en de mensen die druk pratend bij elkaar staan. Haar ogen blijven rusten op iets wat tussen de verspreid staande auto's omhoogkringelt. Is dat rook?

Verontrust doet ze een paar stappen naar voren. Het is inderdaad een rookpluim, en dan ziet ze ook de eerste vlammen.

'Brand!' schreeuwt ze. 'Kijk dan! Brand!'

Ook al verstaat hier bijna niemand Nederlands, de angst in haar stem en haar drukke gebaren zijn universeel. Ten overvloede schreeuwt ze haar noodkreet in alle talen die ze kent, maar dan wordt de tunnel al verlicht door een steekvlam.

Nathalie deinst terug, haar arm beschermend voor haar gezicht. Overal klinkt geschreeuw en gegil. Twee doortastende mannen rennen naar hun auto en komen terug met een blusapparaat. Tegen die tijd laaien de vlammen al op uit de motorkap van de rokende auto. Een straal schuim slaat het vuur neer, maar dan klinkt een alarmerende schreeuw. Er blijkt een vonk te zijn overgesprongen naar een olieplas op het asfalt.

Het is algemeen bekend dat vuur razendsnel om zich heen kan grijpen, maar zoiets weten of ervaren zijn twee dingen. Voor haar ogen ziet Nathalie de ramp zich voltrekken. De vlammen kruipen over de grond naar de andere auto's en voeden zich met de banden, die ook in de olie staan. Een vrouw van middelbare leeftijd komt met een blusapparaat aanrennen om de twee mannen te assisteren, maar al gauw is het schuim op terwijl de brand zich razendsnel verspreidt.

Op de verkeersborden boven de weg beginnen gifgroene letters te knipperen. Uit de tekst die in het Duits, Italiaans en Engels verschijnt, maakt Nathalie op dat er een vluchttunnel is geopend, waardoor het verkeer naar buiten zal worden geleid. Ook al wordt er gewaarschuwd dat de motoren tot nader order uit moeten blijven, het grootste deel van de automobilisten start ze toch. Vol ongeduld en nerveuze spanning beginnen de eerste te claxonneren, een reactie die overgenomen wordt door andere en al gauw tot een aanhoudend, zenuwslopend getoeter leidt.

Nathalie kijkt omhoog. Langs het plafond van de tunnel verspreidt zich een rookkolom die met de seconde dikker en zwarter wordt.

14

Haar handpalmen zijn klam en zelfs als ze ze aan haar spijkerbroek heeft afgeveegd, blijven ze vochtig. In geval van een brand wordt er geventileerd in de rijrichting van de tunnel, maar als er een file staat, wordt de rook over de stilstaande auto's geblazen, en dat lijkt nu het geval te zijn. Vooralsnog is de rookontwikkeling niet levensbedreigend, alles stijgt op naar het plafond en wordt door het ventilatiesysteem afgevoerd. Maar de auto's vóór haar branden nog en de rook wordt steeds dikker. Hoeveel rook kunnen die ventilatiebuizen aan voor de situatie kritiek wordt? En hoeveel uitlaatgassen? Er lopen een paar mannen rond, gestrande huisvaders en zakenmannen, die de andere automobilisten waarschuwen dat ze hun motor af moeten zetten, maar her en der is nog steeds gebrom te horen.

Haar auto rijdt nog, maar er is geen doorkomen aan in die verkeerschaos. Desalniettemin proberen velen toch tussen de beschadigde auto's door te slalommen, maar ze lopen al gauw vast, wat een enorm getoeter en verhitte reacties tot gevolg heeft. Een paar automobilisten stappen uit om een doorgang te forceren, door met vereende krachten auto's aan de kant te duwen.

Zweet kriebelt op Nathalies huid, iedere spier in haar lichaam is gespannen. Als ze weg wil, moet ze nu gaan. Lopend, welteverstaan. Het is maar drie kilometer naar de uitgang. Waarom wachten op hulp van buitenaf als je jezelf kunt redden? Het enige offer dat haar gevraagd wordt, is de auto achterlaten. Waarschijnlijk is dat precies de reden waarom niemand aanstalten maakt om zijn toevlucht te nemen tot die eenvoudige oplossing. Veel mensen zijn wel uitgestapt en lopen wat, maar niemand laat zijn geliefde voertuig achter.

Nathalie kijkt om zich heen, naar de auto's met gezinnen, op weg naar hun vakantiebestemming, naar gefrustreerde zakenlieden die op hun horloge kijken, en naar gelaten Zwitsers en Italianen die inzien dat hun afspraken voor die dag niet zullen doorgaan. Terwijl de rook boven de daken van de auto's kringelt, kijkt iedereen gespannen naar de berichtgeving op de borden. Daar staat nog steeds dat er een vluchttunnel geopend zal worden.

Hoe lang zal dat nog gaan duren? Er kan straks wel iets exploderen.

Na nog een keer diep ademhalen neemt ze een besluit. Zo rustig mogelijk opent ze het portier en pakt haar tassen. Ze haalt de buggy uit de kofferbak, klapt hem uit en tilt Robbie uit de Maxi-Cosi. Om haar heen kijkt iedereen toe.

Zo rustig alsof ze een gezellig wandelingetje gaat maken, zet Nathalie de baby in de buggy en gespt ze de riempjes vast. Ze hangt haar tassen aan de handvatten van het karretje en zet de pas erin. Terwijl ze langs de stilstaande auto's loopt, onderschept ze vele verbaasde blikken, alsof de automobilisten die ze passeert nauwelijks kunnen geloven dat ze echt haar wagen achterlaat.

Nathalie kijkt niet om. De wieltjes van de buggy rollen soepel over het asfalt. Ze heeft de hele weg voor zichzelf, want alles wat voor het ongeluk uit reed, heeft de tunnel inmiddels verlaten.

Boven haar hoofd knipperen de informatieborden. Het enige

woord dat ze herkent is *pompieri*. Dat zal wel brandweer betekenen, want het Franse woord is *pompiers*.

Vastbesloten die hulp niet af te wachten, loopt ze door. Als ze omkijkt, ziet ze dat anderen haar voorbeeld volgen en hun auto's hebben achtergelaten. Erg veel haast maken ze niet, en er zijn mensen bij die omkijken, alsof ze nog twijfelen. Ook bij het tegemoetkomend verkeer blijft iedereen zitten. Er gaan wel portieren open en er stappen mensen uit, maar niemand gaat bij zijn auto vandaan. Nathalie daarentegen gaat steeds sneller lopen.

Het einde van de tunnel is net zichtbaar als er ergens achterin een explosie klinkt. De doffe dreun echoot tegen de wanden, rolt voort en neemt een enorme rookwolk mee.

Nathalie werpt een blik over haar schouder en de schrik slaat haar om het hart. Een zwarte muur komt met een angstaanjagende snelheid op haar af. De mensen die achter haar lopen beginnen te rennen. Kinderen worden aan de hand meegesleurd, vallen en huilen. Er klinkt paniekerig geschreeuw, gesmoord door verstikkende hoestbuien. Ook op de andere rijbaan verlaten mensen nu hun auto's en beginnen te rennen.

Koud van angst begint Nathalie te rennen. In de verte klinkt het gierende alarm van brandweerwagens, dat zich even later gedempt voortzet als ze de servicetunnel binnenrijden.

In eerste instantie moet Robbie lachen als Nathalie haar tempo versnelt, maar al snel begint hij verschrikt te huilen. Nathalie let er niet op, ze rent zo hard ze kan. Hoe snel de wieltjes van de buggy ook over het asfalt vliegen, zonder het karretje zou ze veel vlugger vooruit zijn gekomen. Ze hoeft geen tweede keer om te kijken om te weten dat er geen tijd meer is om te stoppen en Robbie eruit te halen. Het gehoest achter haar klinkt steeds benauwder, de rennende voetstappen vertragen, ze hoort mensen verstikt om hulp roepen.

Om haar heen lijkt de rook dichter te zijn geworden: hij golft niet langer langs het plafond, maar haalt haar in en omsluit haar als snel optrekkende mist. Nu heeft ze nog genoeg lucht om adem te halen en door te rennen, maar dat kan niet lang meer duren.

Mensen trekken hun kinderen uit de auto, er wordt gegild en gevloekt. Door het grote aantal gezinnen in de tunnel lukt het maar weinig mensen om op tijd te vluchten. Geen ouder is van plan zijn kind achter te laten, maar met al die openstaande deuren in de dichte rook wordt de situatie er niet overzichtelijker op. Over de smalle vluchtstrook werkt Nathalie zich door de chaos heen.

In de verte is een zwakke lichtglans zichtbaar en dat geeft haar vleugels. Ze rent zo hard dat één onverwachte hobbel de buggy kan lanceren, maar de weg ligt gelukkig strak en glad voor haar. Nog twee mensen passeren haar, twee jonge vrouwen van haar leeftijd, op blote voeten, de modieuze zonnebrillen nog in het lange haar.

Waar zijn de gezinnen met kleine kinderen gebleven? Nathalie durft zich geen voorstelling te maken van wat zich achter haar in de dichte rook afspeelt.

Ze wordt kortademig en krijgt steeds meer rook binnen. In het grauwe gordijn dat om haar heen hangt, is geen ruimte voor zuurstof. Hoestend vecht ze zich erdoorheen, maar van rennen is geen sprake meer. Haar tempo vertraagt en het kost haar de grootste moeite om in beweging te blijven. Stilstaan is sterven, weet ze, en dus blijft ze de buggy voor zich uit duwen. Het is nu zo zwart om haar heen dat ze Robbie niet meer kan zien. Ze hoort hem evenmin. Haar ogen beginnen te tranen, zodat ze bijna niets ziet. Strompelend bereikt ze de uitgang, vechtend tegen de neiging om in elkaar te zakken.

Een gedaante in het zwart doemt op. Pas als hij vlak bij haar staat, herkent ze in hem een brandweerman. Op het moment dat ze door haar knieën zakt, voelt ze armen om haar heen die haar optillen en naar buiten dragen. Opeens wordt de rook dunner en golft er frisse lucht op haar af.

Desondanks neemt haar benauwdheid niet af, die lijkt zelfs erger te worden. Het licht om haar heen is zo verblindend, dat ze haar ogen, die gemeen prikken, gesloten houdt.

Net als ze denkt dat het moment is gekomen dat ze stikt, wordt er iets op haar gezicht gedrukt en stroomt er zuurstof haar longen in. Er wordt in het Italiaans tegen haar gepraat: vriendelijke, geruststellende klanken. Iemand bet haar ogen met een gaasje en langzaam neemt het prikkende gevoel af. Als ze ze opent, ligt ze op een brancard in een ziekenwagen. Na een paar minuten wordt het zuurstofmasker weggenomen. Ze hoest een paar keer zwart speeksel op, maar haar ademhaling is weer normaal. Naast haar zit de ambulancebroeder die haar heeft verzorgd: een klein mannetje met zwart haar en een snor. Hij glimlacht haar toe, maar zijn ogen staan bezorgd.

'Robbie,' brengt Nathalie schor uit. '*My baby. Where's my baby?*'

De ambulancebroeder wijst naar een andere ziekenwagen. '*Va bene, signorina. The baby is okay. We will take you to ospedale. Hospital.*'

Nathalie komt half overeind, op het punt om te zeggen dat dat niet nodig is, als ze voelt hoe uitgeput ze is. Tegelijk ziet ze de buggy buiten staan, met haar bagage nog aan de handvatten. Een andere brandweerman moet Robbie met zijn karretje en al naar buiten hebben getild.

Ze wijst ernaar en de ambulancebroeder knikt haar geruststellend toe.

Nu ze toch gestrand is, kunnen ze haar net zo goed naar de dichtstbijzijnde grote plaats brengen, bedenkt Nathalie. Van daaruit ziet ze wel verder.

Met een glimlach strekt ze haar armen uit naar Robbie, die naar binnen wordt getild en niets lijkt te mankeren. De broeder legt haar in het Engels uit dat zij door het rennen veel meer rook heeft binnengekregen dan het kind. Bovendien hebben ze relatief korte tijd dichte rook om zich heen gehad. Er is geen reden tot ongerustheid, maar het lijkt hem beter dat ze zich even laten controleren in het ziekenhuis.

Nathalie knikt dat ze het begrijpt. Veel behoefte aan al die aandacht heeft ze niet, maar ze komt er niet onderuit. Ze drukt Robbie tegen zich aan, en terwijl de ziekenwagen in beweging komt en de snelweg oprijdt, sluit ze berustend haar ogen.

15

'Ik weet niet wat jullie lullen, maar ik heb helemaal niets te maken met die moorden.' Rachid Amrani leunt verveeld achterover in zijn stoel.

Tot nu toe werkt de jonge Marokkaan niet erg mee. Bij toerbeurten wordt hij verhoord, nu al vijf uur achter elkaar, maar behalve dat hij meermalen op een leugen is betrapt, heeft het tot weinig resultaat geleid.

'Waarom vertel je ons voor de verandering niet eens de waarheid?' stelt Sjoerd voor.

'Ik vertel de waarheid, man. Ik heb die mensen niet vermoord, dat zeg ik de hele tijd al. Waarom geloven jullie me niet?' zegt Rachid op heftige toon.

'Er zijn haren en speeksel op het lichaam van Ruud Schavenmaker gevonden,' zegt Julia. 'Het DNA uit het speeksel komt overeen met dat van jou.'

'Ik heb al honderd keer uitgelegd hoe dat komt. Schavenmaker en ik hadden ruzie gehad en ik heb hem bespuugd. Maar dat was 's morgens al gebeurd, om een uur of halfelf.'

Sjoerd observeert Rachid scherp. 'Eerst beweer je dat je in Amsterdam zat op de dag dat de moorden zijn gepleegd, en nu beweer je dat je om een uur of halfelf Ruud Schavenmaker hebt bespuugd. Uit de historie van je mobiel blijkt dat je gewoon in Roermond zat. Op de Donderberg, welteverstaan. Het maakt geen betrouwbare indruk als je over dat soort zaken liegt, Amrani.'

'Dat zei ik omdat ik niet wilde dat jullie me zouden verdenken! Dat heb ik die twee andere gasten al uitgelegd! Als ik één keer niet de waarheid spreek, wil dat toch niet zeggen dat ik aldoor lieg!'

'Nee,' zegt Sjoerd. 'Maar het zou best kunnen dat je over de voornaamste zaken wél liegt. Zoals je betrokkenheid bij die moorden. Dus om een uur of elf heb jij ruzie gehad met Ruud Schavenmaker en hem bespuugd. Toen Schavenmaker dood werd aangetroffen, had hij dat T-shirt nog aan. Vind je dat niet een beetje vreemd? Zou jij in een T-shirt met zo'n grote fluim blijven rondlopen?'

'Misschien was hij gewend aan fluimen op zijn shirt.'

Met een zucht leunt Sjoerd naar achteren, en alsof dat een teken is, neemt Julia het verhoor van hem over.

'Vertel eens, Rachid. Hoe goed kende je Kristien en Ruud?'

Met een kreun buigt Rachid naar voren en verbergt zijn gezicht in zijn handen. 'Jezus, dat heb ik al honderd keer verteld.'

'Vertel het nog maar een keer.'

'Ik kende die mensen oppervlakkig. Gewoon, als buurtbewoners. Meer niet.'

'Aan het begin van je verhoor zei je dat je ze helemaal niet kende.' Julia raadpleegt de aantekeningen van het gesprek dat Ari en Koenraad met Rachid hebben gevoerd. 'En daarna liet je je ontvallen dat je regelmatig ruzie had met Ruud Schavenmaker. Maar nu kende je ze weer oppervlakkig. Wat is het nou?'

Rachid laat zijn handen op het tafelblad vallen en kijkt op.

'Je hoeft iemand niet heel goed te kennen om ruzie met hem te krijgen,' legt hij uit, met het geduld waarmee je iets duidelijk probeert te maken aan iemand die zeer traag van begrip is.

'Dat ben ik niet met je eens,' zegt Julia. 'Zeker niet als je zo vaak met elkaar overhoop ligt. Ik denk dat je iemand door ruzies juist heel goed leert kennen, al is het maar in negatieve zin.'

'Nou goed, dan ken ik die Schavenmaker heel goed.' Rachid capituleert met dramatisch opgeheven handen. 'Wat jij wilt. Ik kende hem heel goed in negatieve zin. Het was een klootzak.'

'Waarom vind je dat?'

'Omdat hij een racist was,' zegt Rachid. 'Een racist van het ergste soort. Hij vergiftigde de hele buurt met zijn praatjes. En die vriendin van hem was even erg. Soort zoekt soort. Ze waren allebei gek van Geert Wilders. Hoopten dat hij ons op een dag allemaal het land uit zou flikkeren. Terwijl ik in Roermond geboren ben, weet je dat? Ik ben hier geboren en naar school gegaan, en ik heb het recht om in dit kloteland te wonen!'

'Kloteland?' herhaalt Julia.

'Ja, Nederland wordt steeds meer een kloteland. Maar het is wel mijn kloteland, en ik laat me door dat soort mensen niet zeggen dat ik moet oprotten.'

'En daarom moesten Ruud Schavenmaker en zijn vriendin dood?' vraagt Sjoerd.

'Van mij niet, maar van iemand anders blijkbaar wel.'

'Ik denk dat jij het was.' Sjoerd buigt zich over de tafel naar Rachid toe. 'Jullie hadden fikse ruzie gehad en je was opgefokt van woede. Je hebt een pistool gehaald en bent naar hun woning gegaan. De achterdeur stond open, je kon zo naar binnen. Kristien Moors stond in de weg, dus je rekende eerst met haar af. Daarna ging je de woonkamer in. Ruud Schavenmaker stond met zijn rug naar je toe, een makkelijke prooi. Toch, Rachid? Zo is het toch gegaan?'

Secondelang staart Rachid hem aan. Dan buigt hij ook naar voren en zegt op dezelfde toon: 'Nee, zo is het helemaal niet gegaan. Als je denkt dat ik me tot een bekentenis laat dwingen, heb je het mis. Ik heb er helemaal niets mee te maken!'

'Je zou bijna gaan twijfelen aan zijn schuld,' zegt Sjoerd als ze de verhoorkamer verlaten. 'Ongelooflijk, die jongen geeft geen krimp. Maar goed, het DNA-onderzoek zal het ons straks wel vertellen.'

'Of niet.' Julia kijkt Rachid na, die door een collega van blauw teruggebracht wordt naar zijn cel. Voor verhoor mogen ze hem zes uur vasthouden, en daarna voor nader onderzoek nog maximaal drie dagen. Als ze dan nog niets hebben, moeten ze hem laten gaan.

'Hoezo, of niet? Denk jij dat hij het niet gedaan heeft?' Sjoerd tapt een bekertje koud water uit het apparaat dat op de gang staat en biedt het Julia aan. Ze schudt haar hoofd, en dan drinkt hij het zelf met een paar lange, dorstige teugen leeg.

'Ik weet het niet. Het heeft er alle schijn van dat hij de dader is, maar ergens klopt het niet. Dat gevoel had ik tijdens het verhoor al en het wordt steeds sterker. Ik wéét het wanneer iemand tegen me liegt.'

'Met alle respect, Julia, maar dat kun je niet weten. Veel criminelen zouden geen slecht figuur slaan op het toneel. Sommige verdienen een Emmy Award voor hun acteertalent.'

Julia kijkt nadenkend voor zich uit. 'Als Rachid Schavenmaker heeft gespuugd nadat hij hem heeft vermoord, zou er speeksel in de wonden moeten zitten. Weet jij of dat het geval is?'

'Ik kijk het even na.' Met lange passen loopt Sjoerd naar de recherchekamer, waar hij het forensisch rapport op zijn bureau opzoekt en doorbladert.

'Er zat een grote speekselplek vlak onder Schavenmakers borstbeen en een reeks spetters verspreid over zijn bovenlichaam,' zegt hij na enige tijd.

'Ook in de wonden?'

'Nee.' Sjoerd legt het rapport terug op zijn bureau. 'Schavenmaker had twee schotwonden in zijn borst, vlak onder elkaar, maar daar is geen speeksel in aangetroffen. Waarschijnlijk is het gelijk met het bloed weggevloeid.'

'Zijn jullie al wat opgeschoten?' Ramakers komt binnen en kijkt hen met gefronste wenkbrauwen aan, een blik die hij altijd heeft als hij een bevestigend antwoord op zijn vraag verlangt.

'Niet veel,' moet Julia bekennen. 'Behalve dat Rachid blijft ontkennen.'

'Hm.' Ramakers kijkt nadenkend voor zich uit en laat dan zijn ogen door de verder lege recherchekamer glijden. 'Zolang hij ontkent, hebben we niets. DNA alleen is nooit genoeg om tot een veroordeling te komen. We zullen verder moeten rechercheren om ondersteunend bewijs te verzamelen. Maar in ieder geval hebben we genoeg om hem voorlopig vast te houden en huiszoeking te verrichten. Uit het forensisch rapport is gebleken dat er speeksel op het shirt van Ruud Schavenmaker zat, maar niet in zijn wonden. Dat betekent dat die spuugpartij vóór de moord heeft plaatsgevonden, en dat Rachid dus wel een motief had, maar dat we niet kunnen aantonen dat hij Ruud en Kristien daadwerkelijk heeft doodgeschoten.' Met een spijtig gezicht kijkt hij Julia en Sjoerd aan. 'Er zit niets anders op: we zullen hem moeten laten gaan.'

16

'Heb je iets te doen vanavond?' informeert Melanie. Ze belt aan het einde van de werkdag, als Julia net haar bureau aan het ordenen is. Het is Julia's streven om iedere dag met een opgeruimde werkplek te beginnen, al lukt dat niet altijd. Dat is niet alleen haar schuld; het aantal dossiers en memostickers dat door haar collega's op haar bureau wordt achtergelaten lijkt op een samenzweringsactie om haar gillend gek te maken.

Ze had eigenlijk gehoopt dat het Taco zou zijn die haar belde, om zijn excuus aan te bieden voor laatst. Sinds die uit de hand gelopen avond heeft ze niets van hem gehoord, geen belletje, geen sms'je, niets. Het stemt haar een beetje narrig, maar ze is niet van plan om als eerste bakzeil te halen.

'Hé, Mel! Of ik iets te doen heb? Nou, de afwas van gisteravond staat er nog, en ik heb een nieuw tapijt om te bewonderen: een dikke laag haren van mijn kat. Als ik daar al aan toe kom, want in mijn koelkast staan maar een paar dingen, en die hebben allemaal een angoratruitje gekregen,' zegt Julia opgewekt.

Melanie lacht. 'Dat probleem kan ik heel goed voor je oplossen.'

'Ik ben een en al oor.'

'Sjoerds ouders zouden komen eten, maar zijn vader heeft buikgriep, dus ze hebben afgebeld. En nu zit ik met al dat eten. Ik weet hoe gek je bent op pasta, dus ik reken op jouw hulp.'

Onwillekeurig trekt er een glimlach over Julia's gezicht. Typisch Melanie om een uitnodiging zo te verpakken dat je het gevoel hebt haar te laten zitten als je die afslaat. En Melanie wist dat ze die zou afslaan, want dat doet ze bijna altijd.

'Heb je zoveel eten gemaakt?' vraagt ze, om tijd te rekken.

'Voor vier personen. Zonde om weg te gooien.'

Julia krijgt het gevoel dat duistere krachten samenspannen om haar besluiten te laten nemen die ze niet wil. Een eenvoudig 'nee, ik kan echt niet' zou volstaan. Tekst en uitleg hoeft ze niet te geven, en sinds kort kan ze zich achter Taco verstoppen.

'Ik weet het niet,' zegt ze uiteindelijk. 'Ik ben een beetje moe.'

'Dan moet je juist komen,' reageert Melanie energiek. 'Je hoeft niets te doen, alleen maar in de tuin zitten met een roseetje. Kom op, Juul, dat is toch veel gezelliger dan in je eentje thuis zitten?'

Inderdaad, veel gezelliger. En pijnlijk en confronterend. De paar uurtjes die ze in de tuin van Melanie en Sjoerd doorbrengt, zullen haar verdedigingsmechanisme saboteren en haar vervolgens de halve nacht wakker doen liggen. Ze staat op het punt om een beslist 'nee' uit te spreken, maar Melanie is haar voor.

'Goed, dan zie ik je over een uurtje. Tot dan!' zegt ze opgewekt, en ze hangt meteen op.

Thuis borstelt Julia haar haar, waar een vreemde knik in zit. Ze heeft schouderlang haar, zonder pony, dat voortdurend in haar gezicht valt. Tijdens haar werk draagt ze het altijd in een staart, wat die knik veroorzaakt.

Ze maakt haar haren nat en föhnt ze in model tot ze soepel om haar gezicht vallen. Met een zonnebril schuift ze het haar uit haar gezicht en brengt wat make-up aan om de bleekheid van haar huid te camoufleren.

Voor ze de deur uit gaat geeft ze Morf nog een knuffel, die klaaglijk miauwt en beledigd door het kattenluik verdwijnt.

Julia haalt een fles rosé uit de koelkast, pakt haar tas en verlaat het huis. Even later fietst ze, met de rosé onder de snelbinders, naar de wijk Hammerveld. Sjoerd en Melanie wonen in een mooi vrijstaand huis. Al staan de huizen er redelijk dicht op elkaar, de wijk heeft toch een chique allure. Ze vermoedt dat de erfenis die Melanies ouders haar hebben nagelaten haar op weg heeft geholpen om zo'n huis te kunnen kopen.

Dat Melanie net als zij al jong haar ouders heeft verloren heeft ontegenzeggelijk een band geschapen. Aan Melanie hoeft Julia niet uit te leggen hoe diep de pijn van het gemis nog steeds is. Op verjaardagen en andere gezellige momenten hebben ze aan een enkele blik genoeg om te weten wat er in hun hart omgaat. Het is jammer dat ze zich deze vriendschap niet kan veroorloven, ze zouden veel aan elkaar kunnen hebben.

Bij een laag wit huis met een prachtige tuin eromheen stapt Julia af. Hoge oude bomen zorgen voor een aangename schaduw, waar de zon in vlekken doorheen valt.

Nog voor Julia haar fiets op slot heeft gezet, gaat de deur open en komt Melanie naar buiten.

'Julia! Wat leuk om je weer eens te zien! Dat is echt lang geleden.' Ze loopt op Julia af, slaat een arm om haar heen en kust haar op beide wangen. Voor Julia iets kan terugzeggen, haakt Melanie haar arm in die van haar en neemt haar mee naar binnen.

'Wacht, ik heb een fles rosé meegenomen.' Julia haast zich terug naar buiten en haalt de fles onder de snelbinders vandaan.

'Heerlijk, ik heb er zelf ook een koud staan,' zegt Melanie als ze weer naar binnen stapt. 'Maar deze komt ook wel op. Geef maar, dan zet ik hem in de koelkast.'

Ze lopen de woonkamer in, waar de eikenhouten vloer en lichte meubels voor een rustgevende sfeer zorgen. Boven klinkt luid gespetter en Melanie zegt: 'Sjoerd staat onder de douche. Kom, dan gaan we lekker buiten zitten.'

Julia volgt haar en stapt door de openstaande tuindeur de warmte van de tuin in. Het huis heeft een witgelakte veranda, waar een box is neergezet. Op een vrolijk bedrukt speelkleed ligt een baby van een maand of vijf met een knuffelbeertje te spelen. Julia loopt naar het kindje toe en buigt zich over hem heen.

'Hé, Joey! Hoe is het, mannetje? Je krijgt al bruine beentjes.' Ze wendt zich tot Melanie, die met de armen over elkaar geslagen trots en vertederd staat te kijken. 'Hij ziet er echt goed uit. Lekker stevig.'

'Ja, hij groeit hard. Het is ongelooflijk. Volgens Sjoerd geef ik hem stiekem krachtvoer, maar volgens mij zit het 'm in de genen van zijn vader. Als hij van plan is net zo lang te worden als Sjoerd, dan is hij goed bezig.' Melanie komt naast Julia staan. 'Wil je hem even op schoot?'

'Nee, laat hem maar lekker liggen, hij ligt zo lief te spelen.' Julia neemt plaats op een tuinstoel in de schaduw en Melanie dringt niet aan.

Ze kietelt Joey in zijn zij en maakt gekke geluidjes tegen hem, waarop het jongetje hartveroverend naar haar lacht. Dan richt ze zich tot Julia. 'Wil je iets drinken?'

'Ja, lekker. Doe maar een roseetje. Ik hoorde dat je een fles koud hebt staan, dus laten we maar meteen beginnen.'

'Ik doe met je mee.' Melanie loopt de keuken in. Even later komt ze terug met twee glazen rosé. 'Hoe is het met je? Ik heb je zo'n tijd niet gezien.'

'Goed, maar het is druk op het werk.'

'Ja, als je hier zo zit, is het moeilijk voor te stellen dat we in zo'n gewelddadige wereld leven.'

Ze kijken allebei om zich heen in de groene tuin, waar de zomerbloemen volop bloeien en de wind door de struiken en bomen fluistert.

'Hoe is het met Taco?' vraagt Melanie belangstellend. 'Gaat het goed tussen jullie?'

'Ja, heel goed.'

'Wat is er? Ik zie aan je gezicht dat er iets is. Hebben jullie ruzie gehad?'

Onwillekeurig moet Julia lachen om de scherpzinnigheid van haar vriendin. Er is niet veel wat je voor Melanie verborgen kunt houden.

'Ach, het is niets. Taco kan wat opvliegend zijn,' zegt ze. 'Niet tegen mij, hoor, maar als we uitgaan, is er altijd wat. Laatst zaten we in de auto en werden we afgesneden door een of andere malloot. Bij het eerstvolgende stoplicht kwamen we hem weer tegen. Ieder ander wijst dan op zijn voorhoofd of claxonneert even, maar Taco stapt meteen uit en maakt er een hele toestand van. Hij laat niets over zijn kant gaan. Op zich vind ik dat wel bewonderenswaardig, maar af en toe is het ook dodelijk vermoeiend. Je weet nooit hoe een dag met hem verloopt.'

'Ja,' zegt Melanie peinzend. 'Ik begrijp wat je bedoelt. Het is een leuke, aantrekkelijke man, maar zoals je zegt, hij laat niets over zijn kant gaan. En bij jou helemaal niet.'

'Bij mij helemaal niet? Hoe bedoel je?'

'Ik denk dat hij zich vooral in jouw gezelschap zo macho gedraagt omdat je bij de politie werkt. Ik ken mannen genoeg die er problemen mee zouden hebben dat hun vrouw of vriendin rechercheur is. Die gaan opeens heel erg de man in huis uithangen. Ter compensatie, begrijp je.'

Een volle minuut kijkt Julia nadenkend voor zich uit. 'Daar zou je weleens gelijk in kunnen hebben,' zegt ze ten slotte. 'Je bedoelt dat hij zich ter compensatie zo uitslooft.'

'Ja, om zijn ego wat op te krikken. Zo'n figuur lijkt Taco me wel.'

Julia slaakt een vermoeide zucht. 'Als dat zo is, dan hebben we een probleem, want in dat soort toestanden heb ik absoluut geen zin. Ik ga niet in mijn vrije tijd het hulpeloze vrouwtje uithangen om mijn vriend een beter gevoel te geven.'

'Ik hoop dat je het niet erg vindt dat ik het zeg, maar ik vind jullie ook helemaal niet zo goed bij elkaar passen,' zegt Melanie op verontschuldigende toon. 'Taco is leuk, maar gecompliceerd. Wat jij nodig hebt is een no-nonsense type.'

Op dat moment klinken er voetstappen in de woonkamer en verschijnt Sjoerd op de veranda.

17

'Zo, zitten jullie over me te roddelen?' zegt Sjoerd goedmoedig. Zijn haar is nat en hij draagt een korte spijkerbroek met een lichtblauw T-shirt. Hij lacht naar Julia, haalt zijn hand door Melanies krullen en laat zijn blik rusten op de glazen rosé op tafel. 'Ik zie dat de dames al begonnen zijn.'

'Ja, ik weet niet waar het idee vandaan komt dat het vrouwen zijn die altijd zoveel tijd nodig hebben. In de praktijk maak ik het vaak heel anders mee,' zegt Melanie met een plagend lachje. 'Wat wil jij drinken, schat?'

'Doe mij maar een biertje.' Sjoerd loopt naar de box en tilt zijn zoon eruit. Hij gaat met hem op de stoel naast Julia zitten, en onmiddellijk voelt ze de vertrouwde pijn opkomen.

'Hij is groot geworden, hè?' zegt Sjoerd trots.

'Nou! Dat zei ik net nog tegen Melanie.' Julia pakt Joeys handje en aait er met haar duim over. 'Het is echt een schatje.'

'Dat vind ik nou ook.' Sjoerd tilt zijn zoon hoog boven zijn hoofd, zodat Joey het uitschatert, en laat hem weer op zijn schoot zakken. 'Zo, ben je weer een beetje bijgekomen van vandaag?'

'Ik ben bang dat daar meer voor nodig is. Ik zie de hele tijd die twee jonge mensen voor me.'

Voor ze erop door kunnen gaan, komt Melanie terug met een flesje bier, een glas en een opener. Ze zet alles op tafel neer en zegt: 'Ik ga eens even kijken of er nog wat zoutjes zijn. Of hebben jullie al honger?'

'Welnee, we hebben de hele avond de tijd,' zegt Sjoerd. 'Toch, Julia?'

Julia knikt bevestigend. Melanie komt terug met wat zoutjes, gaat bij hen zitten en neemt een slokje van haar rosé. 'Wat is het al lang mooi weer, hè? We zitten iedere avond buiten. Ik zei laatst nog tegen Sjoerd dat we bijna geen tv meer kijken. Ik mis al mijn favoriete series.'

'Zoals CSI en *Bones*.' Sjoerd trekt een gezicht.

'Sjoerd kijkt niet naar misdaadseries,' vertrouwt Melanie haar toe. 'Hij windt zich er te veel over op. Vooral CSI vindt hij verschrikkelijk.'

Julia grinnikt. Ze kan zich er iets bij voorstellen.

'Het is toch ook een belachelijk programma,' zegt Sjoerd. 'Alleen al de manier waarop die lui op de plaats delict rondlopen. Zonder mondkapjes, mutsjes of andere beschermende kleding, maar gezellig in spijkerbroek en met wapperende haren. En dan het gemak waarmee ze misdaden oplossen, alsof je alleen maar even goed hoeft rond te kijken en hé, daar ligt een nikserig spoortje. Ze stoppen het in hun futuristische, niet-bestaande apparaten en voilà, daar hebben ze de dader.'

'Ik vind het wel een leuke serie,' bekent Melanie. 'Ik weet ook wel dat in werkelijkheid niemand bij het Forensisch Instituut gewapend rondloopt, en dat de mensen die het sporenonderzoek verrichten helemaal geen politiebevoegdheden hebben, maar het is toch leuk om te zien hoe een kledingdraadje tot een arrestatie kan leiden.'

'Heel vaak loopt het spoor gewoon dood.' Julia pakt haar glas van tafel. Dat eerste verfrissende slokje is altijd het lekkerste. Soepel glijdt het naar binnen, snel gevolgd door een tweede.

'Precies.' Met een geroutineerde beweging wipt Sjoerd de kroonkurk van zijn biertje. 'Ik ken plaatsen delict genoeg waar helemaal niets te ontdekken viel, en als er al een paperclip of draadje lag, dan leidde dat overal naartoe behalve naar de dader.'

'Ik dacht dat er altijd wel wat DNA achterbleef. Haren, huidschilfers, dat soort dingen. Die verlies je toch voortdurend?' zegt Melanie.

'Maar dan moet dat DNA wel opgeslagen zijn in een databestand. Als het je eerste misdaad is, kun je zoveel DNA achterlaten als je wilt, de politie krijgt geen match. Eigenlijk zou het bij de wet verplicht moeten worden dat iedereen zijn DNA laat registeren.'

'Nou...' zegt Julia.

Ook Melanie trekt een weifelend gezicht. 'Ik weet niet of ik dat prettig zou vinden.'

'Waarom niet?' vraagt Sjoerd. 'Als je niets gedaan hebt, hoef je toch nergens bang voor te zijn?'

'Dat is niet helemaal waar.' Julia neemt nog een slokje rosé en zet het glas terug op tafel. 'Ook als je onschuldig bent, kan het nog heel lastig zijn om te verklaren hoe jouw DNA op een plaats delict is gekomen. Je weet zelf ook dat dat gebeurt, vooral als het om haren gaat. Haren reizen,' zegt ze ter verduidelijking tegen Melanie. 'Een haar van mij kan op jouw kleding terechtkomen en er op een plaats delict weer af vallen.'

Melanie knikt instemmend.

'Een rechter gaat ook nooit alleen van DNA-sporen uit als hij tot een veroordeling overgaat,' zegt Sjoerd. 'Je kunt een compleet DNA-profiel hebben samengesteld van een misdadiger, maar als hij niet bekent, zul je toch met aanvullend bewijsmateriaal moeten komen. Ik begrijp niet waarom jullie erop tegen zijn om verplicht DNA af te staan. Er zou een enorme preventieve werking uitgaan van zo'n uitgebreid bestand.'

'Dat is waar,' geeft Julia toe. 'Maar zoals je net al zei, wordt er niet altijd DNA gevonden op de plaats van een misdrijf. Misdadigers worden ook steeds slimmer. Denk maar aan die verkrachtingszaak waarin de dader een condoom gebruikte en zijn slachtoffers dwong te douchen en hun tanden te poetsen. Er bleef geen spoortje DNA van hem achter.'

'Deed hij dat echt?' Ongelovig kijkt Melanie haar aan.

'Ja, echt waar. Er zijn zelfs gevallen bekend van criminelen die de stofzuiger over de plaats delict hebben gehaald, zodat er geen enkel spoor gevonden werd. En de slimmerik heeft de stofzuigerzak nog meegenomen ook.'

'Ook een gevolg van die verschrikkelijke series,' bromt Sjoerd. 'Ze maken niet alleen het kijkerspubliek een stuk wijzer, maar ook de misdadigers.'

Even is het stil. Een verkoelend zuchtje wind strijkt over hun hoofden en doet de bladeren van de bomen ritselen.

'Wat een gezellig gespreksonderwerp op zo'n mooie dag,' zegt Melanie met een glimlach. 'Zullen we het over wat leukers hebben?'

De avond verloopt gezellig en ontspannen. Ze praten over ditjes en datjes, met de vanzelfsprekendheid van vrienden die elkaar al lang kennen.

Het is donker als Julia afscheid neemt en op haar fiets stapt.

'Zal ik je even naar huis brengen? We weten allebei wat voor gespuis er op straat rondzwerft,' zegt Sjoerd bezorgd.

Julia schiet in de lach. 'Dat kleine eindje kan ik echt wel fietsen, hoor. Overdag pak ik boeven op, weet je nog?'

'Overdag heb je een lijfriem om met een Walther P5 en een wapenstok eraan.'

'Die heb ik echt niet nodig om een of andere idioot van mijn lijf te houden.' Julia geeft hem een zoen op zijn wang en kust daarna Melanie. 'Bedankt, het was gezellig.'

'Dat vind ik ook. We doen het snel nog eens.' Melanie kijkt met haar armen over elkaar hoe Julia de stoep af rijdt. De frisse avondlucht doet haar even rillen en Sjoerd slaat zijn arm om haar heen.

Zonder omkijken fietst Julia de straat uit, naar huis.

18

Het ziekenhuis San Giovanni in Bellinzona ligt aan de voet van een met dennenbomen begroeide heuvel. Door de ligging in het dal is het hele plaatsje omgeven door beboste hellingen. Nathalie vangt er niet meer van op dan een glimp door de ramen van de ambulancedeuren, maar genoeg om een indruk te krijgen van de plaats waar ze naartoe wordt gebracht.

Ze stoppen bij de ingang van de *Pronto Soccorso,* waar ziekenhuispersoneel de deuren van de ambulance openmaakt. In de verte loeien sirenes. Tegen de tijd dat Nathalie en Robbie naar binnen zijn gebracht, stoppen er nog twee ambulances bij de Eerste Hulp. Nathalie wordt verzocht in de wachtkamer plaats te nemen.

Vervolgens rennen meerdere verpleegkundigen tegelijk naar de ambulances toe om de slachtoffers hulp te bieden.

Nathalie kijkt rond in de ontmoedigend volle wachtkamer. Kennelijk is haar toestand niet urgent genoeg. Dat verbaast haar niets;

na de eerste hulp in de ambulance voelt ze zich wel weer de oude.

Robbie is lastig; hij wil niet op schoot blijven zitten, overstrekt zich en begint te krijsen. Met zijn longen zit het dus wel goed. Hij ziet er alleen niet uit: zijn gezichtje is bedekt met roet en zijn kleertjes zien zwart. Ze kan trouwens zelf ook wel een douche gebruiken. Het zomerse bruin van haar armen en benen gaat schuil onder een fijn zwart laagje.

Het ziet ernaar uit dat het nog wel even kan duren voor er iemand naar hen komt kijken, en dus staat ze op en vraagt bij de receptie om haar spullen. Ze maakt een gebaar alsof ze drinkt en wijst op Robbie. De dienstdoende verpleegkundige knikt begrijpend en wijst naar de buggy, die achter de balie staat.

Nathalie zet Robbie erin en rijdt hem naar de toiletruimte. Daar ritst ze de sporttas open en controleert de inhoud. Zo te zien zit alles er nog in. Opgelucht doet ze de tas weer dicht. Ze maakt een fles melk klaar, waar Robbie gretig zijn handjes naar uitstrekt. Terwijl hij drinkt, bekijkt Nathalie zichzelf in de spiegel. Een onbekende vrouw, met grote ogen in een deels bleek, deels beroet gezicht kijkt terug. Met veel water en zeep knapt ze zich een beetje op. Ze gebruikt papieren tissues om zich af te drogen en daarna is Robbie aan de beurt. Met enige tegenzin laat hij het gepoets en gewrijf toe, zijn handjes stevig om zijn fles geklemd.

Iets minder zwart, maar nog steeds verre van schoon verlaten ze even later de toiletruimte. Nathalie werpt een blik naar rechts, waar nieuwe slachtoffers uit de Gotthardtunnel worden binnengebracht. Niemand heeft aandacht voor haar.

Ze duwt de buggy naar links en loopt zo snel mogelijk de lange gang door. Zonder nageroepen te worden of iemand tegen te komen, gaat ze de hoek om. Een nieuwe gang voert haar verder het ziekenhuis in. Al gauw wordt het drukker en kijken mensen haar bevreemd aan. Nathalie besteedt geen aandacht aan hen. Ze volgt de bordjes USCITA tot ze bij de hoofduitgang is. Zonder vaart te minderen loopt ze op de deuren af en wandelt het zonlicht in.

Het autoverhuurbedrijf ligt niet ver van het ziekenhuis. Nathalie hoeft alleen de Via San Gottardo af te lopen. Reclameborden met

'Holiday Cars' wijzen haar de weg terwijl ze Robbie in zijn wagentje voortduwt. Bij elke stap die ze zet, is ze zich bewust van starende blikken, maar dat is nog niets bij de reactie van de jongeman achter de balie van het autoverhuurbedrijf. Het naambordje op zijn revers vermeldt dat zijn naam Enzo Cappecchi is. Met open mond kijkt de jongen haar aan en zegt dan iets in rap Italiaans.

Nathalie verstaat alleen de naam van de tunnel. Ze negeert het vragende gezicht van de man en zegt in het Engels wat ze wil. Een niet te grote auto, voor een week.

Terwijl hij af en toe een blik op haar werpt, zoekt Enzo Cappecchi in de computer welke auto's beschikbaar zijn. Intussen zoekt Nathalie haar mobiele telefoon, maar zonder resultaat. Hij zit niet in haar broekzak en niet in haar tas, en opeens bedenkt ze dat hij nog in de auto ligt. Ze had hem in het vakje bij de handrem gelegd.

'Shit,' zegt ze zacht.

Ze wendt zich half af van de toonbank en staart uit het raam. In ieder geval is ze nu verlost van de telefoontjes van Vincent. Misschien denkt hij wel dat ze bij de brand is omgekomen. Waar zou hij zelf gezeten hebben toen het ongeluk gebeurde? Is hij vlak voor de ingang van de tunnel gestrand of zat hij ook in de val? Hoe dan ook, ze heeft een flinke voorsprong opgebouwd. De verkeerschaos voor de tunnel moet enorm zijn. Zelfs als Vincent kans heeft gezien om op tijd een afslag te nemen en over de pas verder te rijden, zal hij niet de enige zijn die op dat idee is gekomen. En als het zendertje op haar auto zat, kan hij haar niet langer achtervolgen. Voor de zekerheid zal ze alles wat ze bij zich heeft grondig inspecteren. Maar eerst moet ze hier zien weg te komen.

Enzo Cappecchi kijkt op en zegt dat hij haar een Fiat Punto kan bieden.

Nathalie knikt instemmend en haalt haar rijbewijs en paspoort uit haar tas. Cappecchi bestudeert de identiteitspapieren, waar een onmiskenbare rooklucht van afkomt, zoals alles om Nathalie heen de geur van verbranding uitwasemt.

Niet lang daarna rijdt ze in een paarse Fiat Punto het terrein van Holiday Cars af. Tot haar tevredenheid was het mogelijk om een autozitje voor Robbie te huren, zodat hij nu veilig op de achterbank in de riempjes vastgesnoerd zit. Ze slaat de Via San Gottardo in en kijkt goed om zich heen. Het is vakantietijd en iedere keer als ze een Nederlands kenteken ziet, schrikt ze, maar het zijn allemaal vakantiegangers. Vincent is nergens te bekennen. Het geeft haar een veilig gevoel dat ze nu een Zwitserse kentekenplaat heeft.

Ze rijdt door Bellinzona, waar de zon nog net boven de bergtop uit komt en de gebouwen en huizen met een warme oranjegele glans overgiet. De schoonheid van de besneeuwde alpen op de achtergrond vormt een schril contrast met de verschrikkingen die daar ergens, in de tunnel, hebben plaatsgevonden.

Via Locarno rijdt ze om het Lago Maggiore heen in de richting van Cannóbio. De bochtige weg eist al haar aandacht op, maar ze kan het niet laten nu en dan een blik op het meer te werpen. Glinsterend blauw ligt het daar, adembenemend mooi tussen het groen van de beboste hellingen.

Nathalie kijkt op haar horloge: tien over halfvijf. Het is niet ver meer naar het huisje. Als ze geen oponthoud krijgt, kan ze er binnen een uur zijn.

Drie kwartier later rijdt ze Cannóbio binnen, een pittoresk dorpje met antieke stenen wegen en een mooie promenade vol cafés, bars, restaurants en winkeltjes. Ze herinnert het zich uit haar jeugd, want haar vader heeft haar er, samen met de vriendin met wie hij op dat moment zijn leven deelde, meermalen mee naartoe genomen. Tijdens die vakanties was haar vader vrolijk, gebruind en ontspannen. Desondanks is ze na zijn dood nooit meer naar het huisje toe gegaan.

De weg slingert naar boven, tussen het groen en de bloemen door, die hun uitbundige frisheid danken aan de vele bergregens die hier 's zomers vallen. Bij de eerstvolgende bocht ziet ze het huis tussen het bladerdek van de bomen schemeren: een aantrekkelijke woning met terracottakleurige muren en blauwe luiken. Helaas ligt het niet direct aan het meer, maar de twee slaapkamers kijken er wel op uit en het zwembad in de tuin maakt veel goed. Casa di Lago is een heerlijk vakantiehuis, gekocht in een tijd dat er in Italië nog koopjes te vinden waren. Vandaag de dag zou het huis vele tonnen opleveren.

Nathalie neemt de laatste bocht en rijdt het pad op dat naar het huis leidt. Ze baalt verschrikkelijk als ze een donkerblauwe Ford Galaxy met Nederlands kenteken voor de deur ziet staan. Met knarsende banden rijdt ze de parkeerplaats bij het huis op en zet de motor uit. Moedeloos blijft ze achter het stuur zitten. Ze kan omkeren en een hotelletje in Cannóbio nemen, maar in deze tijd van het jaar zitten alle hotels propvol. Haar ogen branden van vermoeidheid, ze snakt naar een douche en ze heeft honger en dorst. Een lange zoektocht naar een slaapplaats voor de nacht is wel het laatste waar ze zin in heeft, maar ze verheugt zich evenmin op de confrontatie met haar zus.

Op dat moment gaat de deur van Casa di Lago open en verschijnt er een man op de drempel. Met zijn hand beschut hij zijn ogen tegen de lage zon, zijn gezicht staat wantrouwig. Het feit dat er een Zwitserse Punto op zijn terrein staat, maakt dat er niet beter op. Hij roept iets naar binnen en stapt op Nathalie af.

Met een zucht van berusting opent Nathalie het portier en komt haar auto uit.

'Hoi Edwin,' zegt ze. 'Je ziet lekker bruin. Hebben jullie een fijne vakantie?'

Even is haar zwager uit het veld geslagen, dan herkent hij haar. 'Hé?' zegt hij verrast. Zijn ogen glijden naar de kentekenplaat. 'Wat doe jij nou hier? In een Zwitserse wagen?'

'Eén ding tegelijk, Ed. Is Cécile er ook?' Een domme vraag. Natuurlijk is haar zuster er ook. Het duurt niet lang voor ze naar buiten komt, in bikini met bijpassend omslagrokje. In tegenstelling tot haar man heeft ze maar één blik op haar zuster nodig.

'Wat doe jij hier nou?' Stomverbaasd blijft ze staan.

'Zó verrassend is dat toch niet? Dit is ook mijn huis.' Nathalie leunt met haar rug tegen de auto en slaat haar armen over elkaar.

'Maar je komt hier nooit!'

'Eens moet de eerste keer zijn.'

In de stilte die volgt, loopt Cécile langzaam op haar jongere zusje af. Haar ogen scannen haar van top tot teen, dwalen over haar smoezelige verschijning.

'Wat is er met jou gebeurd?'

'Er was brand in de Sint-Gotthard. Ik zat er middenin.' Nathalie had het als een achteloze mededeling willen laten klinken, maar tot haar ergernis trilt haar stem.

'De Sint-Gotthard? Was daar brand?' Céciles stem drukt zowel verbazing als wantrouwen uit, alsof ze haar zus ervan verdenkt melodramatisch te doen.

'Ja, dat zag ik net op televisie. Er was een extra nieuwsuitzending. Een groot ongeluk met uitslaande brand als gevolg. Er zijn heel wat doden gevallen,' zegt Edwin, en er verschijnt een bezorgde frons op zijn gezicht. 'Zat jij daarin? Hoe heb je dat in godsnaam overleefd?'

'Door hard te rennen. Ik liep op tijd weg van het ongeluk. De meeste mensen bleven in hun auto zitten, alsof ze zich niet konden voorstellen dat hun leven gevaar liep.' Nathalie maakt zich los van de auto. 'Ik heb dorst. Hebben jullie iets te drinken voor me?'

'Ja, natuurlijk.' Céciles stem klinkt wat toeschietelijker, al komt ze niet in beweging. Met haar armen over elkaar staart ze Nathalie aan. Ze rekt haar hals alsof ze wil kijken of er nog iemand het pad op komt, iemand die nog minder welkom is. 'Waar is Vincent?'

'Ik ben alleen,' zegt Nathalie. 'En maak je maar geen zorgen, ik blijf niet. Als ik had geweten dat jullie hier zaten, was ik niet eens gekomen. Ik moet alleen even uitrusten en dan ga ik op zoek naar een hotel.'

'Ben je gek? Je blijft natuurlijk hier,' zegt Edwin meteen, en hij kijkt zijn vrouw dwingend aan.

'Ja, natuurlijk,' echoot Cécile zonder veel overtuigingskracht.

Ze staan op een paar meter afstand van de auto en hebben Robbie nog niet gezien. Dat kan ook maar beter niet gebeuren. Nathalie is simpelweg te moe om ruzie te maken. Als ze één keer haar stem moet verheffen, één belediging of aanval moet pareren, stort ze in.

'Laat maar zitten. Ik zoek in het dorp wel iets.' Ze loopt om de auto heen en doet het portier open. Net als ze wil instappen, klinkt er een geluid van de achterbank. Een klaaglijk gehuil, van een baby die net wakker wordt en ontdekt dat zijn maag leeg is.

Op Céciles gezicht wisselen verbazing en ongeloof elkaar af. Ze schiet naar voren, en voor Nathalie het kan verhinderen, rukt ze het achterportier open.

'Mijn god!' roept haar zus vol afschuw uit. 'Je hebt een kind van hem!'

19

'Dus het onderzoek is vastgelopen,' zegt Emma. Ze komt met een dienblad in haar handen de overvolle woonkamer in en zoekt een plekje op de salontafel, die eveneens vol staat met spullen.

Julia buigt zich vanaf de bank naar voren om het een en ander opzij te schuiven, zodat haar oma de theespullen op tafel kan zetten. Zolang ze zich kan herinneren is Emma bezig met opruimen, ordenen en sorteren, om dezelfde dag nog een nieuwe voorraad tweedehandsspullen voor haar goede doelen binnen te krijgen.

'We hebben een lange lijst van verdachten doorgenomen, buurtbewoners, kennissen, collega's, vrienden en familie van dat stel, en ze allemaal doorgelicht,' zegt ze. 'Problemen en ruzietjes genoeg, maar niemand lijkt voldoende reden te hebben om die twee uit de weg te ruimen. Alleen Rachid heeft een motief, al is het niet zo sterk.'

'Waren die jongelui echt zo racistisch?' vraagt Emma terwijl ze de thee inschenkt.

'Ach, racistisch… Je bent tegenwoordig wel erg snel racistisch. Maar die jongen was wel iemand die zeer overtuigd op Geert Wilders stemde. Hij had er ook geen moeite mee om luidkeels zijn mening over buitenlanders te verkondigen. Ik kan me voorstellen dat dat wrevel veroorzaakte in de buurt, maar om daar iemand voor neer te schieten…'

'Het gebeurt,' houdt oma haar voor. 'Je hebt maar één fanatiekeling nodig die zich geroepen voelt om daar een eind aan te maken.'

'Dat is waar,' geeft Julia toe. 'Maar tot nu toe leidt geen enkel spoor in de richting van Rachid. We hebben helemaal niets.'

En dat is ook zo. De initialen R.A. kunnen van iedereen zijn. Ze is nog een keer teruggegaan naar de snackbar om uit te vissen wat Roy precies bedoelde, maar hij deed net alsof hij van niets wist. Hij beweerde dat ze toevallig een servetje had gekregen waar iemand iets op had geschreven. Als de mensen daar hun mond opendeden, zouden ze struikelen over de aanwijzingen, maar helaas doen ze dat niet.

'Ik blijf het vreemd vinden dat jullie de dader niet kunnen vinden. Op televisie gaat het allemaal zo gemakkelijk.' Emma laat zich in haar leunstoel zakken en pakt haar theekopje van tafel.

'Oma, je weet toch dat het er in het echt heel anders aan toe gaat. Veel misdrijven worden zelfs helemaal niet opgelost.'

'Maar jullie hebben toch wel een idéé wie de dader is? Een klein vermoeden?' Emma kijkt haar hoopvol aan.

Julia houdt een zucht binnen. Dinsdagavond gaat haar oma altijd bridgen, en op de club wordt natuurlijk druk over de moorden gepraat. En wat is nou leuker dan nieuws uit eerste hand, van je kleindochter die bij de recherche werkt? Hoe slim haar oma ook is, het blijft moeilijk om haar aan het verstand te peuteren dat ze haar helemaal geen nieuwtjes mag vertellen, los van het feit dat er simpelweg geen nieuws ís.

Rachids leven is van onder tot boven uitgeplozen en binnenstebuiten gehaald, maar dat heeft niets opgeleverd. Een frisse jongen is hij niet, maar het enige waar ze hem op konden pakken is wapenhandel. Er is geen enkele aanwijzing dat hij iets met de moorden in de Bachstraat te maken heeft.

Het is frustrerend dat het onderzoek is vastgelopen, maar zo gaat dat soms. Er wordt nog steeds aan de zaak gewerkt, maar het rechercheteam waarmee ze van start zijn gegaan, is flink ingekrompen.

Afwezig aait Julia Sammie, het rode katertje dat haar oma in huis heeft gehaald nadat hij door een paar kinderen uit de Roer was gevist. Hij zat in een zak die half in het water, half in het riet lag en het vier weken oude katje was bijna verdronken. En natuurlijk was het Emma Vriens die het diertje in haar huishouding opnam. Net zoals ze zich om haar kleindochter bekommerde toen die jaren geleden haar ouders verloor. Zonder haar oma was Julia in het systeem van pleegzorg beland, waarbij je maar moet afwachten waar je terechtkomt.

Julia kijkt de kamer rond, die vol staat met dozen en plastic zakken. Dat is niets vreemds, haar oma is net een hamster die voortdurend spullen naar haar nest sleept. Alles heeft waarde, niets mag weg. Zelfs de oudste troep kan volgens haar nog weleens van pas komen.

Oude kleding, gordijnen, lappen stof, schoenen, langspeelplaten, boeken, maar ook gehaakte tafelkleedjes en geborduurde schilderijtjes: je kunt het zo gek niet bedenken of haar oma bewaart het. Niet alleen haar eigen rommel, ook die van anderen. Als er iemand bezig is zijn zolder leeg te ruimen, kan hij erop rekenen dat alles wat nog heel en bruikbaar is een plekje vindt bij Emma Vriens.

'Zonde om weg te gooien,' zegt ze altijd. 'Daar kan ik vast wel iemand een plezier mee doen.'

Het resultaat is dat niemand die haar een bezoekje brengt met lege handen de deur uit gaat. Zodra je je jas uittrekt, hangt zij je al een ander exemplaar om, of ze zet je een wollen muts op en doet je een gebreide sjaal om. En als ze bij jou op bezoek komt, is de kans groot dat in de tijd dat jij thee aan het zetten bent, je vensterbank opeens verrijkt is met een rij porseleinen beeldjes.

'Dat zal wel komen doordat je vroeger niet veel had,' heeft Julia eens gezegd. 'En omdat je de oorlog hebt meegemaakt.'

'Welnee,' zei haar oma. 'Die oorlog is al zo lang geleden. Ik was nog maar een tiener. Later kregen we het echt wel beter, al hadden we het niet zo luxe als tegenwoordig. Maar dat heeft er volgens mij niets mee te maken. Mijn moeder heeft de oorlog wel heel bewust meegemaakt, zij heeft het erg moeilijk gehad om negen monden te voeden. Haar kinderen waren haar leven, maar zodra het hele spul de deur uit was, gooide ze al hun rommel weg. Terwijl ik laatst mijn oude borstrokken nog tegenkwam, en ik alle kinderkleertjes en het speelgoed van je vader nog heb.'

Met ontzag kijkt Julia naar de kartonnen dozen die hoog opgestapeld staan in een hoek van de kamer.

'Is er iemand verhuisd of doodgegaan?' vraagt ze terwijl ze een café noirtje uit de koektrommel vist. 'Het lijkt nog voller dan anders.'

'Ik ben de kamers achter aan het leeghalen.' Haar oma tilt een stapeltje boeken van haar stoel, zet ze op de grond en gaat tegenover Julia zitten. 'Ik ga ze verhuren.'

Verrast kijkt Julia haar aan. 'Waarom?'

'Waarom niet. Het lijkt me gewoon leuk. Dan heb ik iets te doen én ik heb wat aanspraak.'

'Ik krijg niet de indruk dat je niets te doen hebt.'

'Dat is zo, maar ik ben wel vaak alleen. Dat is geen verwijt naar jou, kind. Je komt zo vaak je kunt. Maar het lijkt me gezellig om weer iedere dag iemand over de vloer te hebben.'

'Dat kan ook erg tegenvallen, oma,' waarschuwt Julia.

'Dat weet ik. Maak je geen zorgen, ik verhuur die kamers ook niet aan de eerste de beste. Eerst kijk ik wat voor vlees ik in de kuip heb. En als ik het niet vertrouw, kun jij ze toch even natrekken?' Emma nipt tevreden van haar thee.

Dat meent ze ook nog, weet Julia. Ze denkt echt dat zij zonder enige aanleiding mensen mag natrekken. Maar hen een beetje in de gaten houden kan natuurlijk geen kwaad. Als haar oma echt kostgangers in huis neemt, zal ze dat zeker doen.

'Als je ergens hulp bij nodig hebt, geef je maar een gil,' zegt ze.

'Ik denk het niet, lieverd. Loek, de zoon van een vriendin van me, helpt me heel goed. Hij heeft een busje waarmee hij spullen voor me ophaalt of wegbrengt, en hij helpt me ook die dozen te stapelen.' Ze knikt naar de hoek van de kamer, waar het crèmekleurige gordijn geplet wordt door de muur van dozen. 'Zo hoog kan ik ze niet tillen. Maar laten we het niet over mij hebben. Hoe is het met de liefde?'

'Met Taco? Wel goed, denk ik. Ik heb een tijdje niets van hem gehoord.'

Emma Vriens schudt haar witte krullen. 'Ik heb het niet over Taco. Ik bedoelde die collega van je. Die getrouwde collega. Ik hoop dat je daar inmiddels overheen bent?'

Haar oma heeft altijd al dwars door haar heen gekeken. Geen moment heeft Julia haar een rad voor ogen kunnen draaien door een relatie met Taco te beginnen.

Terwijl ze tussen de licht glooiende graanvelden en weilanden door naar huis fietst, galmen Emma's woorden in haar hoofd na. Het rustieke landschap heeft niet de rustgevende uitwerking op haar die het anders heeft.

Haar oma's stem klonk een beetje pinnig, alsof ze zich niet kon voorstellen hoe een kleindochter van haar, zo onafhankelijk en mooi, haar tijd kon verdoen met een onmogelijke liefde. Al drie jaar laat ze iedere avond in bed de gesprekken van de afgelopen dag passeren, houdt ze zich bezig met het interpreteren van uitspraken en blikken van Sjoerd die waarschijnlijk helemaal geen diepere betekenis hebben.

Nachtenlang heeft ze zich afgevraagd hoe het mogelijk was dat hij niet voelde wat zo sterk in haar leefde, en of ze zich misschien vergiste en hij wel degelijk hetzelfde voelde maar dat niet durfde te bekennen.

Misschien zou ze zich eroverheen kunnen zetten als ze Sjoerd niet iedere dag zag. Als ze niet het grootste deel van de week in zijn nabijheid verkeerde, zijn geur rook, zijn gezicht zag. Ze houdt van dat smalle gezicht met de lichtbruine ogen, de kin die nooit helemaal vrij van stoppels is. De hele dag door moet ze de aandrang onderdrukken om hem aan te raken, even haar hand op zijn arm te leggen of zelfs maar met haar elleboog aan te stoten. Als ze zichzelf dat zou toestaan, zou ze de hele dag niets anders doen.

Het weekeinde komt iedere vrijdagmiddag als een opluchting

en een kwelling tegelijk. Ze weet niet wat ze zou doen als Sjoerd opeens toenadering tot haar zou zoeken, of ze werkelijk in staat zou zijn Melanie te verraden door een verhouding met haar man te beginnen. Waarschijnlijk wel. Haar gevoelens zitten te diep om ze te weerstaan. Er is een tijd geweest waarin ze zeker wist dat Sjoerd voor haar zou kiezen, maar dat denkt ze nu niet meer. Inmiddels gaat het niet meer alleen om Melanie, maar is Joey de belangrijkste persoon in Sjoerds leven. Op het moment dat Melanie zwanger raakte, heeft hij zich merkbaar gedistantieerd van Julia. Ze zijn goede collega's, werken prima samen en binnen die grenzen is hij zo zorgzaam en attent als hij maar kan zijn, maar verder gaat het niet. Nog voor ze zich konden uitspreken over hun gevoelens, hebben ze afstand van elkaar genomen.

Er zit niets anders op dan dat te accepteren en haar aandacht te richten op iemand anders. Op Taco bijvoorbeeld. Maar op de een of andere manier lijkt het niet te lukken. Dat ligt niet aan Taco, het ligt aan haar. In de liefde is een surrogaat nou eenmaal geen oplossing.

Eenmaal thuis, met een kop thee en de zaterdagkrant aan de houten eettafel in de keuken, ziet Julia dat ze een oproep heeft gemist op haar mobieltje.

TACO, staat er op de display. Peinzend bekijkt ze die vier letters en vraagt zich af wat ze daarbij voelt. Opluchting omdat hij haar gebeld heeft? Ja, toch wel. Een duizelingwekkend verlangen om in zijn nabijheid te zijn? Niet echt, maar ze kan moeilijk de rest van haar leven om Sjoerd treuren en vrijgezel blijven. Dat hangt haar nu al mijlenver de keel uit.

Bel hem terug, Julia, zegt ze tegen zichzelf. Maak er een leuke zondag van.

Ze drukt een toets op haar mobieltje in en wacht tot de verbinding tot stand komt. Even later klinkt een vertrouwde stem in haar oor. 'Hoi Juul.'

'Ik zag dat je had gebeld,' zegt Julia.

'Ja, maar je nam niet op. Was je bij je oma?'

'Ik denk dat ik net op de fiets zat.'

'Aha.'

Het is even stil, dan schraapt Taco zijn keel.

'Herkansing?' biedt hij aan. 'Ik beloof je dat ik me deze keer netjes zal gedragen en geen rotopmerkingen zal maken.'

Onwillekeurig glimlacht Julia. 'Kun je dat?'

'Als ik me er echt voor inspan... Of misschien mag ik met jouw badge zwaaien. Dat zou leuk zijn.'

Nu lacht ze hardop. 'Zwaai maar naar mij. Kijk voortaan alleen maar naar mij als we uitgaan.'

'En als iemand je lastigvalt of onze avond verpest?'

'Dan negeer je dat. Voor één keertje. Gewoon, om te kijken of je dat kunt.'

'Goed,' zegt Taco. 'Dat moet lukken. Zal ik je dan zo komen ophalen?'

'Afgesproken. Tot zo.' Met een glimlach drukt Julia haar mobieltje uit.

Ze staat op om zich om te kleden en op te tutten, en terwijl ze daarmee bezig is, merkt ze dat ze neuriet. Weer glimlacht ze. Misschien is surrogaat toch niet zo verwerpelijk als ze dacht.

20

Ze zitten binnen, in de in wit en terracottatinten uitgevoerde woonkamer. Nathalie heeft gedoucht en andere kleren aangetrokken, waarna ze zich meteen een stuk beter voelde. Buiten, op het terras, hebben ze in een enigszins ongemakkelijke sfeer een pastamaaltijd gegeten. Nu zitten ze binnen, want het koelt snel af op deze hoogte.

'Ik bedoelde het echt niet zo,' zegt Cécile voor de zoveelste keer. 'Je hebt een schattig zoontje. Hij kan er ook niets aan doen dat Vincent zo'n hufter is.'

Dat kan Nathalie moeilijk ontkennen. Robbie ís schattig, hij kan er niets aan doen en Vincent is een hufter. Zwijgend drinkt ze van haar koffie verkeerd. Er valt een stilte en als ze na enige tijd opkijkt, ziet ze Céciles onderzoekende ogen op haar gericht.

'Vertel,' zegt ze. 'Waarom ben je hier met Robbie, zonder Vincent? Wat is er gebeurd?'

Een ongelooflijke vermoeidheid overvalt Nathalie. Drie lange jaren heeft ze haar zus niet meer gezien. Drie jaar waarin van alles is gebeurd, maar niets wat ze haar kan vertellen. Ze zou het niet begrijpen. Cécile is nooit erg genuanceerd geweest, in haar oordeel noch haar inlevingsvermogen. Dat een ander moeite heeft met beslissingen die zij met de grootste vanzelfsprekendheid neemt, is iets wat ze nooit heeft begrepen. Zo kon ze zich er niet bij neerleggen dat Nathalie bij Vincent bleef, zelfs toen ze erachter kwam wat voor man hij was.

'Vincent en ik hebben problemen.' Nathalie blaast in het schuim van haar koffie. 'Ik wilde een paar dagen weg om na te denken. Even alleen zijn.'

Ook zonder opkijken weet ze dat Cécile haar bestudeert als een laborant die iets onderzoekt onder haar microscoop.

'Wat heeft hij gedaan?'

'Niets. We hebben gewoon problemen, zoals iedereen die weleens heeft.'

Cécile trekt een gezicht alsof ze wil zeggen dat ze wel kan raden wat voor soort problemen dat zijn. 'Heeft hij je geslagen?'

'Nee, waarom denk je dat?'

'Omdat ik weet wat voor man hij is.'

'Nee, dat weet je niet.' Geërgerd kijkt Nathalie op. 'Jij weet helemaal niets van Vincent en mij.'

'Ik weet dat je jaren geleden bij hem weg had moeten gaan. Eigenlijk de dag nadat je hem ontmoette al.' De combinatie van minachting en irritatie in haar zusters stem doet een golf van woede in Nathalie omhoogkomen.

'Hoe haal je het in je hoofd om je met mij te bemoeien,' snauwt ze Cécile toe. 'Dat had je eerder moeten doen. Heel veel eerder! Wie ben jij om mij de les te lezen over mijn keuzes nadat je me zelf hebt laten stikken? Je hebt geen moment naar mij omgekeken nadat je het huis uit bent gegaan.' Nathalie stroopt haar broek op en laat een lang litteken op haar dijbeen zien. 'Hier heeft pa mijn huid opengehaald toen hij me sloeg met zijn riem. Die gesp was akelig scherp. En hier heb ik een kale plek op mijn hoofd omdat hij me van de trap gooide. Op de plaats van het litteken groeit geen haar meer. Had me bij hem weggehaald, Cécile, of had in ieder geval een instantie gewaarschuwd, dan zou je nu recht van spreken hebben!'

Vermoeid zet Cécile haar elleboog op de leuning van haar stoel en ondersteunt haar hoofd met haar hand. 'Hoelang blijf je me dat nog voor mijn voeten gooien? We hebben het hier al zo vaak over gehad. Ik wist niet dat hij jou ook mishandelde. Jij was zijn lievelingetje, zijn prinsesje.'

'Dat was ik, ja. Tot ik in de puberteit kwam.' Nathalie zet haar koffie, die opeens geen enkele smaak meer heeft, abrupt terug op tafel. 'Maar die heb jij niet meegemaakt, want jij zat in Amsterdam en daar bleef je.'

'Je had het me kunnen vertellen!'

'Ja, die vertrouwensband had je zorgvuldig opgebouwd, die ene keer dat je belde,' zegt Nathalie bitter.

'Ik wist het niet! Echt, ik wist het niet! God ja, ik ging er wel van uit dat je af en toe een klap zou krijgen, maar ik had geen idee dat hij het bij jou ook zo bont maakte!'

'Bont is een goed woord. Bont en blauw was ik.'

Edwin staat op en verlaat onhoorbaar de kamer, iets waar de zussen niet tegen protesteren. In een stilte die lange tijd voortduurt, kijken ze uit het raam.

Uiteindelijk zucht Cécile diep. 'Echt, ik dacht dat jij het veel beter had dan ik. Ik heb pa nooit een vinger naar jou zien uitsteken. Integendeel, hij was zo gek op je dat ik scheel zag van jaloezie. Diep in mijn hart haatte ik je bijna. Niet dat ik je een verknipte jeugd toewenste, maar ik begreep niet waarom pa niet net zo dol was op mij. Ik weet nog dat jullie terugkwamen van dat reisje naar het Caribisch gebied, met hoe heet ze ook alweer, Kirsten. Je zat vol verhalen over hoe fantastisch je daar kon duiken, je leek zo gelukkig. Je deed het prima op school en pa was aldoor vol lof over je. Hij deed niets anders dan jou met mij vergelijken.'

'Maar niet waar ik bij zat. Dat deed hij expres, Cécile. Je weet toch dat hij erg goed mooi weer kon spelen. En na dat reisje naar Bonaire ging zijn relatie met Kirsten uit en reageerde hij zich weer wekenlang op mij af.' Nathalie maakt haar blik los van het raam, trekt haar benen op en vouwt haar armen eromheen.

Lange tijd is het stil tussen de zussen.

'Het spijt me,' zegt Cécile zacht. 'Als ik het had geweten, zou ik je daar hebben weggehaald. Misschien wist ik het ook wel, diep in mijn hart. Of had ik er in ieder geval een vermoeden van. Maar ik was druk bezig mijn eigen wonden te likken. Ik was zo beschadigd. Pas toen ik Edwin ontmoette, ging het beter. Hij heeft me gered. Ik wilde jou ook redden, niet van pa maar van Vincent. Ik wist dat hij voor nog meer narigheid in je leven zou zorgen.'

Nathalie dringt het vochtige waas dat voor haar ogen kruipt terug. 'Op dat moment was hij mijn redder.'

'Hoe kun je dat zeggen! Hij sloeg je!'

'Niet zo erg als pa. En hij was op zijn manier ook heel goed voor me.'

'Op zijn manier, ja. Op zijn heel eigen manier.' Weer valt er een stilte, die Cécile met een zucht verbreekt. 'Waarom ben je dan weggegaan, als hij zo goed voor je was?'

Nathalie ontwijkt haar blik. Ze overweegt of ze Cécile zal vertellen wat er is gebeurd, maar ze heeft er de energie niet voor. Een kloppende hoofdpijn dient zich aan: de enerverende dag eist zijn tol.

Cécile ziet het en staat gedecideerd op. 'Waarom ga je niet lekker naar bed? Je ziet zo wit als een doek. Het bed in de blauwe kamer bij Robbie is opgemaakt.'

Nathalie knikt en komt van de bank. Een beetje stijfjes, met een klein glimlachje, wenst ze haar zus welterusten. Als dit een film was, zouden ze elkaar na al die wederzijdse bekentenissen en verontschuldigingen in de armen zijn gevallen, bedenkt Nathalie terwijl ze de trap op loopt.

In het echte leven gaat het zo gemakkelijk niet. Misschien omdat ze altijd heeft geweten dat Cécile zich uit jaloezie van haar afkeerde, zonder zich te verdiepen in de werkelijke situatie.

Ze weet niet of ze haar zus dat kan vergeven. Vergeven misschien wel, maar dat wil niet zeggen dat nu de weg vrij is naar een warme zusterlijke band.

In de kamer met azuurblauwe muren is Robbie allang in dromenland. Op zijn rug, met zijn armpjes omhoog en zijn vuistjes gebald, ligt hij met zachte pufgeluidjes te slapen.

Nathalie buigt zich over hem heen en glimlacht. Hoe is het toch mogelijk dat een kind zo kan slapen. Hij heeft geen idee waar hij vandaag aan ontsnapt is.

Op het moment dat ze onder de lakens glijdt, bedenkt ze dat ze haar spullen nog op zendertjes moet controleren. Vermoeid komt ze overeind en pakt de sporttas met zwart geld. Als Vincent ergens de locatie van zou willen weten, is het wel van die tas. Hij heeft nog nooit iemand vertrouwd, en haar evenmin. Het zou haar niet verbazen als hij overal zendertjes in heeft gestopt, voor het geval ze ooit aan zijn controle zou willen ontsnappen.

Ze kijkt de voering na op scheurtjes waar iets in gestopt kan zijn, maar ze kan niets ontdekken. Vervolgens checkt ze haar handtas, maar ook daar is niets afwijkends te vinden. Zou hij echt alleen een zender op haar auto hebben gezet? Blijkbaar wel, anders had hij hier allang voor de deur gestaan.

Helemaal gerust is ze er niet op. Voor de zekerheid heeft ze de Fiat Punto zo neergezet dat ze in geval van nood meteen het pad op kan rijden, met de sleutels in het contact. Veel meer kan ze niet doen.

Dodelijk vermoeid kruipt ze weer in bed. Zodra haar hoofd het kussen raakt, is het alsof ze in een zacht, wattig niets wegzakt. Ze slaapt vrijwel meteen in, maar haar dromen zijn chaotisch en vol angstige momenten. Op een gegeven moment schrikt ze wakker. De duisternis is volledig. Er staan geen lantaarnpalen bij het huis, dus het enige licht dat er is, komt van het firmament. Maar de luiken voor haar raam zijn gesloten, zodat de duisternis haar omsluit, over haar heen valt, haar de adem afsnijdt. Ze zit in een tunnel vol rook, op sterven na dood.

Nathalie springt uit bed, struikelt over de tassen op de grond en stoot haar hoofd tegen een stoelpoot. Verstikt in al dat zwart om haar heen krabbelt ze overeind en strompelt in de richting van het raam. Haar handen vinden de sluiting van de luiken. Ze rukt ze open en het zwakke licht dat de kamer in valt, kondigt de overgang van de nacht naar de ochtend aan.

En dan beseft Nathalie dat ze niet zomaar wakker is geworden.

Ergens in haar onderbewustzijn is een geluid doorgedrongen dat haar heeft gewekt. Een geluid dat nu opnieuw klinkt: een dof gebrom komt steeds dichterbij.

Roerloos staat ze in haar nachthemd voor het raam. Over het smalle weggetje dat de berg op leidt, naar het huis toe, komt een auto aan. Het is ontzettend vroeg, alles in de omgeving is in diepe rust. Ze weet niet precies hoe laat het is, maar wat ze wel weet is dat niemand hier iets te zoeken heeft. Op één persoon na.

21

'Cécile, Edwin, wakker worden!' Nathalie vliegt haar kamer uit, de overloop op, en ze rukt de slaapkamer van haar zus en zwager open. 'Vincent komt eraan!'

In het halfdonker ziet ze twee gestalten traag bewegen in bed.

'Opstaan!' schreeuwt ze. 'Het is Vincent!'

Gekleed in een boxershort komt Edwin uit bed en stommelt naar haar toe.

'Wat is er aan de hand? Heb je gedroomd?'

'Ik heb niet gedroomd, Vincent komt eraan. Kijk dan zelf!' Nathalie duwt haar zwager haar slaapkamer in, naar het venster. Niet dat dat nodig is, want het geluid van de naderende auto is duidelijk hoorbaar nu het raam openstaat.

'Weet je zeker dat hij het is?' Edwin fronst zijn wenkbrauwen.

'Ja, dat is zijn Porsche. Zit alles goed op slot? Je laat hem niet binnen, hoor!'

Paniekerig schiet Nathalie in haar spijkerbroek en trekt een shirtje en vest aan. De korte nachtrust heeft haar goed gedaan, maar nu voelt ze de stress weer door haar lijf gieren. Vincent heeft nooit moeite gehad met sloten en hij is getraind en sterk. Als hij zijn zinnen erop heeft gezet om binnen te komen, dan lukt hem dat. Het liefst zou ze ervandoor gaan, als dat zin had. Er is maar één weg naar beneden, dus als ze met de auto gaat, moet ze eerst langs Vincent. Natuurlijk kan ze ook de deur uit sluipen en te voet vluchten, maar met Robbie zal ze niet ver komen, en ze peinst er niet over om hem achter te laten. Nerveus rent ze door het huis, controleert sloten en trekt openstaande raampjes dicht.

Edwin legt kalmerend een hand op haar schouder. 'Rustig maar, hij komt er niet in. En dan nog, wij zijn met z'n drieën en hij is alleen. Ik ben echt niet bang voor die gast.'

Dat zou je beter wel kunnen zijn, denkt Nathalie, maar ze zegt niets. Ze ziet bleek en bijt onophoudelijk op haar lip. Voor de zekerheid tilt ze Robbies reiswieg en haar bagage naar beneden, zodat ze in geval van nood snel weg is. Vincent is in staat om het huis in brand te steken om hen naar buiten te krijgen.

Door een kier in de dichtgetrokken gordijnen gluurt Nathalie naar buiten. Koplampen doorboren de ochtendnevel met een fel schijnsel, dat ook door de woonkamer zwaait en de meubels doet oplichten. Autobanden draaien duidelijk hoorbaar het terrein op, knarsen op het grind en de Porsche komt tot stilstand. Het geluid van een portier dat wordt geopend en met een luide klap dichtslaat, verstoort de ochtendrust. Een kraai vliegt krassend op. Het lawaai echoot nog even na, dan wordt het weer stil.

Cécile komt naast haar staan, haar gezicht een mengeling van spanning en ergernis. 'Wat wil hij nou? Wie komt er nou op dit uur aanzetten? Het is halfvijf!'

'Niet opendoen als hij aanbelt. Hij gaat het eerst vriendelijk vragen, maar eenmaal binnen...' Nathalie maakt haar zin niet af.

'Edwin is er ook nog,' zegt Cécile.

Om haar niet al te ongerust te maken, reageert Nathalie daar niet op, maar ze weet dat Edwin geen partij is voor Vincent.

Haar huid tintelt van angst als ze een donkere gestalte op het huis af ziet lopen. Ze herkent Vincents nonchalante maar doelbewuste tred: de zelfverzekerde houding van iemand die zich door niets en niemand laat tegenhouden.

Zijn blik glijdt naar de kier in het gordijn en Nathalie deinst achteruit.

'Ik moet naar buiten,' fluistert ze. 'Ik kan niet toestaan dat jullie hierbij betrokken raken. Hij heeft me gevonden, het is over. Misschien vergeeft hij me als ik hard genoeg smeek.'

'Als je hard genoeg smeekt?' Vol ongeloof kijkt Cécile haar aan. 'Ben je gek geworden? Jij gaat helemaal niet naar buiten, je blijft hier.'

'Cécile, ik wil niet dat jullie...'

'Mag ik je eraan herinneren dat we er al bij betrokken zijn? En je denkt toch niet echt dat ik je naar die gluiperd laat terugkeren nadat je eindelijk de kracht hebt gevonden om bij hem weg te gaan? Laat hem eerst maar binnen zien te komen. En daarna rekenen we met z'n drieën met hem af.'

'Zo is dat,' klinkt Edwins stem achter hen.

De zussen draaien zich om en zien hem staan met een stuk hout in zijn hand. 'Als die vent één verkeerde beweging maakt, timmer ik hem op zijn gezicht.'

Edwins vastbesloten houding maakt een wirwar van gevoelens bij Nathalie los, die variëren van dankbaarheid en liefde tot wanhoop en medelijden. Alleen al het idee dat Edwin van plan is Vincent in bedwang te houden met een stuk hout, maakt dat ze wil lachen en huilen tegelijk.

Intussen is alles om het huis stil. Vincent loopt een rondje, weet Nathalie. Het is zijn eer te na om te vragen of hij binnen mag komen. Liever zoekt hij zelf een manier, zodat hij opeens voor je neus staat. Zou hij weten dat zij hier in de woonkamer staan, of denkt hij hen slapend aan te treffen? Het licht is uit, de gordijnen zijn dicht, dus hij kan onmogelijk weten dat ze op zijn.

Achter in het huis klinkt een geluid en ze schrikt. Gemorrel aan het slot van de keukendeur, gepiep als hij opengaat. Cécile hoort het ook en draait zich met een ruk om. Edwin doet een paar stappen naar de keuken toe, het stuk hout stevig in zijn hand.

'Hij komt er toch niet in,' zegt Cécile op fluistertoon. 'Er zitten net nieuwe sloten op.'

Ze heeft die woorden nog niet uitgesproken of in de keuken klinken voetstappen, snel en doelbewust.

Nathalie kan niet anders dan Edwins moed bewonderen. Hij reageert onmiddellijk door de gang in te lopen en het licht aan te doen. De keukendeur gaat open en dan staan de twee mannen tegenover elkaar.

Nog voor Edwin het stuk hout omhoog kan brengen om een mep uit te delen, richt Vincent een pistool op hem. Met opengesperde ogen en veel minder bravoure blijft Edwin doodstil staan.

Vanuit de woonkamer hebben Nathalie en Cécile de gebeurtenissen angstig gadegeslagen. Al is het er donker, het naar binnen vallende ganglicht maakt hen duidelijk zichtbaar voor Vincent.

'Nathalie,' zegt hij op commandotoon. 'Kom eens hier.'

In een impuls pakt Cécile haar zusters arm, maar dat is een onnodige voorzorgsmaatregel, want Nathalie blijft stokstijf staan.

'Ik weet dat jullie daar staan,' klinkt Vincents stem uit de gang. 'Ik zie jullie, zó donker is het niet. Kom hier, Nathalie, anders breek ik zijn nek.'

De hand van Cécile blijft om Nathalies arm liggen, al is haar greep iets minder krachtig. In het halfdonker ziet Nathalie dat Cécile verbaasd haar hoofd naar haar toe draait om de naam waarmee Vincent haar aanspreekt. Nathalie aarzelt. Misschien maakt ze een kansje als ze zich nederig genoeg opstelt, dat heeft eerder gewerkt. Maar toen had ze Vincent niet de hersens ingeslagen. Nee, deze keer is er geen vergiffenis. Die wetenschap voorkomt dat ze toegeeft aan het gevoel van zwakte en hulpeloosheid dat tot nu toe haar beslissingen heeft bepaald. Als ze capituleert, vermoordt hij haar. Maar hoe kan ze toestaan dat Edwin in haar plaats sterft?

'Waar is Robbie?' vraagt Vincent kortaf. 'Is hij boven?'

Robbie ligt in zijn reiswieg in de keuken. Omdat het er niet zo groot is, heeft ze hem onder de tafel geschoven die tegen de wand staat opgesteld, maar dat gaat ze Vincent niet vertellen. Nathalie kucht een paar keer, haalt diep adem en zegt dan zo rustig mogelijk: 'Hij is boven, hij slaapt.'

‘Ga hem halen.’

Om haar tot spoed te manen, zet Vincent de loop van het pistool tegen Edwins hoofd. Edwin houdt zijn ogen gesloten en zorgt ervoor geen beweging te maken.

‘Doe je hem dan niets?’ vraagt Nathalie.

Al is het onduidelijk wie ze daarmee bedoelt, Vincent knikt.

‘Als jij Robbie haalt en rustig met me mee komt, kunnen deze twee weer fijn terug naar bed.’

Naast Nathalie klinkt Céciles ademhaling in hetzelfde gejaagde ritme. ‘Doe het niet,’ fluistert ze. ‘Hij laat Edwin echt wel gaan.’

Daar is Nathalie niet zo zeker van. In het licht van de gang kan ze Vincent goed zien. De uitdrukking op zijn gezicht waarschuwt haar dat hij is gekomen om te halen wat hij hebben wil, koste wat kost.

‘Dat weet ik niet zo zeker,’ zegt ze zacht. ‘Maar ik heb geen keus.’

‘Sta niet zo te smoezen!’ Onverwacht schreeuwt Vincent hun toe, met zoveel woede in zijn stem dat ze beiden ineenkrimpen van schrik. ‘Ga naar boven en haal Robbie en die tas. Nu!’

22

Houterig als een marionet komt Nathalie in beweging. Haar hand glijdt naar haar broekzak, en, onmerkbaar nu ze zich nog in het halfdonker bevindt, haalt er iets uit. Met een mes of een zwaar voorwerp had ze niets kunnen uitrichten, maar een busje pepperspray is een effectief wapen. Nathalie schuifelt de gang in en zet haar voet op de onderste tree van de trap.

Vincent volgt haar met zijn ogen en Nathalie springt snel een paar treden de trap op. Halverwege buigt ze over de leuning en spuit het agressieve goedje in zijn gezicht.

Met een schreeuw van pijn grijpt Vincent naar zijn ogen. Zwaaiend met het pistool strompelt hij heen en weer door de gang.

Nathalie heeft een keer gezien wat het effect van pepperspray is en dat was afschrikwekkend. Eigenlijk had ze bij Vincent een heftigere reactie verwacht. Waarschijnlijk stond ze toch net te ver bij hem vandaan.

Ze rent verder de trap op en hoort een schot. Een schreeuw van pijn klinkt, gegil van Cécile, en dan heeft Nathalie de overloop bereikt.

Struikelend rent ze de slaapkamer van Cécile en Edwin in, de enige kamer die op slot kan. Ze draait de sleutel om, rent naar het venster en gooit de luiken en het raam open. Vervolgens sleept ze met al haar kracht de matrassen van het bed – gelukkig zijn het twee eenpersoonsmatrassen – en gooit ze naar beneden. Tegen de tijd dat Vincent aan de klink van de deur staat te rammelen, worstelt Nathalie zich door het smalle raam naar buiten. Ze weet hoe ze dat moet aanpakken: eerst op de vensterbank gaan zitten, dan voorzichtig draaien en zich laten zakken. Nog een paar seconden houdt ze zich vast aan het kozijn en kijkt naar beneden om te zien waar de matrassen precies liggen. In een ideale situatie zou het recht onder het raam zijn terechtgekomen, evenwijdig aan het huis, in plaats van haaks erop.

Nu ligt het zo dat de kans groter is dat ze ernaast belandt dan erop.

Boven probeert Vincent de deur in te trappen. Het gebeuk van zijn voet en het versplinterende hout klinken luid in de ochtendstilte.

Met de moed der wanhoop laat Nathalie het kozijn los. Ze kan een kreet van angst niet onderdrukken, dan smakt ze neer. Zoals ze al vreesde, belandt ze half op het matras, half ernaast. Ondanks dat het huis niet zo hoog is, blijft het een hele val. Pijn schiet door haar lichaam, maar als ze zich opricht, lijkt alles nog te functioneren.

Terwijl Vincent de deur blijft intrappen en uiteindelijk het slot kapotschiet, rent Nathalie om het huis heen naar de achterkant, waar zich de keuken bevindt. De deur waardoor Vincent zich toegang tot de woning heeft verschaft, staat wijd open.

Ze glipt naar binnen, offert een paar seconden van haar kostbare tijd op door naar de gang te rennen en poolshoogte te nemen. Edwin ligt op zijn zij op de grond, er stroomt bloed uit een wond op een ondefinieerbare plaats. Naast hem zit Cécile op haar knieën en probeert de wond dicht te drukken. Als ze Nathalie ziet, gebaart ze met haar hoofd dat ze weg moet gaan.

Even blijft Nathalie bewegingloos in de deuropening staan, maar Cécile spoort haar met een driftige handbeweging aan om te vluchten.

Boven blijft Vincent de hardnekkig tegenstand biedende deur intrappen. Veel langer zal het niet meer duren voor hij binnen is.

Gejaagd draait Nathalie zich om. Het is hem niet om Cécile of Edwin te doen, als ze hen wil helpen kan ze beter zorgen dat ze zo ver mogelijk uit hun buurt komt. Vincent zal de achtervolging inzetten, maar dat geeft Cécile de gelegenheid om hulp te laten komen voor Edwin.

Vele kostbare seconden heeft ze nodig om Robbie met reiswieg en al onder de tafel vandaan te halen, hem eruit te tillen en haar weinige bagage over haar schouder te hangen. Dan is ze op weg naar haar auto. Vanuit het huis hoort ze zware voetstappen de trap af komen. Zo hard ze kan rent ze naar de Fiat Punto, gooit haar tassen op de passagiersstoel en legt Robbie op de grond ervoor. Het gedoe met de riempjes van het veiligheidszitje zou te veel tijd in beslag nemen.

Hijgend laat Nathalie zich achter het stuur vallen en met een klap trekt ze het portier dicht. Starten en wegwezen.

Vincent is nog steeds nergens te bekennen, maar als ze het pad naar de verharde weg af rijdt, ziet ze hem naar zijn Porsche rennen. Zonder aarzelen geeft Nathalie een flinke dot gas en draait de weg op, die vol scherpe bochten naar beneden slingert. Ze mindert nauwelijks vaart, waardoor ze herhaaldelijk maar net de vangrail of de bergwand mist, maar waardoor ze haar voorsprong wel snel vergroot. Via haar achteruitkijkspiegel overziet ze een klein deel van de weg achter haar. Vincents auto komt niet één keer in beeld. Ze hoort hem wel, een eind boven haar, en met voldoening stelt ze vast dat de Porsche grote moeite heeft met de vele bochten in het smalle weggetje.

Beneden in het dal ligt Cannóbio. Nathalie trapt het gaspedaal nog wat dieper in en de Fiat Punto schiet vooruit als een berggeit.

Terwijl ze de laatste bochten neemt, overdenkt ze wat te doen. Vincent afschudden kan ze wel vergeten, want kennelijk draagt ze nog steeds een zendertje bij zich. De voorsprong die ze heeft opgebouwd, zal ze straks op de grotere wegen snel kwijtraken. Ze moet van dat zendertje af, maar ze kan moeilijk even stoppen om haar tassen leeg te schudden.

Zodra ze de berg af is, reikt ze met één hand naar de tas op de passagiersstoel en probeert de rits open te maken. Na een paar pogingen geeft ze het gefrustreerd op en concentreert ze zich op de weg. Er zijn twee mogelijkheden.

De Strada Nazionale Sant'Agatha is de verkeersader die haar het snelst Cannóbio uit leidt, maar die dwingt haar wel de bochtige weg langs het meer te volgen. En die biedt weinig of geen ontsnappingsmogelijkheid.

Vertwijfeld kijkt Nathalie in haar achteruitkijkspiegel. Ergens ver achter haar ziet ze Vincents auto. Als een zilvergrijze slang schiet hij de weg op en zet de achtervolging in.

Er doemt een bocht op, waardoor Vincent gedwongen wordt gas terug te nemen, maar de achterstand die hij oploopt, maakt hij goed door op het rechte stuk als een formule 1-coureur gas te geven. Via haar achteruitkijkspiegel houdt Nathalie hem scherp in de gaten.

Tot haar schrik ziet ze dat hij op haar inloopt en haar dreigt in te halen. Ze gooit het stuur naar links. De beweging is zo abrupt dat ze over het wegdek slingert en Vincent haar ternauwernood kan ontwijken. In de ruimte die ontstaat als ze weer op haar eigen weghelft belandt, probeert hij opnieuw langs haar te komen. Een tegenligger maakt een einde aan die manoeuvre. Vincent remt en verdwijnt achter Nathalies bumper.

Nog een paar keer herhaalt hij die actie, maar iedere keer weet Nathalie hem de pas af te snijden of dwingt een bocht hem weer achter haar te gaan rijden. Wanhopig vraagt ze zich af hoe dit moet eindigen. Het is uitgesloten dat ze hem kan afschudden. Als dit zo doorgaat, moet het voor de een of voor de ander eindigen in een drama. Ze ziet zichzelf al geplet worden tegen de vangrail of op een onbeveiligd gedeelte van de weg raken en de steile helling af vliegen.

Vincent lijkt ook te beseffen dat er hardere maatregelen nodig zijn om deze impasse te doorbreken. Hij komt dichter bij Nathalies

Fiat. Met een schok vliegt Nathalie naar voren, over het stuur heen. Robbie rolt over de grond en zet het op een gillen. Vincent drukt de wagen onverbiddelijk tegen de vangrail. Een luid geknars klinkt en vonken schieten in het rond. Er verschijnt opnieuw een tegenligger en Vincent moet haar weer laten gaan.

Met verstijfde kaken van angst zoekt Nathalie naar een uitwijkmogelijkheid. Verderop kondigt een bord de Zwitserse grens aan. Hoop welt in haar op. Ze kan daar stoppen en hulp vragen aan de grenswachten. Maar dat betekent dat ze ook háár vragen zullen stellen. Een vrouw die rondrijdt in een beschadigde auto, met een gillende baby op de grond en een tas vol geld op de passagiersstoel, is iets wat wel een paar vragen zal oproepen. Ze zullen Vincent én haar willen verhoren, hen misschien in dezelfde ruimte onderbrengen, kortom: ze zullen de situatie verkeerd inschatten. Daarbij komt het taalprobleem, dat zeker moeilijkheden gaat opleveren. Ze spreekt geen Italiaans, niet genoeg Duits en ze weet niet of ze de gok wil nemen dat de Italiaanse grenswachten de Engelse taal machtig zijn.

Vincent heeft het grensbord ook gezien, want hij mindert vaart en blijft een heel eind achter haar. Waarschijnlijk vraagt hij zich af of ze zal stoppen.

Nathalie stopt niet. Ze mindert vaart en rijdt in een rustig tempo op het grenskantoortje af. Het is er niet druk, je kunt zo doorrijden. Bij de slagbomen staat wel een grenswacht, strak in uniform en met zijn handen op zijn rug.

Zodra hij haar ziet aankomen, recht de man zijn rug en rekt hij zijn hals om te zien wat daar aankomt.

Wat Nathalie hoopt dat hij ziet, is een beschadigde Fiat Punto met Zwitsers kenteken, gevolgd door een Nederlandse Porche met een gedeukte voorbumper. Bij veel Italianen roept Nederland een associatie met drugssmokkel op; haar vader werd ook altijd aangehouden als hij in zijn dure wagen de grens wilde passeren.

Op het moment dat ze langs de grenswacht rijdt, gebaart ze driftig naar achteren. Ze is zich ervan bewust dat ze daarmee het risico neemt zelf een stopteken te krijgen, maar de slagboom gaat al open. Zonder aarzelen trapt ze op het gaspedaal, schakelt snel door en rijdt de Zwitserse grens over.

23

Gespannen houdt Nathalie in de gaten wat er achter haar gebeurt. De grenswacht kijkt gealarmeerd van haar gedeukte Zwitserse wagentje naar de van voren flink beschadigde Porsche. De motor van de sportwagen gromt, alsof hij op het punt staat flink te accelereren. Snel doet de grenswacht een stap naar voren en steekt zijn hand op.

Even lijkt het erop dat Vincent het teken zal negeren, maar de slagboom gaat al neer en dan capituleert hij.

Nathalie slaakt een kreet van opluchting. Ze steekt in een vreugdegebaar haar vuist in de lucht en roept uitgelaten: 'Yes! Daar sta je dan, klootzak!'

Bij de gedachte aan Vincent die aan de grenswachten moet uitleggen hoe zijn wagen en haar Fiat Punto zo beschadigd zijn geraakt, en waarom hij een achtervolgingssysteem in zijn auto heeft, lacht ze hardop.

'Het is voorbij, lieverd,' zegt ze tegen Robbie, die gestopt is met huilen en haar vanaf de grond met een betraand gezichtje aankijkt. 'Ik ben benieuwd hoe hij zich daar uitpraat!'

Maar na haar eerste opluchting keert de bezorgdheid terug. Wat als Vincent zich er inderdaad uitpraat? Misschien laten ze hem na een oppervlakkig onderzoek gewoon verder rijden. In dat geval kleeft hij binnen de kortste keren weer aan haar bumper.

Ze moet van deze weg af, naar een plek waar ze hem gemakkelijker kan afschudden. Over haar stuur gebogen scant ze met haar ogen de omgeving. Een bord kondigt aan dat ze het plaatsje Madonna di Ponte naderen. Daar zou ze deze weg kunnen verlaten en het bergachtige binnenland in rijden. Maar eerst moet ze dat zendertje zien kwijt te raken. De sporttas is het enige wat ze nog heeft dat van thuis komt.

Ze zoekt naar een plaats om te stoppen en ziet op de borden dat er over een paar kilometer een uitkijkpunt komt. In de verte ziet ze het al liggen: een grote parkeerplaats op een uitstekend stuk rots, waar een touringcar en diverse personenauto's staan. Een groep toeristen staat bij de afrastering foto's van het meer te maken.

Nathalie geeft gas en even later draait ze het uitkijkpunt op. Als ze een plekje heeft gevonden, trekt ze de sporttas naar zich toe, ritst hem open en stopt alles wat erin zit in haar handtas en in haar jas en broekzakken. Robbie begint weer te huilen.

'Nog even geduld, mannetje,' zegt ze. 'Dit moest eerst.'

Met de lege sporttas in haar hand loopt Nathalie naar de balustrade langs het uitkijkpunt, waar prullenbakken staan. Ze propt de tas erin en loopt terug naar haar auto. Robbies boze geschreeuw weerklinkt over de parkeerplaats en verschillende mensen kijken verwijtend in haar richting.

Nathalie tilt het kind van de vloer, droogt zijn tranen en kust zijn natte wangetjes.

'Jij hebt honger, hè?' zegt ze vol medelijden. 'Het spijt me, manneke. Je moet nog even wachten. We moeten snel verder.'

Ze opent het achterportier en zet Robbie in zijn stoeltje. Hij laat zich met een speentje troosten, maar ze vermoedt dat dat niet lang zal duren.

Terwijl ze om de auto heen loopt, ziet ze de zon boven de bergtoppen uit komen en zijn stralen over het meer uitgieten. Getroffen door de schoonheid ervan blijft Nathalie staan. Witte lichtvlekken dansen op het wateroppervlak, dat vonken lijkt te schieten. In de verte trekt een grote draagvleugelboot een wit spoor door het blauwe water. Hij lijkt niet op Madonna di Ponte af te koersen, maar op een nabijgelegen plaats.

Vol belangstelling volgt Nathalie met haar ogen de boot. Dan krijgt ze haast. Ze neemt plaats achter het stuur en rijdt de parkeerplaats af. Aan de kant van de weg staat ze stil en kijkt van links naar rechts. Van Vincent is geen spoor te bekennen.

Ze laat het gaspedaal opkomen en kijkt voor ze wegrijdt nog even in haar achteruitkijkspiegel. Bij de balustrade van het uitkijkpunt staat een jongeman die de sporttas uit de prullenbak vist. Hij bekijkt hem van alle kanten, alsof hij zich afvraagt wat er mis mee is. Met de tas om zijn schouder loopt hij terug naar de touringcar, die met ronkende motor klaarstaat voor vertrek.

Nathalie glimlacht en draait de weg op.

Brissago is een pittoresk plaatsje tussen de oevers van het Lago Maggiore en de steile berghellingen die het meer omringen. Het oude gedeelte van het dorp loopt met nauwe steegjes af naar de haven, waar citroenbomen, bougainvilles en ceders voor een mediterrane sfeer zorgen.

Nathalie heeft haar auto naar een garage gebracht, waar hij binnen is gezet. Ze is niet van plan hem zelf op te halen – ze zal later Holiday Cars wel bellen – maar in de garage is hij aan het oog onttrokken. Nog steeds verwacht ze Vincent ieder moment te zien opduiken.

Ze heeft een kaartje met bestemming Locarno gekocht en wacht tot de draagvleugelboot Brissago heeft bereikt. De nog korte wachttijd gebruikt ze om een kop koffie en een broodje te nuttigen op het terras van het restaurant in de haven. Een vriendelijke serveerster maakt een fles melk voor Robbie warm. In Italië kun je dat soort dingen gerust vragen: ze zijn hier gek op kinderen.

Intussen doorzoekt Nathalie nogmaals grondig haar bezittingen, maar ze kan geen zendertje vinden. De serveerster komt terug met de fles, die Robbie met beide handjes beetpakt en gulzig leegdrinkt.

Met veel geronk en gesputter komt de boot de haven binnenlopen en even later botst hij zachtjes tegen de kade van de aanmeerplaats.

Nathalie pakt haar spullen en gaat bij de plaats staan waar de loopplank zal worden uitgelegd. Weer kijkt ze om, in de richting van de weg. Geen Vincent. Hij zit nog vast op het grenskantoor, of hij is het spoor bijster. Of hij komt op het laatste moment aanracen.

Het aantal wachtenden op de kade groeit. De loopplank wordt met veel geratel uitgelegd en dan kunnen de eerste passagiers aan boord. Nathalie rijdt Robbie in zijn buggy het schip op en laat hun kaartjes zien. De meeste reizigers gaan naar het bovendek, waar ze van een prachtig uitzicht kunnen genieten, maar Nathalie zoekt een plekje in het overdekte gedeelte beneden. Ze gaat zo zitten dat ze de kade kan overzien, maar er gaan alleen toeristen en Zwitsers aan boord. Rond het Lago Maggiore fungeren de lijndiensten over het water als voornaamste vorm van openbaar vervoer. Pas als de boot vertrekt, vangt ze een glimp op van een bekende zilverkleurige sportwagen.

Verstijfd van angst scant ze de kade. Is het haar overspannen verbeelding die voortdurend Vincents Porsche op haar netvlies tovert, of staat hij daar echt?

De boot vaart te snel weg om het met zekerheid te kunnen zeggen. Voorlopig is ze in ieder geval aan hem ontkomen.

Dodelijk vermoeid gunt Nathalie zich een paar minuutjes rust, daarna bekommert ze zich om Robbie, die begint te dreinen. Het is behelpen, maar het lukt haar om hem op het vrije stoeltje naast haar te verschonen. Daarna neemt ze hem op schoot. Tijdens de overtocht doet ze spelletjes met hem en zingt ze liedjes tot er weer een lachje op zijn gezicht verschijnt.

Intussen houdt ze de kustweg in de gaten, maar ze ziet de Porsche niet meer.

De draagvleugelboot koerst aan op Ascona. Gespannen bekijkt Nathalie ieder gezicht op de kade, maar Vincent staat er niet tussen.

Ze kan het nauwelijks geloven. Het aanmeren is een angstig moment. Ieder ogenblik verwacht ze hem aan boord te zien stappen, maar dat gebeurt niet. Tot het laatste moment zit Nathalie op het puntje van haar stoel, klaar om te vluchten als Vincent mocht opduiken, maar de boot vertrekt zonder dat ze een spoor van hem heeft gezien.

Tijdens het laatste stukje naar Locarno denkt ze aan Cécile en Edwin. Tot nu toe heeft de adrenaline die door haar lichaam joeg haar angst om haar zus en zwager lamgelegd, maar de werking van het rustig kabbelende water om haar heen, de zon die steeds krachtiger wordt en de plotselinge rust haalt haar laatste barrière weg. Een enorm schuldgevoel overspoelt haar. Als een van beiden iets is overkomen, is dat haar aan te rekenen. Zodra ze merkte dat het huisje niet vrij was, had ze weg moeten rijden en een hotel moeten zoeken. Kon ze Cécile maar even bellen om zich ervan te verzekeren dat alles goed is met Edwin en haar. Maar haar mobieltje is weg, en daarmee de enige manier om contact te leggen. Misschien heeft ze straks tijd om een nieuw te kopen, maar daarmee is het probleem niet opgelost. Met haar oude toestel is ze al haar telefoonnummers kwijt.

De draagvleugelboot vertraagt. Ze naderen de haven van Locarno, die is omgeven door de besneeuwde bergtoppen van de Zwitserse en Italiaanse Alpen. Onder andere omstandigheden zou Nathalie hebben genoten van de boottocht, maar nu kan ze niet wachten tot ze weer aan land kan gaan.

Ongeduldig kijkt ze uit het raam naar de stad, waar de roze en gele huizen tegen de berghelling liggen. De boot meert aan en Nathalie is de eerste die van boord gaat. Ze stapt uit op een schitterende, door palmbomen en bloembakken begrensde wandelpromenade die met een bocht de oever van het meer volgt. De zon schijnt nu volop en de temperatuur stijgt snel. Door een wirwar van nauwe straatjes loopt Nathalie naar het centrum van de stad, het Piazza Grande, een plein dat omringd is door pastelkleurige gebouwen. Er zijn winkels genoeg en ze besluit wat inkopen te gaan doen. Eerst gaat ze op jacht naar een prepaid mobieltje en daarna koopt ze een flinke schoudertas, ter vervanging van de sporttas die ze bij het uitkijkpunt langs het meer heeft achtergelaten. Een kleine supermarkt in een zijstraatje biedt haar de eerste levensbehoeften: poedermelk en luiers voor Robbie, fruit- en groentehapjes, flesjes water, broodjes en wat lekkers voor de lange terugreis. Veel meer heeft ze niet nodig.

Aan het einde van de ochtend loopt ze met enige tegenzin in de richting van het station. Locarno bevalt haar, ze had er graag een hotel gezocht om een tijdje bij te komen, maar ze voelt zich nog niet veilig genoeg. Puffend in de warme zon duwt ze de buggy door de steile straatjes omhoog. Het station ligt op loopafstand, maar het is een hele klim. Als ze het eindelijk ziet liggen, staat het zweet op haar voorhoofd.

Locarno heeft een middelgroot station, waarvandaan treinen in alle richtingen gaan. Nathalie sluit aan bij de rij voor het loket en koopt twee kaartjes voor de trein naar Basel.

Hij vertrekt over een kwartier. Op haar gemak loopt ze naar het perron, waar het voertuig al klaarstaat. Nathalie stapt in en zoekt een plekje waar Robbie en zij de ruimte hebben.

Precies op tijd vertrekken ze. Doodmoe kijkt Nathalie uit het raam, naar het verbluffend mooie berglandschap dat aan haar voorbijtrekt. Ze laat haar hoofd tegen het raampje rusten en dommelt even weg. Het halfuurtje rust doet haar goed. Iets minder moe komt ze aan in Bellinzona, en ze stapt met Robbie over op de trein naar Basel. Ze installeert zich in een ruime coupé en zodra de trein het station van Bellinzona heeft verlaten, gaat Nathalie met Robbie op zoek naar de toiletten.

Als ze klaar is, loopt ze, niet zonder moeite door het slingeren van de trein, terug naar haar plaats. Ze duwt de deur van haar coupé open en een tinteling trekt over haar huid. Op de plaats tegenover haar zit Vincent.

24

In afwachting van haar komst zit hij op zijn gemak uit het raam te kijken. Zijn hand rust ontspannen op Robbies buggy.

Nathalie houdt haar adem in. Een plotseling opkomende angstaanval zuigt de zuurstof uit haar hoofd en ze moet steun zoeken om haar evenwicht niet te verliezen. Ze wil een paar passen achteruit doen, om buiten zijn gezichtsveld te komen, maar hij heeft haar al gezien.

'Nathalie,' roept hij door de coupé, met het prettig verraste gezicht van iemand die onverwacht een kennis tegenkomt. 'Wat goed je te zien! Ga zitten!'

In plaats daarvan doet ze een stap naar achteren, maar Vincent komt met een snelle beweging overeind, pakt haar bij de arm en begeleidt haar naar haar plaats. Intussen praat hij zo hartelijk tegen haar, dat het voor de andere treinreizigers op een ontmoeting tussen twee oude vrienden lijkt. Misschien dat ze op andere gedachten waren gekomen als ze Nathalies angstige gezicht wat beter hadden bekeken, maar niemand heeft speciale interesse in hen. Eén vlugge blik en iedereen is weer verdiept in zijn eigen bezigheden.

'Je hebt het me niet gemakkelijk gemaakt.' Vincent duwt Nathalie op haar plaats en gaat tegenover haar zitten. 'Op zich is dat een compliment waard, als het me niet zo verschrikkelijk geïrriteerd had.'

Zenuwachtig bijt Nathalie op haar lip. Ze drukt Robbie wat steviger tegen zich aan, alsof ze bang is dat Vincent hem uit haar armen zal grissen.

'We kunnen nu twee dingen doen.' Vincent bekijkt haar peinzend en laat zijn stem dalen. 'We kunnen er een heel drama van maken, dat we hier in de trein uitvechten, maar dat lijkt me niet verstandig. Je hebt altijd mensen die zich met een echtelijke ruzie bemoeien, en daar kan ik met mijn gespannen zenuwen op dit moment erg slecht tegen. De tweede optie is dat je straks rustig met mij uitstapt. Dan raakt er niemand gewond en gaan wij samen praten.'

'Praten?' brengt Nathalie er met enige moeite uit. 'Wil je praten?'

'Ja, natuurlijk. Wat dacht je dan?'

'Ik heb niet de indruk gekregen dat je achter me aan bent gekomen om met me te praten.'

'In eerste instantie niet, nee. Toen had ik heel andere plannen met je. Maar ik moet zeggen dat ik gaandeweg van gedachten ben veranderd, dat ik je moed eigenlijk wel kan waarderen. Ik had geen idee dat je dit allemaal in je had, en zo iemand kan ik wel gebruiken in mijn organisatie.' Met een afwachtende uitdrukking op zijn gezicht kijkt Vincent haar aan, nog steeds met zijn ene been over het andere geslagen en een plichtmatige glimlach, als een zakenman die met de concurrentie in onderhandeling is.

'Dat dacht ik niet. Ik wil helemaal niets meer te maken hebben met jouw organisatie, Vincent.' Nathalie slaagt erin de angst uit haar stem te weren en haar woorden een besliste klank mee te geven.

'Hm, dat is nou jammer. Vooral omdat je er al tot je nek in zit. Ik laat je niet graag gaan, Nathalie.'

'Waarom? Je kunt toch wel iemand anders vinden die de klusjes opknapt die ik altijd voor je deed?'

'Natuurlijk, maar daar gaat het niet om. Het punt is dat ik niemand anders wíl. Wij horen bij elkaar. Dat weet je toch zelf ook wel? We zijn tot in het diepst van onze ziel met elkaar verbonden. Ik wil geen ander.' Vincent buigt zich naar haar toe, waarop Nathalie instinctmatig reageert door zich terug te trekken.

'Nee,' zegt ze. 'Ik peins er niet over. Je stapt straks maar alleen uit, Robbie en ik gaan niet mee.'

Fout, nu heeft ze zijn aandacht op Robbie gevestigd. Aandachtig kijkt hij naar het kind, dat zijn gezichtje in Nathalies hals verbergt.

'Geef hem eens aan mij.'

'Nee!' Nathalie slaat haar armen stevig om het kleine lichaampje heen en drukt het tegen zich aan. Wat hij ook van plan is, het gaat niet gebeuren. Als Vincent Robbie heeft, is ze verloren. Hij zal haar armen moeten breken om hem te krijgen.

Haar vastbeslotenheid en het voornemen om tot het uiterste te gaan, staan kennelijk op haar gezicht te lezen, want Vincent leunt terug en slaat zijn armen over elkaar.

'Goed. Ik wilde hem alleen even vasthouden. Maar als jij dat niet wilt, dan niet.'

Wantrouwig kijkt Nathalie hem aan. Hij praat zo vriendelijk, zo beschaafd dat ze bijna gaat geloven dat hij geen kwade bedoelingen heeft. Wil hij haar echt terug, alsof er niets gebeurd is? Heeft het respect dat ze in zijn ogen leest nieuwe gevoelens in hem wakker gemaakt?

Ze denkt aan de maniakale wijze waarop hij haar is gevolgd, de manier waarop hij het huis aan het Lago Maggiore is binnengedrongen en de agressie waarmee hij haar te pakken probeerde te krijgen, en ze besluit geen woord van wat hij zegt te geloven. Daarvoor heeft ze Vincent zich een paar keer te vaak zien wreken op mensen die hem dwarszaten. Zijn enige doel is haar weghalen uit de bescherming die haar medereizigers haar nietsvermoedend bieden, zodat hij zich van haar kan ontdoen.

Haar gezicht heeft altijd al haar emoties duidelijk weerspiegeld, en dat is nu niet anders. Vincent heeft maar één blik nodig om haar gedachten te lezen.

'Je vertrouwt me niet,' stelt hij vast.

'Nee, natuurlijk vertrouw ik je niet. Hoe zou dat kunnen na wat er is gebeurd.'

'Wat is er dan allemaal gebeurd?'

'Moet je dat nog vragen? Je hebt Edwin neergeschoten!'

'Een vleeswond, meer niet. Hij overleeft het wel.'

Wantrouwig kijkt Nathalie hem aan.

'Ik wil ze spreken.'

Vincent maakt een gebaar met zijn handen. 'Ik heb geen telefoonnummer van hen. Jij?'

Nathalie wendt haar hoofd af. 'Hoe ben je eigenlijk de Zwitserse grens over gekomen?' vraagt ze na een lange, ongemakkelijke stilte. 'Je werd toch aangehouden?'

Er trekt iets donkers over Vincents gezicht, dat een glimp van zijn ware gemoedstoestand verraadt en Nathalies zintuigen weer op scherp zet. Meteen daarna schakelt hij over op een vriendelijke, ontspannen houding.

'Niet voor lang. Ze hadden niets om me voor vast te houden. Mijn papieren waren in orde en dat opsporingssysteem hebben ze niet gezien. Ze dachten dat het een gewone laptop was; ze hebben er niet eens naar gekeken. Ze bleven nog wel een tijdje vervelend doen, zoals me strak aankijken en mijn auto doorzoeken, maar mijn wapens zaten in dat geheime vakje in de console, dus die hebben ze niet gevonden. Stelletje sukkels. Ze hebben me nagetrokken, maar moesten me uiteindelijk laten gaan.'

'Hoe wist je dat ik deze trein genomen had?'

Vincent glimlacht breed. 'Het was even schrikken toen ik je kwijt was. Het signaal van het zendertje kwam opeens uit een bus met toeristen, maar dat had ik snel door. Ik zag dat er boten vertrokken uit Brissago, dus ik besloot een kijkje te gaan nemen. Je ging net aan boord toen ik in de haven aankwam. De boot ging naar Locarno en je had geen auto meer, dus ik gokte dat je de trein zou nemen. Ik heb daar net zo lang staan wachten tot ik je zag aankomen. Het duurde zo lang dat ik op een gegeven moment bang was dat ik me had vergist, maar toen zag ik je gelukkig.'

Nathalie luistert amper. Ze kijkt naar buiten, ziet de stations die ze passeren. Nog een kwartiertje, dan zullen ze Arth-Goldau binnenrijden. Daar zal hij met haar uit willen stappen, goedschiks of kwaadschiks. Het enige wat hij hoeft te doen is onopvallend een pistool op Robbie richten en dan heeft ze niets meer in te brengen. Ze moet zorgen dat ze uit zijn buurt komt.

Met stramme knieën komt ze overeind. 'Ik ga even naar het toilet.'

Vincent kijkt op, strekt zijn handen uit naar Robbie. 'Geef hem maar aan mij.'

'Nee, hij gaat mee.'

'Nathalie, jij gaat nergens naartoe met dat kind. Geef hem aan mij.'

'Dan gaat hij huilen. Hij heeft een hoop meegemaakt de laatste dagen, hij is bekaf. Als je hem van me afpakt, wordt hij compleet hysterisch.'

Ze ziet de aarzeling op Vincents gezicht, en tot haar opluchting maakt hij een gebaar dat ze kan gaan.

'Ik ga even met je mee.'

Met Vincent achter zich aan loopt Nathalie door het gangpad naar de toiletten in het halletje. Zonder hem nog een blik waardig te keuren, trekt ze zich achter de deur terug en draait het slot om. Opgelucht zakt ze op de toiletbril en laat de tassen die ze nog om haar schouder heeft hangen met een bons op de grond vallen. Het duurt even voor de mist in haar hoofd optrekt en haar ademhaling weer rustig wordt, zodat ze over haar volgende stap kan nadenken.

In Arth-Goldau zal ze uitstappen, tot die tijd blijft ze op het toilet zitten. Vincent kan moeilijk de deur intrappen. Hij zal wel in het halletje blijven staan, maar straks heeft ze bescherming van de andere in- en uitstappende reizigers.

Nathalie laat Robbie op haar knie hopsen en zingt met zachte stem een liedje voor hem. Na een paar minuten klopt Vincent op de deur en hoort ze hem vragen of ze nog van plan is eruit te komen. Ze geeft geen antwoord, zingt zachtjes door en negeert het gerammel aan de deur en de opmerkingen van andere reizigers die gebruik willen maken van het toilet.

Tien minuten voor ze moet uitstappen, komt de conducteur en gebiedt haar met luide stem naar buiten te komen. Nathalie neuriet een oud kinderliedje en blijft zitten waar ze zit. De conducteur kondigt met stemverheffing aan dat hij de deur gaat openmaken. Even later bewijst gemorrel aan het slot dat hij het serieus meent.

Nathalies hand schiet uit en houdt de draaiknop tegen. Haar angst geeft haar onvermoede krachten en ze slaagt erin de deur op slot te houden. In het halletje wordt druk gepraat.

Nog acht minuten tot Arth-Goldau.

Een woordenstroom in het Duits klinkt door de luidspreker en kondigt het volgende station aan. Een paar minuten later verandert de trein van spoor en dendert hij Arth-Goldau binnen. Nathalie laat de draaiknop van het slot los, maar blijft hem in de gaten houden.

Terwijl ze piepend en knarsend vaart minderen, haalt ze de elastiekjes van een paar stapeltjes bankbiljetten en legt ze boven op de andere spullen in haar tas. Daarna doet ze het hengsel over haar hoofd, zodat haar tas diagonaal over haar lichaam komt te hangen. Pas als de trein helemaal tot stilstand is gekomen, staat ze op. Met Robbie op haar heup draait ze het slot om en opent ze de deur. Zoals verwacht is het druk in het halletje. Er stappen mensen uit, maar er staan ook verschillende reizigers naar de toiletruimte te kijken. Onder hen is de conducteur. En Vincent. Zijn ogen staan zo koud dat de temperatuur in het halletje een paar graden lijkt te dalen.

Nathalie werpt een snelle, schichtige blik op hem, concentreert zich dan op de wijd openstaande deur. Voor ze kan aansluiten bij de rij passagiers die willen uitstappen, komt de conducteur op haar af en verzoekt in het Duits om haar vervoersbewijs. Ze geeft het hem, terwijl ze met een schuin oog Vincent in de gaten houdt.

Zo nauwgezet alsof hij haar ervan verdenkt een gezochte terrorist te zijn, bestudeert de conducteur haar kaartje. Er valt niets op aan te merken en hij geeft het haar terug, met de vraag waarom ze zo lang in de toiletruimte bleef zitten.

Zijn woorden bereiken Nathalie amper. Er zijn nog drie, nog twee passagiers voor haar. Ze schuifelt naar de deur, met de conducteur als een levend schild tussen Vincent en haar in.

'Fräulein!' zegt de conducteur dringend en hij tikt op haar schouder om haar aandacht te vragen.

Een snelle blik naar achteren leert Nathalie dat Vincent naar voren beweegt, klaar om haar achterna te springen als ze het waagt de trein te verlaten. De vrouw voor haar stapt het drukke perron op, terwijl reizigers die de trein in willen ongeduldig naar binnen dringen.

Nathalies hand verdwijnt in haar tas. Ze stapt het ijzeren trappetje af, het perron op, en doet alsof ze struikelt. Intussen grijpt ze een willekeurig persoon vast, excuseert zich in het Duits en laat een groot deel van de inhoud van haar tas over het perron vliegen. De bankbiljetten wervelen in het rond, zweven boven vele hoofden en dalen langzaam neer.

'O nein! Mein Geld! Mein Geld!' gilt Nathalie.

Het zijn euro's, maar dat vormt voor de Zwitsers geen enkel bezwaar. Een paar mensen vangen het papiergeld op met de intentie het aan Nathalie terug te geven, maar de rest zorgt voor consternatie door naar de grond te duiken, de biljetten bijeen te rapen en ze in eigen zak te stoppen. Een deel van het geld is op de rails terechtgekomen. Twee jongens van een jaar of negentien laten zich op hun buik op de grond vallen en proberen erbij te komen, terwijl anderen bijna over hun struikelen en in gevloek losbarsten.

Zonder op de door haar veroorzaakte chaos te letten, rent Nathalie naar de trappen. Een snelle blik over haar schouder leert haar dat er voor Vincent bijna geen doorkomen aan is op het perron. Met zijn ellebogen probeert hij zich door het oploopje heen te wringen, maar als hij daarin geslaagd is, heeft Nathalie al een grote voorsprong.

Tegen de tijd dat hij de trappen heeft bereikt, is zij beneden. Ze rent met Robbie door de stationshal en sprint de eerste de beste trap op die ze ziet. Bovenaan hoort ze een fluitsignaal.

'Warte! Bitte!' Met het laatste restje adem dat ze nog in haar longen heeft, bereikt ze het perron. Onder aan de trap verschijnt Vincent.

Nathalie strompelt op de trein af, die op het punt van vertrekken staat. De conducteur houdt de deur voor haar open en gebaart haar op te schieten. Ze rent zo hard ze kan.

Achter haar stormt Vincent de trap op en neemt de laatste treden. Met een wilde uitdrukking op zijn gezicht kijkt hij naar het lege perron en de openstaande deur van de trein, die langzaam begint te rijden. Zonder het gewicht van een baby in zijn armen is het voor hem geen probleem om een sprintje te trekken en bij de deur te komen. De conducteur schudt driftig zijn hoofd, maar daar heeft Vincent geen boodschap aan. Als hij de sprong waagt, kan de conducteur niets anders doen dan opzij gaan, zodat hij het halletje in kan springen. Dan sluiten de deuren en rolt de trein het station uit.

Buiten adem stapt Nathalie achter de kiosk vandaan waar ze beschutting heeft gezocht. Ze leunt tegen de wand en kijkt met wild kloppend hart de trein na.

25

Het is rustig op de begraafplaats. Normaal gesproken ziet Julia altijd wel een paar mensen over de paden lopen, bloemen bij de graven leggen of op een van de bankjes zitten, maar aan deze zondagmiddag hebben de vaste bezoekers een andere invulling gegeven. Slechts een enkeling is bij de graven te vinden. Niet vreemd, want het is bloedheet. De bladeren van de bomen die het kerkhof sieren, hangen slap en lusteloos naar beneden, de beplanting begint te verdorren en de marmeren graven schitteren in de zon met een felheid die pijn doet aan je ogen.

De rust bevalt haar wel. Het geeft haar het gevoel alsof ze zich in een soort tussenland bevindt, half in de wereld van de levenden en half in de wereld van de doden, wat maakt dat ze zich dichter bij haar ouders voelt. Ook al kan ze hen niet zien of horen, het kost haar weinig moeite om zich voor te stellen dat ze in de buurt zijn, verheugd over haar bezoek.

Hun dood is al zo lang geleden dat ze hier rustig kan zitten zonder te huilen, alleen met haar gedachten en herinneringen, het enige wat je nog hebt als iemand sterft. En zelfs je herinneringen verbleken, zodat uiteindelijk niet duidelijk meer is of ze het verleden recht doen.

Vergeten zijn de ruzies die ze had met haar vader, die haar behoorlijk spartaans opvoedde; de ergernis over haar zachtaardige moeder die totaal niet tegen hem opgewassen was en haar dochter dus ook geen steun kon bieden. In plaats daarvan diept ze uit haar geest het beeld op van een opgewekte man met wie ze haar liefde voor politiewerk deelde. Ook over haar moeder denkt ze nu genuanceerder, omdat ze de andere kant op keek als ze merkte dat Julia de huisregels overtrad.

Lange tijd heeft ze ervoor gekozen de aangename beelden van haar jeugd voor zichzelf op te roepen, tot ze zelf geloofde in het ideaalplaatje. Pas toen ze vorig jaar haar dagboeken uit die tijd doorlas – eerder durfde ze dat niet aan – en zich verdiepte in de wereld van de puber die ze toen was, kreeg ze een realistischer beeld van die periode.

Maar dat maakte het gemis niet minder. Ze heeft van haar ouders gehouden en ze weet zeker dat al hun beslissingen voortkwamen uit hun liefde voor haar.

Met een schokje beseft Julia dat ze nu, op haar eenendertigste, langer zonder haar ouders leeft dan ze met hen heeft geleefd. Die gedachte is zo merkwaardig, zo in strijd met hoe het hoort te gaan in het leven, dat het haar emotioneert.

Ze knippert met haar ogen en besluit naar huis te gaan. Net als ze wil opstaan, ziet ze een jonge vrouw het pad af komen lopen. Ze heeft haar een kwartiertje geleden al voorbij zien komen met een bos zonnebloemen op het onderstel van een wandelwagentje. Nu klampt ze zich aan de wagen vast alsof het haar laatste houvast is. Als ze dichterbij komt, ziet Julia dat dat weleens waarheid zou kunnen zijn, want de vrouw, een meisje bijna nog, is verblind door tranen. Haar blik is naar beneden gericht en ze veegt driftig over haar ogen. Pas als ze het bankje nadert, ziet ze Julia zitten en blijft ze abrupt staan. Ze maakt een beweging alsof ze door wil lopen, maar Julia's stem houdt haar tegen.

'Gaat het wel?' vraagt ze bezorgd.

Het meisje knikt, en zet er de pas weer in. De baby in de wagen schrikt wakker en begint hard en doordringend te huilen. De jonge moeder slaakt een diepe zucht en laat haar schouders zakken. Haar gezicht is zo wit dat Julia weet dat ze haar niet kan laten gaan.

Aan het eind van haar Latijn, concludeert ze. Heeft iemand verloren en staat er nu alleen voor met haar kind.

'Ga even zitten,' zegt ze vriendelijk.

Met een schuine blik beoordeelt het meisje zowel het bankje als Julia, alsof ze een valstrik verwacht. Haar hele wezen straalt uit dat ze liever door zou lopen. Maar de huilende baby wil iets anders en na een paar seconden weifelen geeft de moeder toe. Ze tilt het kind uit de wagen en neemt plaats op het uiterste randje van de bank, iets van Julia weggedraaid. Met sussende geluidjes kalmeert ze het kindje, dat Julia schat op een maand of zes, de leeftijd van Joey.

Zonder haar aan te kijken pakt de moeder de tas, die op het bagagerekje onder de wagen staat, en haalt er een flesje melk uit. Geroutineerd schroeft ze de dop met de speen eraf, haalt er een rond plastic dingetje af dat voorkomt dat de melk eruit loopt en zet de dop er weer op. Het kind, een jongetje met een blauw petje, een wit shirtje en een kort blauw broekje, strekt zijn handjes uit naar de fles, grist het naar zich toe en begint gulzig te drinken.

'Daar was hij aan toe, zo te zien,' zegt Julia met een glimlach.

Een beetje onwillig knikt het meisje, maar ze kijkt Julia niet aan. Ze zit over het kind gebogen, beschutting zoekend achter haar halflange donkere haar, dat in krullen langs haar gezicht valt.

'Hoe heet hij?' vraagt Julia.

Het antwoord klinkt even afwerend als haar houding. 'Robbie.'

'Leuke naam.'

Robbie drinkt rustig door, zich niet bewust van de spanning tussen de twee vrouwen. Julia is zich daar wel van bewust, al begrijpt ze niet waar die spanning door veroorzaakt wordt. Haar vak heeft haar een goed ontwikkelde intuïtie voor mensen met problemen bijgebracht. Vaak genoeg heeft ze mensen ontmoet die van alle kanten een hulpsignaal uitzenden zonder hulp te willen aanvaarden. Om het meisje op haar gemak te stellen, begint Julia te praten. Ze hangt geen eindeloze verhalen op, maar ze vertelt rustig en weloverwogen waarom ze hier is. Dat haar ouders hier liggen. Dat ze hier regelmatig komt om even bij hen te zijn. Dat het zo'n mooie, groene begraafplaats is.

Onder haar rustige houding, die geen blijk geeft van nieuwsgierigheid, maar die troost en begrip uitstraalt, komt het meisje zichtbaar tot rust. Ze ontspant zich en draait een kwartslag, zodat ze niet meer van Julia afgewend zit. Op een gegeven moment zegt Julia niets meer en zitten ze zwijgend naast elkaar, uitkijkend over de graven terwijl Robbie zijn fles leegdrinkt.

Hij is halverwege als het meisje de stilte verbreekt. 'Mis je je ouders?' Haar stem klinkt zacht en verontschuldigend, alsof ze zich wil excuseren voor het feit dat ze een persoonlijke vraag stelt terwijl ze daar zelf van verschoond wil blijven.

'Ja,' zegt Julia. 'Ik zal ze altijd missen, maar...' Ze zoekt naar de juiste formulering van haar gevoelens. 'Intussen is het een onderdeel van mijn leven geworden. Begrijp je wat ik bedoel?'

Het meisje knikt langzaam. 'Je bent eraan gewend geraakt om ze te missen.'

'Precies.'

De ogen van het meisje dwalen over de begraafplaats en blijven rusten op een plek in de verte, waarvan Julia vermoedt dat er een geliefde begraven ligt. Misschien haar man, of haar vriend. Ze verwacht geen ontboezemingen en ze is dan ook verrast als het meisje met die schorre, bijna bittere stem toch iets van zichzelf prijsgeeft.

'Soms denk ik dat het beter is om nooit van iemand te houden. Ik bedoel, écht van iemand te houden. Het is prima om op anderen gesteld te zijn, ze aardig te vinden, bevriend te raken, maar er zou een alarm moeten afgaan op het moment dat die gevoelens dieper worden.' Ze doet het indringende geluid van een zoemer na. 'Alarmfase één! Langzaam terugtrekken!'

Julia zwijgt, niet omdat ze niet weet hoe ze moet reageren, maar omdat ze te goed begrijpt wat de jonge vrouw bedoelt. Omdat ze toch een reactie wil geven, knikt ze naar het kind op haar buurvrouws schoot.

'Maar je hebt een kind. Maakt dat niet veel goed?'

Het meisje kijkt op het jongetje neer. In eerste instantie verzacht haar blik, dan maakt ze haar ogen los van de wagen en richt ze op de bomen verderop. 'Ik ben zo bang dat ik hem ook kwijt zal raken,' prevelt ze.

Haar woorden zijn nauwelijks verstaanbaar, maar Julia zit dicht genoeg bij haar om ze te kunnen opvangen. Verbaasd kijkt ze het meisje aan.

'Waarom zeg je dat?' vraagt ze, en dan verschrikt: 'Er mankeert hem toch niets?'

'Nee, nee, Robbie is kerngezond. Het is alleen...' Ze bijt op haar lip, de woorden lijken te stollen in haar keel en ze kijkt van Julia weg, alsof ze spijt heeft dat ze dat kleine stukje persoonlijke informatie heeft losgelaten.

Weer overvalt Julia het gevoel dat hier iemand zit die haar hulp nodig heeft. Dat deze ontmoeting op de begraafplaats, op een doodstille middag als vandaag, geen toeval is. Ze heeft altijd geloofd dat niets zomaar op je pad komt, en dat als iemand je ziel raakt, zoals nu gebeurt, je daar niet aan voorbij mag gaan.

Voorzichtig legt ze haar hand op de arm van haar buurvrouw. 'Is er iets wat ik voor je kan doen?'

Het meisje kijkt strak naar de blauwe lucht en knippert een paar keer met haar ogen.

'Ik ben bang,' fluistert ze. 'Ik weet niet wat ik moet doen.'

Secondelang is alleen het gefluit van de vogels en het autoverkeer heel in de verte te horen. Intuïtief weet Julia dat ze niet op meer informatie moet aandringen, dat het vertrouwen dat haar geschonken wordt broos en eenmalig is. Eén verkeerde vraag en ze zal zich terugtrekken, opstaan en weglopen. Alarmfase één.

Zij zal hier op het bankje achterblijven, een beetje beduusd, misschien wel licht beledigd omdat haar goede bedoelingen op die manier worden beloond. Maar zoals dat vaak gaat met goede bedoelingen, zijn de intenties wel zuiver maar nooit helemaal vrij van eigenbelang. Ze is nieuwsgierig naar het verhaal van dit meisje. Waarom weet ze niet, noem het intuïtie.

'Je hoeft me niets te vertellen,' zegt ze. 'Ik wil je alleen maar helpen. Zeg me maar wat ik voor je kan doen.'

Het meisje kijkt haar van opzij aan, als om te onderzoeken of Julia meent wat ze zegt. Kennelijk ziet ze iets wat haar vertrouwen geeft, want ze maakt een gebaar van overgave en zucht diep.

'Ik heb een slaapplaats nodig,' zegt ze. 'Op een plek waar niemand me kan vinden.'

26

Er is maar één telefoontje naar haar oma nodig om Nathalie, zoals het meisje zichzelf heeft voorgesteld, een onderkomen te bezorgen. Op haar beurt heeft Julia ook alleen haar voornaam genoemd, maar onderweg naar Sint Odiliënberg besluit ze dat ze toch wat meer van haar wil weten. Per slot van rekening zadelt ze wel haar oma hiermee op. Ze besluit om niet via een omweg informatie uit Nathalie te peuteren, maar haar ronduit te vragen wat er aan de hand is.

Ze zitten in de auto, Nathalie met Robbie op schoot op de passagiersplaats. De wandelwagen ligt ingeklapt op de achterbank.

Nathalie geeft niet direct antwoord op Julia's vraag. Ze frummelt wat aan Robbies kleding en overweegt duidelijk wat ze zal zeggen.

'Ik kan het je wel vertellen,' zegt ze ten slotte. 'Daar heb je recht op. Je had me niet hoeven helpen en toch doe je het. Daar ben ik je dankbaar voor.' Ze zet Robbie, die zich onder de veiligheidsgordel uit probeert te wurmen, rechtop en aait hem over zijn bol.

'Het is mijn ex,' gaat ze verder. 'Mijn vriend. We zijn niet getrouwd, maar wel al heel lang samen. Ik ben bij hem weggegaan. Op de vlucht geslagen is een beter woord.'

Julia remt voor een rood stoplicht en werpt een blik opzij. 'Waarom?'

'Hij is ontzettend bezitterig en gewelddadig. Ik wilde al heel lang bij hem weg, maar ik durfde niet. Tot hij agressief werd tegen Robbie. Dat was voor mij de druppel. Ik heb hem ergens mee op zijn hoofd geslagen.' Nathalies stem klinkt beheerst en emotieloos, alsof ze zich gedistantieerd heeft van dat deel van haar persoonlijkheid. 'Het was zelfverdediging, maar ik schrok toch toen hij viel en niet meer overeind kwam. Ik dacht dat hij dood was en ik ging er in paniek vandoor. Later bleek dat hij nog leefde.'

'En nu zit hij achter je aan.'

Een nerveuze trek glijdt over Nathalies gezicht. 'Ja, en als hij me vindt...' Alleen al bij de gedachte wordt ze bleek.

Dit zou een goed moment zijn om haar te vertellen dat ze bij de recherche zit, bedenkt Julia. Maar uit ervaring weet ze dat dat eerder afschrikt dan vertrouwen schenkt. Uit onderzoek is gebleken dat ruim veertig procent van alle vrouwen ooit slachtoffer is geweest van mishandeling, waarvan tien procent wekelijks. Ze is geschrokken van die uitkomst, maar nog meer van het feit dat slechts twaalf procent van de vrouwen er melding van doet. Dat schijnt te maken te hebben met de afhankelijke positie waarin veel vrouwen zitten, maar ook omdat politie en justitie vaak tekortschieten bij de afhandeling van een dergelijke aangifte. Intussen hebben veel korpsen trainingen ontwikkeld om te leren omgaan met huiselijk geweld.

Julia besluit dat dat altijd nog kan. Eerst moet ze Nathalies vertrouwen zien te winnen.

Het stoplicht springt op groen en Julia trekt op. Langs wuivende graanvelden rijden ze het dorp Melick in. Nathalie zit een tijdlang naar buiten te kijken, maar opeens verbreekt ze de stilte.

'Dus je oma verhuurt kamers?' vraagt ze.

'Ja,' zegt Julia. 'Ze is eenentachtig en nog heel actief. Soms een beetje té, als je het mij vraagt. Ze zit altijd vol plannen en is heel betrokken bij iedereen, maar ze is natuurlijk wel eenentachtig. Af en toe kan ze zichzelf amper bijhouden, maar ze bijt liever haar tong af dan dat ze dat toegeeft.'

Een flauwe glimlach speelt om Nathalies mond. 'Ze lijkt me een leuk mens.'

'Ze is geweldig,' zegt Julia warm. 'Na de dood van mijn ouders heeft ze me zonder aarzelen in huis genomen. Als ze dat niet had gedaan, zou ik in een kindertehuis of pleeggezin zijn terechtgekomen. Niet dat je het daar niet goed hebt, maar het is natuurlijk heel iets anders dan je eigen familie.'

'Ja,' zegt Nathalie.

Er liggen werelden van emotie in dat ene woordje. Julia werpt een peilende blik op haar, bang dat ze zich weer op verboden terrein bevindt.

Tot haar verrassing lijkt Nathalie er geen moeite mee te hebben dat stukje van haar verleden met haar te delen. 'Mijn moeder is gestorven toen ik nog heel jong was,' zegt ze, 'en ik was zeventien toen mijn vader stierf.'

Julia wacht af, in de veronderstelling dat er nog meer komt, maar Nathalie vindt het wel weer genoeg zo. Ze schuift Robbies sokje, dat hij met één handje heeft uitgetrokken, weer om zijn voet en laat het bij die ene mededeling.

Tot ze Sint Odiliënberg naderen zeggen ze niets meer. Ze rijden de brug op die over het riviertje de Roer voert, en Julia wijst naar rechts. Een paar seconden lang hebben ze zicht op de pittoreske aanblik van het glinsterende water van de Roer, omgeven door fris groen, en op de basiliek van Sint Odiliënberg, waarvan de twee torens zich majestueus boven het riviertje verheffen.

'Mooi hè?' zegt Julia. 'Ik moet er altijd even naar kijken als ik over de brug rijd.'

Nathalie knikt alleen maar. Ze ziet er moe uit, en een beetje zenuwachtig, alsof ze opeens twijfelt aan de juistheid van haar besluit.

In een impuls legt Julia een hand op haar arm. 'Het komt goed,' zegt ze. Dan zet ze haar richtingaanwijzer naar rechts, neemt de bocht en rijdt het dorp in.

Sint Odiliënberg is een rustig dorp, met slingerende straten die naar een plein leiden. Uitbundig bloeiende geraniums vrolijken de entree voor het Raadhuis op, terwijl op een caféterras, dat beschut wordt door leibomen en een enorme es, mensen genieten van de zon en koffie met vlaai. In het midden van het plein verheft een groot, spierwit Jezusbeeld zich naar de hemel, in de rug gedekt door de basiliek met haar hoge torens.

Julia slaat een zijstraat in en stopt voor een wit vakwerkhuis waarvan ieder venster voorzien is van een bloembak vol rode geraniums.

'Hier is het,' zegt ze. 'Hier woont mijn oma.'

Een onnodige opmerking, want Emma komt al naar buiten. Julia heeft haar maar heel kort gesproken aan de telefoon, maar haar oma begroet Nathalie zo hartelijk alsof ze een uit het oog verloren kleindochter is. Robbie valt dezelfde warme begroeting ten deel.

'*Ach junkske, koem ins hiej*,' zegt Emma met haar Limburgs dialect en ze steekt haar armen naar hem uit.

Na enige aarzeling staat Nathalie toe dat Emma het jongetje op haar arm neemt. Emma loopt meteen met hem naar de voordeur.

Geholpen door Julia haalt Nathalie de kinderwagen en haar spaarzame bagage uit de auto en beide vrouwen volgen Emma naar binnen. Daar neemt Nathalie Robbie, die begint te trappelen en te huilen, weer over en kijkt wat om zich heen.

'*Wil je tije*?' vraagt Emma, al op weg naar de keuken.

Nathalie kijkt haar niet-begrijpend na. 'Thee?' herhaalt ze aarzelend.

'Nederlands praten, oma,' zegt Julia.

'Ze verstaat me toch!' Emma loopt door naar de keuken en zet water op. Julia voegt zich bij haar om een handje te helpen. Terwijl ze kopjes en lepeltjes pakt, werpt ze een blik in de huiskamer, waar Nathalie met Robbie in haar armen nog steeds om zich heen staat te kijken. Ongetwijfeld is ze totaal verbouwereerd door de hoeveelheid spullen die tegen de wanden staan opgestapeld.

'Je moet haar voorzichtig aanpakken, oma,' zegt ze, voor de zekerheid in dialect. 'Ze heeft het er liever niet over, maar ze is op de vlucht voor haar ex. Dat is er een met losse handjes.'

'Ach, nee toch?' Emma kijkt om naar Nathalie en schudt haar

hoofd. Ze legt drie punten kersenvlaai op gebaksbordjes en zet ze op een dienblad. Met het blad in haar handen stapt ze de woonkamer binnen en zegt opgewekt: 'Maak je maar geen zorgen, kind, die kerel komt er hier niet in. Julia werkt bij de recherche, dus je bent volkomen veilig.'

27

De kamer is een beetje ouderwets, maar groot en schoon. Hij biedt ruimte voor een tweepersoonsbed, een tafel en twee gemakkelijke stoelen. Op het dressoir staan een televisie en een radio, en de boekenkast is goed gevuld. Mevrouw Vriens heeft beloofd dat ze vandaag nog zal zorgen dat er een box en een bedje voor Robbie komen. Er is zelfs een klein keukenblokje in de kamer, maar Nathalie is gretig ingegaan op het aanbod van Emma Vriens om samen te eten.

Nu pakt ze haar tassen uit, legt haar kleren in de kast, stalt Robbies spulletjes uit en creëert iets van een thuis, al is ze niet van plan om hier lang te blijven.

Na een lange, vermoeiende reis is ze een week geleden met Robbie in Maastricht aangekomen. Nadat Vincent op het station van Arth-Goldau in de wegrijdende trein was gesprongen, heeft ze de eerstvolgende trein naar Zürich genomen. Niet naar Basel, want daar zou Vincent haar zeker opwachten. In Zürich heeft ze twee dagen in een hotel gelogeerd en kleding voor zichzelf en nieuwe babyspullen voor Robbie gekocht. Pas toen ze zeker wist dat Vincent het spoor bijster was, durfde ze naar het station te gaan en de trein naar Maastricht te nemen. Ze heeft een hotelletje in het centrum gezocht en zich in haar kamer verschanst, piekerend over een manier om Cécile te bereiken. Op internet zocht ze het vaste telefoonnummer op van het huisje aan het Lago Maggiore, maar hoe vaak ze het ook belde, er werd niet opgenomen.

Uiteindelijk heeft ze Céciles naam en die van Edwin gegoogeld. Diverse Italiaanse websites maakten melding van de gewelddadige overval op de twee Hollandse toeristen. Tot haar grote opluchting vermeldden de nieuwsberichten dat ze het hebben overleefd.

Nathalies blijdschap was echter van korte duur. Bij de receptie stond een mand met oude tijdschriften en kranten, en in een van die kranten kwam ze het bericht tegen over de moord op Kristien en Ruud. De schok was enorm, ze stond te trillen op haar benen. Het duurde een volle week voor ze van haar kamer kwam. Alle maaltijden, ontbijt inclusief, gebruikte ze in de veilige beschutting die de vier wanden van haar hotelkamer haar boden, terwijl ze zich het hoofd brak over de vraag waarom Kristien en haar vriend dood moesten. Was hij bang voor wat ze aan hen verteld had? Als geen ander was ze op de hoogte van al zijn smerige zaakjes, en Vincent nam geheimhouding hoog op. Op dat gebied nam hij geen enkel risico.

Languit op het hotelbed liggend heeft ze zich de ogen uit haar kop gehuild, bleef ze zichzelf verwijten maken, maar uiteindelijk heeft ze zichzelf herpakt. Toen ze overeind kwam en in de spiegel keek, was er iets veranderd in haar ogen. De angst zat er nog, maar had voor een belangrijk deel plaatsgemaakt voor een grimmige vastberadenheid. Niet zij was verantwoordelijk voor wat haar familie en vriendin was overkomen, maar Vincent. En daar zou hij voor moeten boeten.

Ze is naar de begraafplaats van Roermond gegaan, en staand aan het graf van Kristien heeft ze haar plan uitgedacht. Vincent zou het nooit opgeven haar te zoeken en op een dag zou hij haar vinden. Ze kon niet eeuwig op de vlucht blijven, ze trok het nu al niet meer. Ze zou een wapen kopen, Vincent naar zich toe lokken en de confrontatie met hem aangaan. Als ze het slim aanpakte, kon ze het op noodweer laten aankomen.

De ontmoeting met Julia en haar aanbod, uitgerekend op de begraafplaats, kwamen als een geschenk uit de hemel. Alsof Kristiens wraakzucht met die van haar gebundeld werd, zodat ze samen Vincent konden aanpakken.

Dat Julia bij de recherche werkt, was even schrikken, maar nu beseft Nathalie dat ze er haar voordeel mee kan doen. Het wordt tijd om uit haar slachtofferrol te stappen en Vincent het welkom te geven dat hij verdient.

Ze eten die avond met z'n allen: *zoervleis*, naar oud-Limburgs recept. Nathalie is zwijgzaam, maar Julia en haar oma doen alsof ze dat niet merken. Ze praten wat met elkaar over de ingrediënten van de maaltijd – runderriblappen, azijn, laurier en Maestrichter fruitstroop – en ze laten Nathalie met rust. Na het eten helpt Julia Emma met de afwas.

'Ga jij maar lekker buiten zitten,' zegt Emma hartelijk tegen Nathalie. 'Het is zo'n mooie avond. Je zoontje ligt lekker te slapen, dus ontspan je maar even.'

Nathalie knikt en loopt een beetje verloren de tuin in. Zowel Julia als Emma kijkt haar na, en als ze haar op een bankje zien neerzakken, zegt Emma: 'Dat arme kind.'

'Ik zal haar straks wel even gezelschap houden,' neemt Julia zich voor.

Sowieso wil ze met Nathalie praten, en na de afwas loopt ze naar buiten. Achter het huis ligt een gezellige tuin, voorzien van een terrasje met klinkerbestrating en dito paadjes die langs een klein gazon met pruimenbomen en bloemenbedden leiden. Een smeedijzeren bankje staat uitnodigend in de avondzon, waar Nathalie met gesloten ogen van zit te genieten.

Ze schrikt ontzettend als er opeens iemand naast haar staat en schiet overeind.

'Ik ben het maar,' zegt Julia geruststellend. 'Mag ik bij je komen zitten?'

Nathalie ontspant zich, maar is ook verlegen met de situatie. Een beetje schutterig kijkt ze Julia aan. 'Sorry dat ik zo schrok. Ik dacht...' Ze maakt haar zin niet af, maar gebaart uitnodigend naar de plaats naast haar.

Julia gaat zitten en kijkt haar vriendelijk aan. 'Wat dacht je?'

Een diepe zucht is het antwoord, maar dan lijkt Nathalie te besluiten dat ze Julia kan vertrouwen, en ze vertelt. Over haar ex. Dat hij haar heeft gered van haar vader, maar dat hij op een gegeven moment zelf geweld tegen haar begon te gebruiken. Zo terughoudend als ze altijd is geweest, zo openhartig is ze nu, met haar beschrijving van hoe ze zich soms dagenlang niet kon bewegen van de pijn. Van die keer dat ze bijna haar nek heeft gebroken toen ze van de trap werd gegooid. Van het bloed dat nog steeds zichtbaar is op de muur van de overloop.

Julia heeft af en toe geen idee of Nathalie het over haar vader of over haar vriend heeft, maar het is duidelijk dat hier iemand zit die in grote psychische nood verkeert.

'Waarom bleef je bij hem?' vraagt ze, als Nathalie uiteindelijk stilvalt. 'Waarom ging je niet bij hem weg zodra je merkte dat hij net zo was als je vader?'

'Hij was niet net als mijn vader. Hij sloeg lang niet zo hard, en ook niet zo vaak. Eigenlijk alleen als ik erom vroeg, omdat ik hem tegensprak of niet naar hem wilde luisteren.'

Julia schudt vol ongeloof haar hoofd. 'Nathalie, niemand vraagt erom geslagen te worden. Wat je ook misdaan mag hebben in zijn ogen. Er is geen excuus voor mishandeling.'

Nathalie haalt haar vingers, die ze stevig ineengestrengeld houdt, uit elkaar en kijkt Julia angstig aan. 'Ik ben zo bang dat hij me vindt. Hij heeft altijd gedreigd me te vermoorden als ik wegliep. Ik ben toch weggegaan, en ik heb hem nog op zijn hoofd geslagen ook. Hij maakt me af als hij me vindt.'

Woede tegenover die schoft schiet als een steekvlam door Julia heen. Zie je wel dat het een goede beslissing was om haar hiernaartoe te brengen. Aan de andere kant: als die idioot hier opduikt, kan haar oma ook in gevaar komen.

'Er is een blijf-van-mijn-lijfhuis in Venlo,' zegt ze. 'Ik kan je ernaartoe brengen.'

Nathalie overweegt het voorstel. 'Misschien.'

'Ik zal informeren of er plaats is. Voorlopig ben je hier veilig genoeg. Hij kan toch niet weten dat je hier zit?'

'Nee, dat denk ik niet.'

'Goed zo. Voor de zekerheid geef ik je mijn mobiele nummer. Als je ook maar het vermoeden hebt dat hij in de buurt is, dan bel je me, oké?' Julia zoekt in haar tas naar een stukje papier en een pen, en schrijft haar nummer op.

'Werk je echt bij de recherche?' vraagt Nathalie als ze het papiertje aanpakt.

'Ja, in Roermond. Dus ik zit vlakbij.'

'Draag je een wapen?' Nathalies ogen glijden onderzoekend langs Julia's witte linnen broek en zwarte shirt.

'Alleen onder diensttijd. Als we vrij zijn, liggen onze wapens in de kluis op het bureau.'

'Heb je zelf geen pistool? Ik bedoel, om als liefhebberij mee te schieten.'

'Ja,' geeft Julia toe. 'Ik ga regelmatig naar de schietbaan. Maar ook dan mag je geen wapen bij je dragen. Als geregistreerd lid ben je verplicht om je wapen thuis in een kluis te bewaren. Dat wordt met enige regelmaat gecontroleerd.'

'Maar als hij nou 's nachts komt?'

Haar stem klinkt zo angstig dat Julia zelf ook een ongemakkelijk gevoel krijgt. Straks staat die idioot opeens bij haar oma voor de deur. Een gevoel van spijt over haar snelle aanbod bekruipt haar. Ze gaat morgen meteen een ander logeeradres voor Nathalie regelen.

'Hoe zei je dat je ex heet?' vraagt ze.

'Bob.'

'En zijn achternaam?'

'Dat zeg ik liever niet.'

'Nathalie, als je aangifte tegen hem doet, kunnen we hem oppakken en proces-verbaal tegen hem opmaken,' houdt Julia haar voor.

'Maar als hij vrijkomt, vermoordt hij me écht.'

Julia legt een hand op haar arm. 'Wat is het verschil met de situatie waar je nu in zit? Zo kun je toch ook niet doorleven? Laten we hem samen aanpakken! Echt, je staat er niet alleen voor. Ik beloof dat ik je niet in de steek zal laten.'

Met neergeslagen ogen kijkt Nathalie naar haar handen, waarvan alle nagels zijn afgebeten. Dat ze een zware innerlijke strijd voert is duidelijk, maar Julia kan alleen maar raden naar wat er precies in haar omgaat. En als Nathalie haar met grote donkere ogen aankijkt en zegt dat ze erover na moet denken, kan ze niets anders doen dan zich daar voorlopig maar bij neerleggen.

28

Roermond is niet veel veranderd sinds zij er vertrokken is. Langzaam loopt Nathalie door de vertrouwde straten van de stad waar ze is opgegroeid en waar ze Vincent heeft ontmoet. Vanuit haar ooghoeken houdt ze passanten in de gaten en bij iedere stap scannen haar ogen de weg die voor haar ligt. Tussen de mensen voelt ze zich redelijk veilig. Als Vincent hier opduikt, kan hij haar hooguit aanspreken.

Robbie heeft ze onder de veilige hoede van Emma achtergelaten. Het is prettig om even haar handen vrij te hebben, al is het maar een uurtje. Veel langer heeft ze niet nodig om een spoor uit te zetten. Ze neemt koffie en vlaai op de Markt en bezoekt daarna een zwarthandelaar in wapens in een bovenwoning aan de Roerkade. In de tijd dat ze voor Vincent werkte, heeft ze een schietvergunning gehaald, dus ze weet wat ze nodig heeft: een Glock 26, klein en licht hanteerbaar. Een vrouwenpistool, maar daarom niet minder dodelijk.

Ze koopt het pistool en stapt op de bus naar de Donderberg. Bij de sporthal aan de Donderbergweg stapt ze uit en loopt de wijk in. In deze buurt is Vincent opgegroeid. Hier kent hij nog steeds iedereen. Zelf komt ze uit een heel andere buurt, maar ze zal hier zeker worden gesignaleerd.

In de cafetaria bij de kinderboerderij neemt ze een frietje speciaal en een cola, haar ogen gericht op de Bachstraat, waar Kristien en Ruud woonden. Haar maag draait om bij de gedachte aan wat zich in die kleine woning heeft afgespeeld. Zonder aandacht te besteden aan de klanten die in en uit lopen, aan tafeltjes neerstrijken of zich achter de fruitautomaat opstellen, eet ze haar frietje en drinkt ze haar cola op. Geen enkele blik in haar richting ontgaat haar. Als ze terugloopt naar de bushalte, hoeft ze niet om te kijken om te weten dat ze wordt gevolgd.

Soms voel je dat er iets staat te gebeuren. Een huivering die langs je huid trekt, misselijkheid en pijn in je buik, een opgejaagd gevoel, het zijn signalen uit je onderbewustzijn die je waarschuwen voor naderend onheil.

Helemaal onlogisch is dat gevoel ook niet, bedenkt Nathalie als ze in de bus zit. Iemand zal Vincent op de hoogte brengen van waar ze gezien is en welke bus ze heeft genomen, en uiteindelijk zal hij haar vinden. Het pistool in haar tas voelt zwaar en geruststellend. De val die ze voor hem opzet is een wanhoopsdaad, maar er moet een einde komen aan de krankzinnige manier waarop hij haar achtervolgt.

Een minuut of tien zit ze uit het raam te kijken naar het vredige, licht golvende zomerlandschap, als haar huid opnieuw begint te tintelen. Ze rijden de brug over, rechts van haar zijn de torens van de basiliek van Sint Odiliënberg zichtbaar, en op dat moment weet ze wat er mis is.

Robbie.

In een reflex staat ze op en loopt naar de deur, alsof dat haar sneller op de plaats van bestemming brengt. In een kalm gangetje rijdt de bus het dorp in, terwijl Nathalie als een gek op de knop drukt. Zonder haast rijdt de chauffeur naar de bushalte, remt en opent de deuren. Nathalie springt naar buiten en begint te rennen. De hellende straatjes voeren naar beneden, wat haar tempo versnelt en waardoor ze herhaaldelijk dreigt te struikelen of bijna tegen iemand opbotst. Zonder vaart te minderen blijft ze rennen tot ze het dorpscentrum heeft bereikt.

Het lage witte huis van Emma Vriens ligt er rustig bij. Er hangen geen duistere figuren rond, de deuren staan niet wijd open, niets wijst erop dat er iets aan de hand is. Toch voelt Nathalie haar hart als een razende kloppen. Ze haalt het pistool uit haar tas en steekt de sleutel in het slot van de deur die naar het gastenverblijf leidt. Voorzichtig stapt ze het halletje in. De deur van haar kamer staat halfopen. Met haar rug tegen de muur en haar wapen in de aanslag steekt ze behoedzaam haar hoofd om de hoek.

Niemand.

Haar opluchting wordt al gauw vervangen door een verlammende schrik: Robbies bedje is leeg.

Ze vliegt eropaf, kijkt ongelovig om zich heen. De kamer is verlaten, Robbie is weg.

'Robbie!' Ze rent de hal in, rukt de deur open die toegang geeft tot de keuken en roept Emma's naam. Er komt geen antwoord.

Nathalie holt naar de woonkamer, maar van Emma is geen spoor te bekennen. Nogmaals roept ze haar naam, en dan hoort ze een zwak gestommel boven haar hoofd.

Haar bloed bevriest in haar aderen. Ze klemt het pistool in haar handen en houdt het voor zich uit terwijl ze de trap op sluipt. Het gestommel herhaalt zich niet, maar ze weet zeker dat ze het goed heeft gehoord. Er is daar iemand. Wie het ook is, hij moet Robbie bij zich hebben. Misschien heeft ze hem gestoord, zijn vluchtweg afgesneden, en is hij naar boven geglipt.

Geruisloos klimt Nathalie tree voor tree naar boven, begeleid door het bonzen van haar hart en het heftig ruisen van haar bloed.

Op de overloop is het schemerig. Het schuine dak van de woning heeft kleine ramen die weinig licht doorlaten, en de overloop moet het doen met een venstertje van een halve meter breed.

Onzeker kijkt Nathalie naar de drie deuren die op de overloop uitkomen. Welke moet ze hebben? En wat is ze eigenlijk van plan?

De deur intrappen en de inbreker neerschieten? Dat is niet eens zo'n slecht idee. Het zou goed uitkomen als ze Vincent kon betrappen op inbraak en poging tot ontvoering. Helemaal als hij haar zou aanvallen, want dan zou ze hem uit noodweer kunnen neerschieten.

Ze begint bijna te hopen dat het Vincent is die zich in een van die kamers bevindt. Op het moment dat ze de deur recht tegenover haar wil opengooien, hoort ze een geluid. Het treft haar als een elektrische schok. Als verlamd luistert ze naar het lachje dat ze zo goed kent en dat maar van één persoon afkomstig kan zijn. Het geeft haar de kracht en de moed om tot daden over te gaan. Zonder aarzelen duwt ze de deurklink naar beneden, richt haar wapen en schopt de deur wijd open. In één oogopslag ziet ze Robbie met spartelende blote beentjes op een tafel liggen. De persoon die bij hem is, staat met de rug naar Nathalie toe en draait zich met een ruk om.

'Nathalie!' Emma drukt haar hand tegen haar borst en haalt diep adem. 'Ik schrik me dood. Waarom kom je zo binnenstormen? En wat heb je daar nou?' Stomverbaasd kijkt ze naar het pistool in Nathalies hand.

Snel laat Nathalie het wapen zakken en verstopt het achter haar rug, alsof ze daarmee de manier waarop ze is binnengevallen ongedaan kan maken.

'Robbie was weg. Ik dacht dat hij... dat iemand... Ik hoorde gestommel boven.' Ze stamelt onder Emma's scherpe blik, die strak op haar gericht is.

'Waarom heb jij een pistool?' vraagt ze.

'Om mezelf mee te verdedigen. Tegen mijn vriend.'

Emma trekt haar wenkbrauwen op, draait zich om naar Robbie en schuift een schone luier onder zijn billen. 'Hij huilde zo. Ik was boven aan het opruimen, dus ik heb hem meegenomen. Dat vond hij fijn, tot hij een vieze broek kreeg. Of eigenlijk moet ik zeggen: tot zíj een vieze broek kreeg.' Ze kijkt veelbetekenend naar Robbie, die een beertje boven zijn hoofd houdt en rustig wacht tot hij een luier om krijgt.

Nathalie doet een paar stappen de kamer in en kijkt naar het blote onderlichaampje op het aankleedkussen.

Verrassend geroutineerd vouwt Emma de luier dicht en bevestigt de plakstrips op de juiste plaats. Ze trekt Robbies broekje omhoog, tilt het kind op en neemt het op de arm.

'Waarom doe je alsof ze een jongetje is?' vraagt ze vriendelijk.

Nathalie geeft niet direct antwoord. Haar hersenen werken koortsachtig, zoeken naar een oplossing, een uitweg. De nieuwsgierige, intelligente ogen van de oude vrouw werken op haar zenuwen. Er is geen denken aan dat ze haar iets op de mouw kan spelden. Ze zal haar de waarheid moeten vertellen.

Met een diepe zucht laat Nathalie haar adem ontsnappen en maakt een gebaar van overgave.

'Ik wilde mijn ex op een dwaalspoor zetten. Hij heeft contacten bij de politie, dus hij zou ons bij de grens kunnen laten tegenhouden. Een vriend van me vervalst paspoorten. Hij raadde me aan om te doen alsof mijn dochtertje een jongetje was, voor het geval men uitkijkt naar een vrouw met een klein meisje.'

'Een vriend van je vervalst paspoorten,' herhaalt Emma. 'En dat pistool? Heb je dat ook van hem gekregen?'

Nathalie knikt.

'Ik vind het geen prettig idee dat je in mijn huis met een wapen rondloopt.'

'Dat begrijp ik.'

Verontrust kijkt Emma haar aan. 'Is je vriend echt zo gevaarlijk?'

Opnieuw knikt Nathalie.

'Ik begrijp dat je je naam hebt veranderd, en in zekere zin kan ik er ook wel inkomen dat je je wilt verdedigen, maar ik snap niet waarom je doet alsof je dochter een jongetje is.'

'Dat heb ik toch net uitgelegd.'

Nathalie is zich ervan bewust dat Emma haar afwachtend aankijkt, klaar voor de rest van het verhaal, maar ze is niet van plan om haar nieuwsgierigheid verder te bevredigen.

'Zou u dit voor u willen houden?' vraagt ze, terwijl ze Robbie van Emma overneemt.

'Aan wie zou ik het moeten vertellen?'

'Aan uw kleindochter, bijvoorbeeld.'

'Julia? Waarom zou zij dit niet mogen weten?' Emma's blik lijkt dwars door Nathalie heen te gaan.

'Het is gewoon beter dat zo weinig mogelijk mensen hiervan weten. De enige manier om een geheim geheim te houden, is het niet doorvertellen. Aan niemand.'

'Julia kan wel een geheim bewaren.' Emma loopt de kamer uit en kijkt om in de deuropening. 'Maar ik zal het niet vertellen als je dat niet wilt. Heb je zin in thee?' Het klinkt meer als een bevel dan als een uitnodiging.

Desondanks knikt Nathalie. Ze volgt haar hospita de overloop op en blijft achter haar staan als ze aarzelt bij de steile trap. Emma's hand zoekt de leuning, haar voet daalt langzaam af naar de eerste tree.

'Voorzichtig,' zegt Nathalie.

'Ja, dit is een vreselijke trap. Eigenlijk zou ik niet meer boven moeten komen. Ik ben al een tijdje van plan om beneden te gaan slapen, maar ik heb nog zoveel op te ruimen.' Behoedzaam doet Emma een stapje, zodat ze de andere leuning ook kan beetpakken.

'Zal ik even voor u langs gaan? Dan kan ik u een hand geven,' biedt Nathalie aan.

'Ja, dat lijkt me beter. Kun je erlangs?'

'Dat lukt wel.' Nathalie legt Robbie op de overloop en gaat achter Emma staan, die een van de leuningen loslaat om haar de gelegenheid te geven zich erlangs te wurmen.

Hoe het gebeurt, weet Nathalie niet precies. Ze merkt dat Emma onvast op haar benen staat en haar evenwicht dreigt te verliezen. Ze steekt haar hand uit om haar tegen te houden, maar op de een of andere manier verandert dat gebaar in een lichte duw. Of het per ongeluk of expres gaat, is een vraag die ze zichzelf niet durft te stellen, maar het resultaat is hetzelfde.

Met een kreetje van schrik probeert Emma de leuning te grijpen, maar haar arm maait door de lucht. Voor Nathalie het beseft, valt ze met een gil naar beneden en blijft half op de vloer en half op de onderste treden, bewegingloos liggen.

29

De dag begint zoals alle andere. Het eerste uur van de ochtend gaat voorbij met een briefing en daarna begint de werkdag pas echt. In de meldkamer is het een drukte van belang, met politiemensen die het werkrooster bekijken en elkaar bijpraten over zaken die tijdens de nachtdienst hebben plaatsgevonden.

Julia haalt koffie en loopt naar de rechercheurskamer. Ze gaat op haar werkplek zitten en haalt de memostickers die collega's van de nachtdienst daar hebben gehangen van haar computer. Ze pleegt een paar telefoontjes, mailt haar verslagen over lopende zaken naar Ramakers en beantwoordt haar binnenkomende berichten.

Om halfeen besluit ze lunchpauze te gaan houden. Ze kijkt de recherchekamer in, maar Sjoerd zit niet op zijn plek.

Julia schuift haar stoel naar achteren, pakt haar tas en gaat de trap op naar de bovenste verdieping, waar de kantine zit. Ze bestelt een broodje kipsalade en een kartonnetje melk en installeert zich buiten in het zonnetje. Het bureau heeft de luxe van een dakterras met uitzicht op de Roer, een heerlijke plek om een luchtje te scheppen, om 's zomers in de zon van een broodje te genieten of voor rokers om aan hun nicotinebehoefte te voldoen.

In gedachten verzonken kijkt ze uit over de traag stromende rivier. Ze is zo ver heen dat ze schrikt als Sjoerd opeens naast haar staat.

Ze schiet overeind en wil al op de stoel naast haar kloppen, als ze zijn gezicht ziet.

'Julia,' zegt hij aarzelend.

Zijn ogen, zijn stem, zijn houding, heel Sjoerds wezen drukt uit dat hij niet weet hoe hij haar dit moet vertellen.

'Wat?' zegt ze angstig.

En dan zegt hij het. Hij spreekt de woorden uit die ze niet wil horen, en die in eerste instantie ook niet goed tot haar doordringen. Beneden stroomt de Roer onverstoorbaar verder, blinkend in de zon. De vogels fluiten nog steeds in de bomen, niets is veranderd. En tegelijk alles.

Julia laat haar broodje uit haar hand vallen, komt overeind en voelt zich opeens zo licht in haar hoofd dat ze overweegt weer te gaan zitten. In plaats daarvan houdt de sterke arm van Sjoerd haar overeind, biedt haar de steun die ze op dit moment zo hard nodig heeft.

'Wat is er gebeurd?' fluistert ze.

'We hebben de melding net gekregen. Een bejaarde vrouw in Sint Odiliënberg. Onder aan de trap gevonden met een gebroken nek. Het adres klopt. De noodhulpeenheid is al onderweg. Wil je ernaartoe?'

Op die vraag geeft ze niet eens antwoord. Met een doodsbleek gezicht draait ze zich om en loopt het dakterras af. Sjoerd volgt haar, voert haar mee naar buiten en laat haar op de passagiersplaats in de dienstwagen plaatsnemen.

De hele rit naar Sint Odiliënberg zit Julia onbeweeglijk en luistert ze naar het geluid van haar ademhaling. Een aangeboren reflex die zo vanzelfsprekend is dat je er nauwelijks aandacht aan besteedt. Tot het moment dat je beseft dat het zomaar kan ophouden, door wat dan ook. Het ene moment adem je nog wel, het andere moment niet meer. Het is even eenvoudig als verbijsterend.

Rond het huis van haar oma heeft zich een grote groep mensen verzameld. Nieuwsgierige en geschrokken buurtbewoners, collega-rechercheurs die zijn opgeroepen om te onderzoeken wat er is gebeurd. Niet-begrijpend kijkt Julia naar de drukte. Het is gebruikelijk dat er onderzoek wordt verricht als er iemand dood wordt gevonden in zijn huis, maar om daar nou een heel team voor samen te stellen...

Pas als ze haar collega's spreekt, wordt haar vermoeden dat er meer aan de hand is bevestigd. In een van de kamers van het huis is bloed aangetroffen.

'Het lijkt erop dat er een insluiper is geweest,' zegt Ari tegen Sjoerd. 'Het is een chaos in die kamer. Alles is overhoopgegooid, alsof er een worsteling heeft plaatsgevonden.' Een beetje aarzelend richt hij zich tot Julia, zich duidelijk bewust van het feit dat deze zaak, die voor hem een van de vele is, een persoonlijk drama voor haar betekent. 'Woonde je oma alleen in dat huis?'

'Nee.' Haar stem klinkt haar vreemd, bijna vervormd, in de oren. 'Ze verhuurde kamers.'

'Hoeveel huurders had ze?'

'Eén. Een jonge vrouw met een baby.' Julia wrijft over haar ogen, waar zich gewoontegetrouw de eerste signalen van hoofdpijn manifesteren. 'Naar haar moeten we op zoek. Ze was op de vlucht voor haar ex en hield zich schuil bij mijn oma. Waar is ze nu? Hebben jullie een jonge vrouw met donker haar gezien?'

'We hebben helemaal niemand gezien,' zegt Ari. 'Maar als zij de kamer huurde die overhoop is gehaald, verbaast dat me niets. Je zei dat ze bedreigd werd door haar ex? Blijkbaar heeft hij haar gevonden.'

'En je oma hoorde het lawaai dat daarop volgde, is snel naar binnen gelopen en op de trap gestruikeld,' vult Sjoerd aan.

Julia's ogen dwalen naar de voordeur. 'Ik wil haar zien.'

'De forensische dienst is nog bezig, dus...' begint Ari, maar Julia duwt hem opzij, stapt over het afzetlint heen en belt aan.

Een collega van de noodhulpeenheid doet open, maar laat haar niet binnen. Dat hoeft ook niet. Ondanks haar behoefte om bij haar oma te zijn, weerhoudt haar professionaliteit haar ervan de onzichtbare grens over te steken die het onderzoek in gevaar zou kunnen brengen. Bereidwillig doet de geüniformeerde collega een stap opzij, zodat ze een blik naar binnen kan werpen. Amper drie meter van haar af ligt Emma's lichaam. Haar linkerbeen rust op de onderste twee treden van de trap, haar rechterbeen ligt in een vreemde hoek onder haar lichaam. Ook haar nek is in een onnatuurlijke stand gedraaid, waarbij haar mond is opengevallen en haar ogen wijd open naar het plafond staren. Ze ziet er verbijsterd uit, alsof ze geen idee heeft gehad wat haar overkwam.

De technische dienst komt Nathalies kamer uit en schuifelt door de gang naar buiten.

'Hebben jullie iets?' vraagt Julia meteen.

'Bloed,' zegt een van de forensisch rechercheurs. 'We sturen het op naar het NFI.'

Gevolgd door Sjoerd en Ari dringt Julia langs de in witte pakken gestoken lichamen het gangetje in en loopt naar achteren. Nauwkeurig inspecteert ze de achterdeur, die wijd openstaat. Het slot is niet geforceerd, er is geen beschadiging te bespeuren.

De deur van Nathalies kamer staat ook open. Julia blijft op de drempel staan en kijkt om zich heen. Wie er ook binnen is geweest, diegene heeft het huis met grote haast verlaten. Het is er één grote puinhoop. Niet van het soort dat een inbreker veroorzaakt, met openstaande kasten en laden, maar van iemand die als een dolle tekeer is gegaan. Glazen zijn tegen de muur kapotgegooid, stoelen tegen de grond geslagen, de vaas met bloemen die op het dressoir stond ligt in scherven in een plas water. Alles wat vernield kon worden, is vernield. De babyspullen van Robbie slingeren er troosteloos tussen. Zijn buggy staat er nog en een snelle inspectie van de kasten leert Julia dat ook zijn kleertjes zijn achtergebleven. Ook Nathalies kleding ligt er nog. Ze is halsoverkop gevlucht... of ontvoerd.

Ze knielt neer bij de bloedvlek die het tapijt ontsiert en krijgt een wee gevoel in haar maag.

'Ik heb het onderschat,' zegt ze zacht. 'Ik had haar nooit onbeschermd mogen achterlaten.'

'Julia?'

Ze kijkt om en ziet Sjoerd achter haar staan.

'Weet jij van wie dat bloed is?' vraagt hij.

'Ja, van een meisje dat een kamer huurde bij mijn oma. Ik heb haar laatst ontmoet op Tussen de Bergen, de begraafplaats waar mijn ouders liggen. Ze had duidelijk hulp nodig en die heb ik haar geboden. Of beter gezegd, die heeft mijn oma haar geboden.' Julia's gezicht vertrekt tot een grimas waarin zowel spijt, verdriet als woede besloten liggen. 'Ze vertelde me dat ze werd achtervolgd door haar ex, bij wie ze weggelopen was. Het was duidelijk dat ze als de dood was voor hem. En terecht, achteraf gezien. Ik heb aangeboden haar naar een blijf-van-mijn-lijfhuis te brengen en ze zei dat ze erover na zou denken. Jezus, wat stom van me om haar hier achter te laten! Ik had haar gewoon mee moeten nemen.'

'Je kunt iemand niet dwingen om hulp te zoeken.'

'Nee, maar ik had haar ook niet bij mijn oma moeten achterlaten. Ik was van plan haar ex na te trekken, maar het was vanochtend zo druk op het bureau dat het er niet van kwam. Bovendien had ik niet genoeg gegevens.' Getergd haalt Julia een hand door haar haar en wrijft ze over haar neus. Het kost haar al haar inspanning om niet toe te geven aan haar emoties. Haar tranen laten lopen kan altijd nog, en ze weet dat er dan voorlopig geen einde aan zal komen.

'Volgens mij heb ik iets gemist. Wie wilde je natrekken?'

Julia doet kort en bondig verslag van Nathalies verhaal en besluit haar relaas met een diepe zucht. 'Ik dacht dat ze hier voorlopig wel veilig zat, maar blijkbaar heeft die klootzak haar toch gevonden.'

'Hoe heet die man?' informeert Sjoerd, terwijl hij zijn portofoon tevoorschijn haalt.

'Ik weet alleen dat hij Bob heet, dus daar schieten we niet veel mee op.'

'Kennelijk is het geen frisse jongen. Als hij DNA heeft achtergelaten en hij ooit ook maar voor een kleinigheid in aanraking is geweest met justitie, komt zijn naam vanzelf bovendrijven.'

Julia knikt afwezig en loopt naar de gang, waar het lichaam van haar oma op een brancard wordt getild en naar buiten wordt gedragen. Ze merkt dat Sjoerd haar in de gaten houdt, maar ze weigert hem aan te kijken. Zijn bezorgde blik is voldoende, geeft haar net genoeg kracht. Eén troostende hand op haar schouder of ander blijk van medeleven zal haar zelfbeheersing afbreken tot er niets van over is.

Met een strak gezicht, gevangen in een cocon waarop iedere gedachte en emotie afketst, laat ze zich door Sjoerd terug naar het bureau rijden.

Ze komt thuis in een huis dat leger lijkt dan ooit. Niet dat haar oma zo vaak bij haar over de vloer kwam, ze ging meestal naar haar toe, maar de zekerheid dat dat nooit meer zal gebeuren, valt als een baksteen op Julia neer.

Morf komt door de tuin aanrennen om haar te begroeten. Ze neemt haar kat in de armen en dan pas, als ze de likjes van Morfs ruwe tongetje op haar hand voelt, ze de foto van haar oma op de kast ziet staan en ze op het antwoordapparaat haar lieve stem hoort vragen of ze vanavond gezellig komt eten, dan pas breekt ze.

30

In een rustig tempo rijdt Nathalie over de bochtige plattelandswegen rond Oisterwijk. Het is een mooie dag in Noord-Brabant, vogelgekwetter klinkt in de bomen, een paard achter een hek tilt loom zijn hoofd op en kijkt haar na. Desondanks zit ze zo gespannen als een snaar achter het stuur. Ze zet haar zonnebril op om de hinderlijke felheid van het licht te dempen. De adrenaline jaagt door haar lichaam. Wat als er straks toch een hinderlaag rond de boerderij is aangelegd? Het lijkt haar sterk, maar ze moet overal op voorbereid zijn.

Even buiten Sint Odiliënberg heeft ze een auto gestolen, waarmee ze naar Brabant is gevlucht. Dat heeft ze dan weer meegekregen van haar tijd met Vincent: ze weet hoe ze voor zichzelf moet zorgen. Een autoportier openen met een schroevendraaier kost haar niet meer dan een paar seconden. Omdat ze eerst met een stanleymesje het rubber bij het raam moest opensnijden, duurde het deze keer wat langer. Maar ze is sterk en een krachtige, korte ruk was genoeg om het stuurslot te ontwrichten. De motor starten zonder sleutel was evenmin een probleem: onder de motorkop heeft ze de accu rechtstreeks op de motor aangesloten.

'Steel voor eigen gebruik geen auto's die duurder zijn dan 50.000 euro,' heeft Vincent haar altijd voorgehouden. 'Die hebben een verplicht volgsysteem waarmee een satelliet ze overal kan terugvinden. Om ze te verhandelen kan het wel, dan zet je ze gewoon in een met lood beklede ruimte. Lood laat geen straling door.'

De oude stal in hun boerderij is met lood bekleed. Deze auto zal niet het eerste gestolen exemplaar zijn dat daar een schuilplaats vindt.

Ze is dom geweest. Het was veel beter geweest om gewoon haar spullen te pakken en weg te gaan in plaats van haar eigen ontvoering in scène te zetten. Dat heeft ze gedaan om te voorkomen dat iemand op het idee zou komen dat zij iets te maken heeft met de dood van Emma Vriens. Misschien heeft ze een fractie van een seconde geaarzeld om in te grijpen toen ze merkte dat de oude vrouw stond te wankelen op de trap. Dat stootje met haar elleboog ging per ongeluk, maar op het moment dat het gebeurde, realiseerde ze zich hoe goed het zou uitkomen als Emma een ongelukje kreeg. Als ze er wat langer over na had kunnen denken, had haar geweten haar misschien verplicht om in te grijpen, maar voor ze kon handelen, was Emma gevallen.

Uit angst voor een confrontatie met de politie besloot ze ervandoor te gaan, tot ze bedacht dat dat alleen maar meer de aandacht op haar zou vestigen. Tenzij het erop lijkt dat er een indringer in huis is geweest, waarvoor ze is gevlucht. Ze heeft haar kamer overhoop gehaald, een snee gemaakt in haar hand om bloed achter te laten en toen is ze snel weggegaan. Naar de boerderij in Brabant. Ze is niet van plan om er langer te blijven dan strikt noodzakelijk is, maar ze móét ernaartoe. De boerderij is altijd hun vaste verblijfplaats geweest, een toevluchtsoord waarvan het adres maar bij weinigen bekend is. Daar liggen al haar persoonlijke bezittingen, haar kleding, pruiken, valse identiteitsbewijzen, kortom, alles wat ze meteen had moeten meenemen.

Ze heeft er alle vertrouwen in dat ze het zal redden. Sinds haar vlucht is haar zelfvertrouwen met sprongen gegroeid. Als Vincent niet met dat mes op Robbie af was gelopen, zou ze nooit geweten hebben dat ze zo sterk is. Ze heeft hem helemaal niet nodig om te overleven. In plaats van klappen te incasseren heeft ze er juist een uitgedeeld, een die haar haar vrijheid heeft teruggegeven. Misschien is die van korte duur, maar haar innerlijke vrijheid zal ze nooit meer opgeven. De tijd dat ze zich laat mishandelen is voorbij. Het zielige, weinig zelfverzekerde meisje dat Vincent jaren geleden onder zijn hoede nam, dat hij kneedde en vormde tot iemand die hem blindelings gehoorzaamde, heeft haar veerkracht hervonden. Ze had de keuze tussen lamgeslagen blijven liggen of overeind krabbelen en zich verzetten. Vincent heeft haar niet zien opstaan, niet gezien dat ze haar grens bereikte. Nu lijkt het wel alsof er diep vanbinnen steeds meer woede losgewoeld wordt. Ze is er klaar voor om de confrontatie met hem aan te gaan. Het trillen van haar handen heeft niets te betekenen. Ze is niet bang. Hooguit op haar hoede.

Op het eerste gezicht lijkt er niets aan de hand. De boerderij ligt verlaten in het door de hoge bomen gefilterde namiddagzonlicht. Aandachtig bestudeert Nathalie de omgeving. Niets ontsnapt aan haar aandacht. Ze weet waar ze op moet letten, maar niets roert zich. Geen vogel vliegt op uit het struikgewas en er is niet het minste teken van leven. De boomgaard en het stuk weide rond de boerderij maken het ook erg moeilijk om een hinderlaag te leggen. Als Vincent er al is, dan zit hij in het huis.

Nog niet helemaal op haar gemak geeft Nathalie gas en rijdt het zandpad af dat tussen het met hekken begrensde grasland voert. Ze parkeert de auto voor de deur, maar laat Robbie nog even zitten. Met haar pistool in de hand stapt ze uit, loopt naar de voordeur en steekt de sleutel in het slot. Voorzichtig duwt ze de deur open en kijkt de gang in. Hij is leeg. Ze wordt door Vincent noch door schreeuwende commando's onder schot genomen. Het huis ruikt muf en onbewoond.

Gerustgesteld loopt ze door naar de woonkamer en werpt een

snelle blik om zich heen. Ook niemand. Mooi zo.

Ze stopt het pistool in de zak van haar jasje en loopt naar de auto. Even later gaat ze met haar tassen om haar schouder weer naar binnen en laat alles in de huiskamer op de grond glijden.

Het is warm. Een beetje bezweet trekt ze haar jasje uit en gooit het op de bank. Ze loopt naar de gang, en blijft daar stokstijf staan.

Er staat iemand in de deuropening.

Ongelovig kijkt ze naar Nico, Vincents vertrouweling en de enige die het adres van de boerderij kent. Hij staat wijdbeens in de gang met een pistool in zijn hand, dat hij op haar gericht houdt.

'Dag Nathalie,' zegt hij met een glimlach.

'Nico! Ik schrik me dood. Waar kom jij nou vandaan?' Ze legt haar hand tegen haar borst en voelt het snelle kloppen van haar hart.

'Ik zat boven op je te wachten. Vincent voorspelde al dat je hiernaartoe zou komen. Hij heeft me gevraagd met je af te rekenen als je hier op zou duiken.'

Nathalie staart in de loop van het pistool en voelt haar mond droog worden. Waar is haar pistool? Shit, in haar jaszak. Onbereikbaar ver, op de bank.

'Je had wel lef om hem die klap op zijn kop te geven! Maar of dat nou erg verstandig was...' Nico neemt haar op met een blik waarin zowel bewondering als afkeer te lezen valt.

'Ben je daarom hier?' Nathalie doet voorzichtig een stapje naar achteren. 'Om me in zijn opdracht te vermoorden?'

'Laten we eerst eens praten. Draai je om en ga naar binnen.' Nico schopt de voordeur, die nog openstaat, dicht en gebaart met het pistool.

Nathalie gehoorzaamt. Langzaam loopt ze de kamer in, op de voet gevolgd door Nico, die haar scherp in de gaten houdt. Naast de bank blijft ze staan en gaat op de leuning zitten.

'Je gehoorzaamt wel blindelings, hè?' hoont ze. 'Straks word jij gepakt voor moord en staat Vincent over een paar weken weer buiten.'

'Ik word niet gepakt voor moord,' zegt Nico rustig en vol zelfvertrouwen. 'We willen geen rommel in huis, dus jij gaat een vervelend ongeluk krijgen. Samen met dat kind rijd je het kanaal in. Te hard gereden en van de weg geraakt, heel tragisch.'

'En hoe wil je dat voor elkaar krijgen?'

'Hiermee. Ik ben arts, weet je nog?' Met een brede glimlach vist Nico een spuit uit zijn jaszak. 'Spierverslapper: werkt binnen een paar minuten. Verlamt je volledig voor... laten we zeggen een uurtje of twee. Precies lang genoeg om je naar het kanaal te rijden.'

Zijn woorden zouden haar in paniek moeten brengen, maar tot haar verrassing voelt Nathalie niets. Alleen de stellige wetenschap dat het niet zover zal komen, dat ze dat eenvoudigweg niet toe zal staan. Ze kan altijd nog een uitval doen naar haar pistool dat nu binnen handbereik is, en er het beste van hopen. De kans dat ze sneller is dan Nico is niet zo groot, maar aan de andere kant weet hij niet dat ze een wapen heeft.

Iedere spier in haar lichaam is gespannen, en ze blijft maar kijken naar de spuit in Nico's hand. Maar hij lijkt geen haast te hebben. Zijn blik glijdt over haar heen en hij zegt: 'Maar voor het zover is, gaan we nog even lol maken. Kleed je uit.'

Nathalie slaat haar armen over elkaar. 'En anders?' zegt ze met een minachtende blik in zijn richting.

'Anders doe ik het, nadat ik je die injectie heb gegeven. Maar het is leuker als je het zelf doet. Nou vooruit, schiet op!' Om zijn woorden kracht bij te zetten, maakt Nico een gebaar met zijn pistool.

Langzaam knoopt Nathalie haar blouse open. Eronder draagt ze een witte kanten bh, die Nico duidelijk opwindt. Zijn ogen zijn zo gefixeerd op haar lichaam dat Nathalie opeens begrijpt dat hier kansen liggen. Zolang hij haar geen injectie geeft, is alles mogelijk.

'Ik heb er geen probleem mee, hoor,' zegt ze. 'Vincent was altijd zo bezitterig. Gek werd ik ervan.' Nonchalant brengt ze haar handen achter haar rug en maakt ze de sluiting van haar bh los. Ze laat het stukje witte kant op de grond vallen en leunt iets naar achteren, zodat Nico het volle zicht heeft op haar ontblote bovenlichaam.

Met een blik alsof ze ook wel zin in hem heeft, glijden haar ogen langs zijn lichaam en blijven rusten op zijn duidelijk zichtbare erectie. 'Leg die spuit nou maar weg,' zegt ze met zachte, verleidelijke stem. 'Die hebben we hier helemaal niet voor nodig.'

Met twee passen is Nico bij haar en trekt haar van de bankleuning. ‘Denk je nou echt dat ik hier intrap?’ zegt hij met zijn gezicht vlak bij het hare. ‘Dat ik je niets zal doen als je je laat neuken? Je hebt mijn beste vriend bijna vermoord, vuile slet!’ De kracht waarmee hij haar in het gezicht slaat is zo groot, dat Nathalie over de leuning op de bank valt.

Ze krijgt niet de kans om overeind te komen. Nico staat meteen naast haar en kijkt op haar neer. ‘Heel fijn dat je zo meewerkt, maar het maakt geen verschil. Ik ga je evengoed wel neuken, met of zonder jouw toestemming.’

Terwijl hij praat en zijn broek openritst, trekt Nathalie voorzichtig haar jasje, waar ze op ligt, onder haar billen vandaan. Ze voelt de Glock tegen haar heup drukken, maar durft nog geen poging te doen om hem te pakken. In de auto hoort ze Robbie huilen, maar het klinkt alsof het van heel ver weg komt.

Tot haar opluchting lijkt Nico de spuit te zijn vergeten. Hij verwacht geen tegenstand en neemt een paar seconden de tijd om zijn schoenen uit te schoppen en zijn broek te laten zakken. Dan laat hij zich op Nathalie vallen en begint aan de knoop van haar spijkerbroek te rukken.

Nu hij zich in een positie bevindt waarin hij niet meer kan zien waar haar hand mee bezig is, gaat Nathalie op zoek naar haar jaszak. Ze is zo geconcentreerd bezig dat het nauwelijks tot haar doordringt dat haar broek en slipje naar beneden worden getrokken. Pas als ze Nico’s geslacht tegen de binnenkant van haar dij voelt, slaan de paniek en afschuw toe. Koortsachtig tast haar hand naar de opening van haar jaszak, maar omdat ze er zelf op ligt, kost het moeite om erin te komen. Om wat meer ruimte te creëren, beweegt ze omhoog, wat Nico als een uitnodiging opvat. Kreunend verdwijnt hij met zijn gezicht tussen haar borsten en probeert bij haar naar binnen te komen.

Met enige moeite weet Nathalie haar hand in haar jaszak te wurmen. Haar vingers sluiten zich om de loop van het pistool. Langzaam trekt ze het wapen eruit.

Intussen probeert Nico met zijn hand zijn geslacht bij haar naar binnen te duwen.

‘Bitch,’ hijgt hij. ‘Ik heb altijd al geweten dat je een geil wijf bent. Zeg eens wat tegen me!’

Nathalie draait het pistool om in haar hand, zodat ze de kolf beet heeft in plaats van de loop. Met één hand spant ze de haan en zet de loop tegen Nico's hoofd.

'Klootzak,' zegt ze, en haalt de trekker over.

Naderhand neemt ze een douche en kijkt hoe het bloed en hersenweefsel dat aan haar lichaam geplakt zit, in het putje spoelen. Ze doucht grondig maar snel, want zelfs hier kan ze Robbie in de auto horen huilen. Hij zal even moeten wachten. Ze kan hem moeilijk met al dat bloed en die grijze brij over zich heen naar binnen halen en troosten.

Nog natrillend van emotie droogt ze zich af en zoekt in de kast in haar slaapkamer andere kleren uit. Daarna haalt ze Robbie uit de auto en draagt hem naar binnen, door de woonkamer naar de keuken, en ze zakt neer op een stoel bij de tafel. Met de nasnikkende baby dicht tegen zich aan, staart ze voor zich uit tot het langzaam donker wordt.

31

De volgende dag blijft Julia thuis. Niet omdat ze behoefte heeft aan de stilte tussen de muren, maar omdat er veel te regelen valt. De begrafenisondernemer komt langs, met condoleances en een boek vol foto's van doodskisten. Ze kiest er een uit in licht beukenhout. Als verdoofd neemt ze de tientallen beslissingen die genomen moeten worden als iemand sterft, van de bloemen op de kist tot de keuze tussen cremeren of begraven. Ze heeft het er nooit met haar oma over gehad, maar ze neemt aan dat ze bij haar zoon op Tussen de Bergen wil worden begraven.

Zodra Julia alle praktische beslissingen heeft genomen, rijdt ze naar het mortuarium, waar ze lange tijd bij haar oma zit, haar stille, koude hand in de hare. Na een uur laat ze haar achter en loopt naar buiten, de zon in. Ze gaat in haar auto zitten en staart wezenloos, met krampachtig opgetrokken schouders, voor zich uit. De ringtone van haar mobieltje maakt een einde aan haar afwezigheid. Ze schrikt op en wordt zich bewust van een licht duizelig gevoel in haar hoofd. Hoelang heeft ze haar adem ingehouden terwijl ze hier zat? Lang genoeg om de zuurstof nu diep in te ademen en met een zucht weer te laten ontsnappen.

Ze pakt haar mobieltje en neemt op. 'Met Julia.'

'Met mij.'

Secondelang blijft het stil. 'Hé,' zegt Julia dan.

'Gaat het een beetje?'

'Wat zal ik zeggen,' fluistert Julia.

Opnieuw een stilte.

'Zal ik naar je toe komen?'

Julia sluit haar ogen. Alleen al het geluid van zijn stem geeft troost en rust. 'Ik wilde net naar mijn oma's huis gaan.'

'Dan kom ik daar ook naartoe. Tot zo.' En hij hangt op.

Ze had samen met Sjoerd Emma's huis willen doorzoeken, kijken of er niets aan de aandacht van het onderzoeksteam is ontsnapt. Ze had er wat tijd willen doorbrengen, al ziet ze op tegen de stroom van herinneringen die het huis, waar ze deels is opgegroeid, teweeg zou brengen. Het is een opluchting dat ze dat moment niet in haar eentje hoeft door te maken. Maar als ze Sjoerd door de halfgesloten jaloezieën ziet aankomen, weet ze dat het geen goed idee was om hem te laten komen. Ze ziet het aan de manier waarop hij uit zijn wagen stapt en een blik op het huis werpt, aan de manier waarop hij naar de voordeur loopt, alsof hij zijn fout zelf ook inziet en zich afvraagt of hij niet beter terug kan gaan. Maar dan heeft Julia de voordeur al geopend en staan ze tegenover elkaar.

Ze doet een stap opzij, ontwijkt zijn blik en laat hem binnen. Met zijn handen in de zakken van zijn zwarte leren jasje gaat hij de woonkamer in en draait zich naar Julia toe.

'Het spijt me zo voor je.' Zijn stem klinkt heel zacht. De woorden zijn niet anders dan die ze van iedereen hoort, maar het klinkt anders als hij het zegt.

In plaats van te reageren met een plichtmatig knikje of glimlachje, kijkt Julia hem alleen maar aan. Haar hele houding drukt zo'n intense eenzaamheid uit, dat Sjoerd zijn handen naar haar uitsteekt. Ze loopt recht in zijn armen, die zich in een troostende omhelzing om haar heen sluiten.

Het is niet een van hen die het initiatief neemt, die de situatie omzet van iets moois en vriendschappelijks in iets ongepasts. Ze geven allebei tegelijk gehoor aan lang onderdrukte gevoelens. In een vloeiende beweging brengt Julia haar hoofd omhoog terwijl Sjoerd zich naar haar mond buigt. De kus die ze uitwisselen is een volkomen logisch en natuurlijk vervolg. In eerste instantie is het niet meer dan een lichte streling van gesloten lippen, maar dat verandert snel.

Ze ruikt zijn geur, voelt de stoppels op zijn kin op haar huid prikken, een schril contrast met de zachtheid van zijn mond. Zijn kus zendt een gloeiend hete stroom door haar lijf, waarin haar laatste restje verzet en schuldgevoel verdampen. Ze opent haar mond en verliest zich in een smeltende tongzoen waar geen einde aan lijkt te komen. Pas als ze samen buiten adem op de bank tuimelen, maken ze zich even van elkaar los en kijken elkaar aan, op zoek naar het antwoord op een niet gestelde vraag.

De snelheid waarmee alles tussen hen nu anders is, is duizelingwekkend. Dit is geen mooie droom, dit is de werkelijkheid. Ze ligt hier echt in zijn armen, met de prikkeling van zijn stoppelbaard nog op haar kin en lippen, en ze luistert naar het kloppen van zijn hart, dat even snel gaat als het hare.

'En nu?' fluistert ze. Ze had dat niet willen zeggen, ze zou alles moeten nemen zoals het komt. Het is te vroeg om Sjoerd naar zijn intenties te vragen en plannen te maken.

'Ik weet het niet,' is het antwoord, dicht bij haar oor. 'Ik weet het echt niet, Juul. Dit kan helemaal niet.'

Nee, maar het gebeurt wel, en gekweld door wroeging kan hij niet zijn, want hij maakt geen aanstalten om haar los te laten. Uit alle macht drukt Julia de gedachte aan Melanie en Joey weg, die zich als schaduwen in de hoeken manifesteren. Ze wil niet aan Melanie denken. Voor één keer wil ze najagen wat haarzelf gelukkig maakt. Daar heeft ze recht op na alles wat ze heeft verloren.

Ze staat toe dat zijn hand onder haar truitje schuift en ze rilt van genot bij zijn aanraking op haar blote huid. Haar vingers strijken aarzelend, dan verrukt door zijn korte donkere haar, een impuls die ze zo lang heeft moeten beheersen dat het nu irreëel lijkt dat ze het zichzelf zomaar kan toestaan. Verkennend glijden zijn vingers over haar lichaam, tot aan haar bh, die hij geroutineerd losmaakt, waarna hij het truitje over haar hoofd trekt en haar borsten streelt.

Later zal Julia zich altijd blijven afvragen hoe ver ze die middag zouden zijn gegaan. Waarschijnlijk *all the way*, te oordelen aan de staat van opwinding waarin ze daar op de bank lagen. Ja, ze zouden het gedaan hebben, maar hoe het geweest zou zijn, blijft altijd een vraag, want op het moment dat Julia haar bh op de grond laat vallen en haar ogen, over Sjoerds hoofd heen, langs het raam glijden, ziet ze daar iets wat aan alle opwinding een einde maakt.

Een lange gestalte in een zwarte spijkerbroek en een wit met zwart gestreept overhemd, staat op de stoep naar het huis te kijken. De manier waarop hij de woning van onder tot boven bestudeert, doet een alarmbel in Julia's hoofd afgaan.

'Sjoerd, wacht. Kijk, die vent!' Ze schiet overeind, duwt Sjoerd van zich af.

Verbouwereerd kijkt Sjoerd om zich heen, alsof hij iemand in de kamer verwacht. Dan draait hij zijn hoofd naar het raam.

'Dat is vast die vent die achter Nathalie aan zat. Moet je zien hoe hij naar binnen staat te kijken. Snel, hij mag ons niet zien.' Gejaagd doet Julia haar bh weer aan en trekt haar truitje over haar hoofd.

'Waar heb je het over? Hoe weet je dat hij dat is? Jezus Julia, het kan wel gewoon een voorbijganger zijn!'

'Dat denk ik niet. Ik ken zo'n beetje iedereen in dit dorp en hij komt hier beslist niet vandaan. Snel, naar achteren. Hij kan ons niet gezien hebben door die jaloezieën.'

Gebukt rennen ze naar achteren en verschansen zich in de keuken. Op hetzelfde moment klingelt Emma's ouderwetse deurbel. Het geluid herhaalt zich, sterft weg en even later klinken er voetstappen. Julia waagt een blik om de hoek van de deur en trekt zich schielijk terug.

'Hij staat voor het raam naar binnen te gluren,' zegt ze. 'Als het alleen maar een nieuwsgierige voorbijganger was, had hij niet aangebeld. Ik denk echt dat het de ex van Nathalie is. Wat gaan we doen?'

'We wachten af.' Met groeiende interesse kijkt Sjoerd om de hoek. 'Hij loopt nu weg. Als hij echt voor Nathalie komt, dan zal hij het achterom proberen. Al begrijp ik niet wat hij hier doet als hij haar zelf heeft ontvoerd.'

Ze wachten geruime tijd. Net als Julia spijt krijgt dat ze niet toch achter de man aan zijn gegaan, hoort ze voetstappen in de achtertuin.

'Daar is hij,' zegt Sjoerd zacht. 'Je had gelijk, hij wil naar binnen. Shit, hij heeft een wapen!'

Verdwenen is de hartstochtelijke minnaar met wie ze een paar minuten geleden nog op de bank lag. De politieman is terug, met getrokken pistool en een grimmige uitdrukking op zijn gezicht. Julia vervloekt het feit dat ze uitgerekend op dit moment ongewapend is. Ze neemt Sjoerds wapenstok in ontvangst en klemt haar hand er stevig omheen.

Sjoerd sluipt door de keukendeur naar het gangetje dat daarachter ligt. Aan het slot van de buitendeur klinkt gemorrel.

Op een knikje van Sjoerd schiet Julia Nathalies kamer in, terwijl Sjoerd aan het begin van de gang de buitendeur onder schot houdt.

Aan de andere kant van het matglas is een donkere schaduw zichtbaar, die druk bezig is het slot te forceren. Veel tijd heeft hij daar niet voor nodig: er klinkt een zachte klik. De indringer duwt de deur open en glipt de gang in. In een vloeiende beweging komt Sjoerd tevoorschijn en houdt zijn pistool op de man gericht.

'Politie! Leg neer dat wapen!'

De man schrikt, dan brengt hij eveneens een pistool omhoog en richt het op Sjoerd. Nog voor een van beiden een schot heeft kunnen lossen, springt Julia uit Nathalies kamer tevoorschijn en slaat het wapen van de indringer uit zijn hand. Met een schreeuw van pijn doet hij er een uitval naar, maar Julia schopt het wapen in de richting van Sjoerd, die het snel opraapt. Hij gooit een set handboeien naar Julia, die ze opvangt.

'Omdraaien en handen op de rug,' zegt ze. 'Je bent aangehouden wegens huisvredebreuk en wapenbezit. Meekomen!'

32

Via de sluis aan de achterzijde van het politiebureau brengen Julia en Sjoerd hun arrestant naar binnen. Daar wordt de man ingeschreven en naar de fouilleringkamer gebracht. Een grondig onderzoek volgt, waarbij zijn zakken worden leeggehaald en zijn persoonlijke bezittingen in beslag worden genomen.

In het cellenblok komt Riëtta Julia en Sjoerd tegemoet. 'Wie gaat het verhoor doen?' vraagt ze. 'Jij bent persoonlijk betrokken, Julia, dus jij niet.'

'Waar zijn Ari en Koenraad?' vraagt Julia.

'Weggeroepen voor een steekpartij in 't Veld. Ramakers en de anderen zijn er ook niet.'

'Maar dit heeft haast! Ik wil weten wat die gast in het huis van mijn oma te zoeken had, en wat hij met Nathalie heeft uitgevoerd!'

'Juridisch is er niets op tegen als je hem zelf verhoort,' zegt Sjoerd. 'Het heeft niet de voorkeur, maar als er niemand is… En je hebt gelijk, dit heeft haast.'

Riëtta haalt haar schouders op en Julia aarzelt niet langer.

'Oké,' zegt ze. 'Breng hem maar naar de verhoorkamer.'

Even later zitten ze tegenover hem. Julia neemt hem eens goed op. Dus dit is waarschijnlijk de ex van Nathalie. Lang, gespierd, met brede schouders en een harde trek op zijn gezicht die haar niet bevalt. Ze heeft die uitdrukking vaker gezien, en dat was iedere keer bij plegers van ernstige geweldsdelicten. Geen wonder dat Nathalie doodsbang voor hem was.

Ze zet de ingebouwde audio- en video-installatie aan en kijkt naar Sjoerd, die vanwege haar persoonlijke betrokkenheid het verhoor grotendeels voor zijn rekening zal nemen.

'Volgens het identiteitsbewijs dat je bij je had, is je naam Bob Meijer. Klopt dat?' begint hij.

'Als het er staat, dan zal het wel zo zijn, nietwaar?' antwoordt de man tegenover hem droog.

'Dat hoeft niet per se. Maar als het niet zo is, dan komen we daar vanzelf achter.'

De man kijkt hem met een superieur glimlachje aan maar zegt niets.

Julia is niet onder de indruk van zijn hautaine houding en Sjoerd evenmin, weet ze. Ze hebben vaker tegenover dat soort figuren gezeten. De ene arrestant zit te zweten alsof hij in de sauna zit, de ander hangt met een onverschillige houding onderuit in zijn stoel. En dan heb je nog de zelfverzekerde types, die zo overtuigd zijn van hun eigen intelligentie dat ze ervan uitgaan dat niemand hun iets kan maken.

Sjoerd kiest voor de directe aanpak en komt snel ter zake.

'Goed Bob, wat had jij te zoeken in dat huis?'

Bob kijkt hen zonder iets te zeggen aan. Julia en Sjoerd zeggen evenmin iets. Zwijgen is een goede manier om iemand tot uitspraken te verleiden. Maar deze arrestant is niet onder de indruk van hun tactiek, en de zware stilte in de verhoorkamer duurt lange tijd voort.

Hoewel ze afgesproken hadden dat zij zich niet te veel met het verhoor zou bemoeien, kan Julia zich niet langer inhouden.

'Luister eens, we hebben genoeg om het je heel lastig te maken, dus het lijkt me beter dat je meewerkt,' zegt ze ongeduldig.

'Jullie hebben helemaal niets.'

'O nee? Er wordt proces-verbaal tegen je opgemaakt wegens huisvredebreuk en verboden wapenbezit, maar wat veel zwaarder weegt, is dat je twee politieagenten hebt bedreigd met een pistool.'

Een tijdlang kijken ze elkaar strak aan, dan zegt Bob verveeld: 'Ik wilde mijn vriendin een bezoekje brengen. Ik had gehoord dat ze daar een kamer huurde, maar ik had geen sleutel. Ze was weg, dus ik dacht: ik ga naar binnen en wacht haar op. Ik had geen zin om de hele tijd buiten te blijven staan. Dat is alles.'

'Dat is alles,' herhaalt Sjoerd. 'Ga je altijd op bezoek met een pistool in je hand? Praat toch geen onzin, man.'

Bob haalt zijn schouders op.

'Hoe heet je vriendin?' vraagt Sjoerd door.

'Hoezo? Je kent haar toch niet.'

'Ik wel,' zegt Julia. 'Ze heeft me het een en ander over haar problemen verteld. En het grootste probleem bleek jij te zijn.'

Bob lacht.

'Vind je dat grappig?'

'Dat ze haar problemen heeft besproken met een rechercheur? Ja, dat vind ik heel grappig.'

'Waarom?'

'Daar kom je nog wel achter. En dat van die problemen klopt wel, we hebben ruzie gehad en dat liep een beetje uit de hand. Ze is weggelopen en ik heb haar opgespoord om het uit te praten.'

'Om het uit te praten? Was dat je intentie?'

'Ja, natuurlijk. Wat anders?'

'Zeg jij het maar. Ik zou me niet zo begrepen voelen als mijn vriend met een pistool bij me binnen kwam vallen.'

Er valt een stilte, waarin ze elkaar strak aankijken. Sjoerd bladert in zijn aantekeningen en zegt: 'Als je het mij vraagt, is het allemaal bullshit. Je had daar helemaal geen vriendin, je kwam voor heel andere dingen.'

'Ik kwam wel voor haar, man! Ze heet Nathalie, nou goed.'

'En haar achternaam?'

Als een slang die een prooi bespeurt, staart Bob Sjoerd aan. De man bezorgt Julia de kriebels en ze begint zich steeds meer zorgen te maken over Nathalie.

'Weten jullie niet eens hoe ze heet? Ze heeft jullie toch zoveel verteld?' zegt Bob met een spottend lachje.

Julia en Sjoerd kijken hem alleen maar aan, in afwachting van een antwoord.

'Wat doet het ertoe? Waarom hebben jullie zoveel belangstelling voor mijn vriendin?'

Sjoerd negeert die vraag. 'Wat deed jij in dat huis?'

'Dat heb ik al gezegd: ik zocht mijn vriendin.'

'Waarom? Wat moest je van haar?'

'Een ruzie uitpraten. Ga je me alles twee keer laten zeggen? Vraag het haar zelf, als je het zo graag wilt weten.'

Sjoerd en Julia wisselen een blik. Bob ziet het en kijkt achterdochtig van de een naar de ander.

'Wat is er aan de hand? Waar is Nathalie? Is ze ook hier? Ik wil haar spreken!'

'Dat is toevallig,' zegt Sjoerd koeltjes. 'Dat willen wij ook.'

Na een uur zijn ze geen stap verder gekomen. Bob wordt in verzekering gesteld en naar een cel gebracht. Vervolgens brengen Julia en Sjoerd verslag uit bij Ramakers, die teruggekeerd is op het bureau en in zijn kamer zit.

'Ik heb begrepen dat jullie die man in het huis van je oma hebben gearresteerd. Dat maakt dat je hier persoonlijk bij betrokken bent, Julia. Waarom heb jij dan toch dat verhoor afgelegd?' vraagt hij meteen.

'Er was niemand anders en dit verhoor had haast. We moeten Nathalie zo snel mogelijk zien te vinden.'

'Erg professioneel is het niet. Voor deze keer zie ik het door de vingers, maar vanaf nu stel jij je terughoudend op in deze zaak,' zegt Ramakers. 'Is er nog iets uit het verhoor gekomen?'

'Niet veel,' moet Sjoerd bekennen. 'Zolang we de uitslag van het forensisch onderzoek nog niet binnen hebben, kunnen we hem nergens van beschuldigen. We hebben hem niet wijzer gemaakt dan hij is, maar hij ons ook niet, helaas.'

'We zijn intussen wel wat wijzer,' zegt Ramakers, terwijl hij er een dossier bij pakt. 'Terwijl jullie met het verhoor bezig waren, heeft Riëtta me ingelicht en heb ik even naar binnen gekeken. Ik ken Bob wel, maar dan onder een heel andere naam: Vincent van Assendelft. Geboren in Roermond, heeft daarna jarenlang geopereerd in Amsterdam en is nu terug. Wordt verdacht van allerlei misdrijven, maar het is een gladde jongen, die ervoor zorgt dat hij nergens op gepakt kan worden.'

'Aan de chaos in Nathalies kamer te zien, is hij deze keer van tactiek veranderd,' merkt Julia op. 'Om eerlijk te zijn twijfel ik eraan of hij daarvoor verantwoordelijk is. Ik begrijp niet waarom hij teruggekeerd is als hij Nathalie ontvoerd heeft. Dat slaat nergens op, zelfs niet als je bang bent dat je sporen hebt achtergelaten. De technische recherche was er al doorheen geweest, dus het had geen enkele zin om terug te gaan.'

'Dus jij denkt dat hij er niets mee te maken heeft,' zegt Ramakers.

Julia schudt haar hoofd. 'Nou nee, dat wil ik ook weer niet beweren. Vincent is Nathalies ex en hij zat achter haar aan, dus hij heeft er zeker iets mee te maken. Hij had Nathalie gevonden en wilde haar iets aandoen, anders kom je niet gewapend binnen. Maar hij kwam een dag te laat.' Ze kijkt van de een naar de ander. 'Het zou kunnen dat Nathalie die hele overval in scène heeft gezet. Misschien hoopte ze dat Vincent haar met rust zou laten als de politie zich ermee ging bemoeien. En dat werkt inderdaad: hij is opgepakt en heeft geen gelegenheid meer om achter haar aan te gaan.'

Ramakers kijkt nadenkend voor zich uit. 'Dat is een mogelijkheid,' zegt hij ten slotte.

'In dat geval is Van Assendelft niet schuldig aan moord of ontvoering,' merkt Sjoerd op.

'Nee,' stemt Ramakers in. 'Maar hij gaat ook niet vrijuit. We hebben meer dan genoeg om hem nog een tijdje gezellig bij ons te laten logeren.'

Ze gaan weer aan het werk, maar Julia heeft moeite om zich te concentreren. Dwars door alle vragen die haar bezighouden heen, dringen zich er twee sterker dan de rest aan haar op: wat heeft het ongeluk van haar oma hiermee te maken? En is haar dood wel een ongeluk geweest?

33

Van haar vrije dag komt niets meer terecht. Nu ze toch op het bureau is, gaat Julia meteen na hun gesprek met Ramakers naar haar werkplek. Ze checkt haar e-mail en typt een verslag over de arrestatie en het verhoor, waarbij ze bepaalde gebeurtenissen van die middag weglaat. Schuin tegenover haar zit Sjoerd achter zijn computer. Over het randje van het beeldscherm vinden hun ogen elkaar, maar hij kijkt meteen weer weg.

Verwonderd werpt Julia nog een paar blikken in zijn richting, maar Sjoerd is verdiept in zijn werk. Een onbehaaglijk gevoel bekruipt haar. Zie je wel, hij heeft er spijt van. Ze wist het wel. Drie jaar lang heeft ze gedroomd over wat er vanmiddag is gebeurd. Ze heeft er net zo hard tegen gevochten als dat ze het wenste, ervan overtuigd dat ze hun gevoelens op een dag niet meer verborgen zouden kunnen houden. Dat het de dag na haar oma's overlijden zou zijn, en dat het nota bene in Emma's huis zou gebeuren, had ze niet kunnen bedenken. Net zo min als dat ze door een gezochte crimineel gestoord zouden worden, alsof alle krachten in het universum samenspanden om erger te voorkomen. Ze is niet bijgelovig, maar nu Sjoerd zich opeens zo afstandelijk gedraagt, vraagt ze zich af of ze daar een bepaalde conclusie uit moet trekken.

Aan het einde van de dag sluit Julia haar computer af, en dan kruist haar blik die van Sjoerd weer. Ze kijkt om zich heen om zich ervan te verzekeren dat niemand op gehoorsafstand is, en zegt zacht: 'Ga je straks meteen door naar huis?'

Sjoerd schudt langzaam zijn hoofd. 'Laten we iets gaan drinken. We moeten praten.'

Ze knikt en voelt haar hart samenknijpen door de klank van zijn stem en de ernstige uitdrukking op zijn gezicht. Wat had ze dan verwacht? Dat ze hand in hand naar buiten zouden lopen, de ondergaande zon tegemoet?

Dat scenario maakte inderdaad deel uit van haar dagdroom, voor zover ze zichzelf die heeft toegestaan. Je zou zeggen dat ze door de dood van haar oma wel iets anders aan haar hoofd heeft, maar zo werkt het niet. Haar hang naar geborgenheid, iemand voor zichzelf, om haar leven mee te delen, is er alleen maar sterker door geworden. Ze heeft het recht om gelukkig te zijn. Maar als dat ten koste gaat van anderen? Van Melanie, van Joey? Is ze daar werkelijk toe in staat?

Diep in haar hart weet Julia dat het antwoord ja is. Tegenover zichzelf kan ze zich niet mooier voordoen dan ze is.

Ze fietsen naar een cafeetje aan de Roerkade. Sjoerd woont zo dicht bij het bureau dat het belachelijk zou zijn als hij de auto pakte, en dus gaat hij net als Julia iedere dag op de fiets naar zijn werk.

Naast hen stroomt de Roer krachtig voort. Langs de kade genieten mensen van het mooie weer. Bij café Le Pont stappen ze af en gaan ze naar binnen. Helemaal achter in de zaak, in een donker hoekje, nemen ze plaats. Niet naast elkaar, maar met de tafel als een neutrale zone tussen hen in. Dat is niet Julia's beslissing maar die van Sjoerd. Hoewel ze zo vaak samen iets drinken, is hij nu op het verste tafeltje afgestevend. Al die tijd kijkt hij Julia nauwelijks aan.

Het is alsof er ergens een klein gaatje in haar geprikt is waar langzaam al haar energie uit wegvloeit.

Ze voelt het aankomen, zo zeker alsof hun gesprek al heeft plaatsgevonden.

Over de tafel heen werpt ze een sombere, peilende blik op Sjoerd, en ze schrikt als hij haar hand in de zijne neemt en zijn vingers er stevig omheen sluit. Het is een heerlijk gevoel, de warmte van zijn huid, de druk die hij liefhebbend op de hare uitoefent, alsof hij helemaal niet van plan is haar te laten gaan, zo heerlijk dat Julia zichzelf toestaat hoop te koesteren. Als een waakvlammetje springt die in haar op, maar de woorden die uit zijn mond komen, doven het vlammetje snel en efficiënt.

'Het was een vergissing,' zegt hij zacht. 'Het had nooit mogen gebeuren en het zal ook niet meer gebeuren. Dat wist je toch wel, Julia? We lieten ons meeslepen. Ik voel me tot je aangetrokken en jij tot mij, dat was van het begin af aan duidelijk, maar meer dan lichamelijke aantrekkingskracht is het niet.'

Spreek voor jezelf, zou ze willen zeggen. Je zit onder mijn huid, ik denk iedere minuut van de dag aan je, 's nachts leg ik twee kussens naast me neer, zodat het lijkt alsof jij naast me ligt, hoe ziek kun je zijn? Ziek van liefde. Niet van lichamelijke aantrekkingskracht!

Maar ze zegt niets. Ze luistert naar de warmte van zijn stem, het donkere timbre waar ze zo van houdt. Aan de klank van zijn stem zou ze hem overal herkennen, al zou ze geblinddoekt in een zaal vol mensen worden gezet.

Nu maakt die stem een einde aan haar hoop en haar dromen door te zeggen dat hij van zijn vrouw houdt, dat hij haar nooit in de steek zal laten.

En ik? schreeuwt haar eigen, innerlijke stem er dwars doorheen. Wat beteken ik dan voor je? Heb ik het me allemaal maar verbeeld, die chemie tussen ons, dat we op dezelfde golflengte zitten, alsof we door een zoeksysteem naar verwante zielen aan elkaar gekoppeld zijn in plaats van door toeval?

Er is maar één uitweg waarbij ze haar waardigheid kan behouden, en dat is doen alsof ze er precies zo over denkt. Alleen dan kunnen ze blijven samenwerken. Ze zullen het er nooit meer over hebben, of misschien in bedekte termen. Maar ze weet niet of ze het kan opbrengen. Iets in haar staat op het punt te breken, en als ze opkijkt, recht in Sjoerds ogen, hoort ze haar zelfbeheersing bijna aan scherven vallen.

'Dan blijft er voor mij niets over dan weg te gaan,' fluistert ze. 'Want voor mij was het wel echt. Ik liet me niet alleen maar meeslepen, het is meer. Ik hou van je.'

De spanning hangt als een magnetisch veld om hen heen en doet het rumoer van de andere cafébezoekers verstommen tot een vage ruis.

Op Sjoerds gezicht wisselt zich een scala van emoties af, dat begint met verslagenheid en overgaat in overgave. Hij brengt Julia's hand, die hij nog steeds in de zijne geklemd houdt, naar zijn mond en drukt hem tegen zijn lippen.

'Vergeet wat ik net gezegd heb.' Hij sluit zijn ogen en schudt zijn hoofd, alsof hij nog steeds vecht tegen wat zijn gevoel hem wil laten zeggen, maar wat zijn verstand hem verbiedt. 'Ik hou ook van jou. Ik dacht dat jij het misschien prettiger vond als ik... dat het gemakkelijker voor je zou zijn... Jezus nog aan toe.'

Verbijsterd kijkt Julia hem aan, overdonderd door de snelheid waarmee alles tussen hen opeens weer anders is. Het waakvlammetje van de hoop laait weer op.

Sjoerds gezicht komt nog wat dichterbij, zijn ogen boren zich in de hare.

'Julia, ik wilde het juiste doen, verstandig zijn, bij Melanie blijven. Maar ik wil jou. Ik ben verliefd op je. Ik hou van je, ik ben stapelgek op je. Vergeet wat ik daarnet zei.'

'Wat zei je dan?' Julia lacht en huilt tegelijk.

Sjoerd lacht met haar mee, herhaalt zijn liefdesverklaring, kust haar over de tafel heen. Ze schuiven hun stoelen bij elkaar, en nog zeker een uur blijven ze zoenen, praten, elkaar aanraken, lachen. Ze vertellen elkaar over dat eerste moment dat ze wisten dat ze zich tot de ander aangetrokken voelden en over alle momenten daarna. Eén keer laat Sjoerd haar alleen bij het tafeltje achter om naar het toilet te gaan. Uitleg is overbodig, Julia weet dat hij een sms'je naar Melanie gaat sturen dat hij later komt. Als hij na een paar minuten weer plaatsneemt in hun hoekje, is het even stil, alsof schaamte en schuldgevoel als twee ongenode gasten bij hen zijn aangeschoven.

'En nu?' zegt Julia zacht.

'Ik ging hiernaartoe om er vlug en zakelijk een einde aan te maken, maar nu...' Een machteloos gebaar maakt duidelijk dat Sjoerd het even niet meer weet. 'Laten we één horde tegelijk nemen,' stelt hij dan voor. 'Ik ga nu naar huis, voor ik helemaal niet meer ga. Morgen praten we verder, oké?'

'Oké.' Julia geeft hem een glimlach die ze, zo vermoedt ze, niet op het bureau moet laten zien als ze niet wil dat iedereen meteen begrijpt hoe het tussen hen zit.

Nog één lange kus, dan staan ze op en rekenen af bij de bar. Zonder elkaar aan te raken lopen ze naar buiten, en daar blijven ze aarzelend tegenover elkaar staan. Het late zonlicht maakt zichtbaar wat in het schemerige café verborgen bleef en waar ze nu, in het zicht van alles en iedereen, hun houding voor moeten bepalen.

Net als Julia weifelend iets wil zeggen, trekt Sjoerd haar naar zich toe en kust haar lang en teder. Niemand neemt er aanstoot aan, geen automobilist claxonneert, geen voorbijganger roept iets beschuldigends en er klinken geen protesten vanaf de terrasjes. De buitenwereld merkt niets van hun opgelatenheid, hoort niets van het ruisen in Julia's hoofd en het enorme tempo waarin haar hart klopt.

Met de armen om elkaar heen, alsof de drie meter die ze moeten afleggen een onoverkomelijke afstand vormt die ze alleen samen kunnen afleggen, lopen ze naar hun fietsen. Ze kussen elkaar nogmaals, en nog eens voor ze hun fietsen van het slot halen en opstappen. Het tochtje langs de Roerkade is kort, veel te kort voor alle blikken, lachjes en kussen die ze nog hebben uit te wisselen voor Julia moet afslaan.

Het is opeens erg leeg om haar heen als ze de Koninginnelaan in fietst. Ze rijdt langzaam, met een licht hoofd en een brede glimlach op haar gezicht. Hij is van haar. Ze heeft zich niet vergist, hij houdt net zoveel van haar als zij van hem. Aan de toekomst wil ze nog niet denken, op dit moment volstaat het geluksgevoel dat haar bloed krachtig door haar aderen doet stromen en een brede glimlach op haar gezicht brengt.

Via de achtertuin gaat ze naar binnen. Ze zet haar fiets in de schuur en begroet Morf, die haar gewoontegetrouw in de tuin tegemoet komt lopen. Pas als ze haar sleutelbos uit haar tas haalt, ziet ze het pannetje voor de keukendeur staan. Ertegenaan staat een envelop met haar naam erop.

Verbaasd pakt ze het op en vist er een kaartje uit. Het is een deelnemingskaart. Niet zo'n deprimerende met van die zwarte randen, maar een afbeelding van aanspoelende golven op een strand, uitgevoerd in grijs, wit en zachtblauw.

'Lieve Julia, ik heb gehoord wat je oma is overkomen en wilde je even zeggen dat ik het heel erg voor je vind. Je weet dat mijn deur altijd voor je openstaat, wanneer je maar behoefte hebt aan gezelschap. Ik weet dat het moeilijk is om onder deze omstandigheden goed voor jezelf te zorgen, vandaar dat ik voor je heb gekookt. Je hoeft het alleen maar op te warmen. Liefs, Melanie.'

Verdwenen is de roes van geluk. De vriendschap die uit die paar zinnetjes spreekt, slaat Julia harder in haar gezicht dan een klap had kunnen doen. De zwakke plek in de verdediging is gevonden en alle vreugde smelt weg.

Ze leunt tegen de zwarte kliko en sluit haar ogen, maar in die beschermende duisternis klinkt Melanies liefdevolle stem alleen maar helderder. Met een verwensing op haar lippen maakt Julia zich los van de kliko en doet de achterdeur van het slot. Haar huis lijkt nog leger en stiller dan anders. Ze had zich euforisch moeten voelen, maar in plaats daarvan geeft ze zo'n harde trap tegen de roestvrijstalen designvuilnisbak dat hij door de keuken vliegt en de vloer met rotzooi bezaait.

Met een bons zet Julia de pan op het fornuis en haalt het deksel eraf. Macaroni, haar lievelingsmaaltje. Er zit zelfs een bakje geraspte kaas bij.

Ze warmt het eten op, dekt de tafel met een placemat en pakt een fles orvieto uit de koelkast. Maar hoeveel wijn ze ook drinkt, de wrange smaak in haar mond wil niet weg en iedere hap is een gevecht.

34

Met de halflege fles orvieto in haar hand laat Julia zich in de huiskamer op de bank zakken. Ze zet de televisie aan, maar beelden van haar oma, van Sjoerd en haar, en van Melanie die met een pannetje eten haar tuin binnenkomt, schuiven over de reclames op tv heen. Haar emoties voeren een ingewikkelde rondedans op, waarin dan de ene en dan de andere op de voorgrond treedt.

Diep in haar hart is ze wel blij dat ze Sjoerd even niet ziet, zodat ze alles kan laten bezinken.

Haar mobieltje gaat en Julia kijkt naar de display. Ze neemt op en zegt: 'Met mij.'

'Ook met mij.' Taco's stem klinkt vrolijk. 'Wat ben je aan het doen?'

'Mijn oma is gisteren overleden. Ze is van de trap gevallen en heeft haar nek gebroken. Ik zit een fles wijn leeg te drinken.'

Er valt een geschokte stilte.

'Dat meen je niet!' zegt Taco dan. 'Jezus, wat erg! Gaat het wel?'

'Ik weet het eigenlijk niet. Het dringt denk ik nog niet echt tot me door.'

'Nee, dat begrijp ik. Je bent in een roes en je hebt van alles te doen. Na de begrafenis zal de klap wel komen.'

'Ja, dat denk ik ook.'

Weer is het even stil, tot Taco voorstelt om naar haar toe te komen. Nog meer complicaties kan Julia er even niet bij hebben, en dus verzekert ze hem dat het niet hoeft, dat ze zich wel redt, dat ze het eigenlijk wel prettig vindt om even alleen te zijn.

'Ik had vandaag vrij genomen, maar daar kwam niets van terecht, dus ik moet nu echt het een en ander regelen,' voegt ze eraan toe.

Met enige tegenzin capituleert Taco. 'Goed, maar als je me nodig hebt, dan moet je bellen. Dan kom ik er meteen aan. En laat me weten wanneer de begrafenis is, oké?'

Julia belooft het en hangt op. Een beetje wezenloos kijkt ze op haar kladblok neer. Dit gebeurt allemaal niet echt. Emma is niet dood en Julia heeft geen relatie met twee mannen tegelijk. En ze heeft het zeker niet aangelegd met de echtgenoot van haar vriendin. Veel inlevingsvermogen is er niet voor nodig om te weten wat haar oma daarvan gevonden zou hebben.

Met een kreun leunt Julia achterover en laat haar hoofd rusten op het zachte kussen van de bank.

'Sorry oma,' fluistert ze naar het plafond.

De begrafenis vindt vijf dagen later plaats op Tussen de Bergen, waar ook Julia's ouders liggen. Er is een handjevol familie en een groot aantal dorpsbewoners gekomen. Sjoerd en Melanie zijn er, en als Taco zich niet had opgeworpen als Julia's steun en toeverlaat, zou Melanie zeker die rol op zich hebben genomen. Ze blijft bij Julia in de buurt, geeft haar knuffels op moeilijke momenten, en als de kist in de kuil zakt, steekt ze haar arm door die van Julia. Met Taco aan de andere kant, zijn arm om haar heen geslagen, en Sjoerd ergens achter haar, voelt Julia zich onbehaaglijker dan wanneer ze helemaal alleen was geweest.

Na afloop is er koffie met vlaai in een nabijgelegen restaurant, maar na een uurtje druppelt de zaal tot Julia's opluchting al leeg. Sjoerd en Melanie nemen ook afscheid, allebei met drie zoenen, die op Julia's wangen branden. Ze permitteert het zich om tegen Sjoerd aan te leunen en zijn armen om zich heen te voelen. Als de omhelzing te lang duurt om nog betamelijk te zijn, doet ze een stap naar achteren, en de zaal lijkt twee keer zo groot geworden.

Sjoerd en Melanie verlaten samen het restaurant. In de deuropening kijkt hij over zijn schouder en vangt Julia's blik. De afstand tussen hen valt weg, duizend draden verbinden hen. Dan volgt Sjoerd zijn vrouw naar buiten.

'En nu?' zegt Taco, wanneer iedereen vertrokken is. 'Wat gaan wij doen?'

'Ik denk dat ik nog even naar de begraafplaats ga. Het was net zo druk, ik wil nog even bij het graf zitten.' Julia kijkt naar zijn vertrouwde, bezorgde gezicht en krijgt een steek van schuldgevoel.

Ik moet het hem zeggen, denkt ze. Ik ben er de persoon niet naar om mensen te belazeren, ik kan het niet.

'Weet je het zeker?' Het staat Taco duidelijk niet aan om haar alleen achter te laten.

'Ja, echt. Iedereen is heel lief voor me geweest, vooral jij, maar sommige dingen moet je alleen verwerken. Ik kan nog niet naar huis, ik wil nog even bij mijn oma zijn.'

'Doe dat dan maar. Maar ik vind het wel een vervelend idee dat je straks alleen thuiskomt. Weet je wat, ik kom vanavond naar je toe en dan ga ik voor je koken. Je hoeft niet te praten of gezellig te doen, voor mijn part kruip je in je bed. Dan krijg je je eten daar. Maar ik kan je niet aan je lot overlaten.'

Getroffen kijkt Julia hem aan. Waarom is ze niet stapelverliefd op deze man? Wat heeft Sjoerd dat Taco niet heeft, terwijl Taco haar zoveel te bieden heeft? Sjoerd kan niet voor haar koken vanavond, hij kan haar niet komen troosten. In ieder geval niet zonder dat Melanie daar ook bij is. Ze zou niet verbaasd zijn als ze vanavond komen aanzetten, op Melanies initiatief. Dan heeft ze liever Taco's gezelschap.

'Goed.' Een glimlach glijdt over haar gezicht. 'Je bent lief.'

Hij kust haar op het puntje van haar neus. 'Heb je dat nou pas door?' zegt hij.

Het kerkhof ligt er vreedzaam bij in de namiddagzon. Na de vele voetstappen op het grind, het gesnik en gefluister, daalt de stilte weer op de graven neer. Het graf van Emma onderscheidt zich van de rest door de weelde aan verse bloemen, die als een kleurige vlek tussen de grijze stenen uit springen.

Met haar handen in de zakken van haar witte zomerjasje loopt Julia over de paden. De zon schijnt op haar gezicht, verwarmt en troost haar. Ze geniet van de rust waarin ze haar gedachten de vrije loop kan laten zonder zich te moeten concentreren op mensen die haar willen condoleren en omhelzen. Langzaam loopt ze naar het graf en kijkt neer op de bloemenzee aan haar voeten. Geen lint of kaartje ontsnapt aan haar aandacht, ze leest ze allemaal aandachtig.

Haar oma heeft een lang leven vol liefde gehad. Ze is eenentachtig geworden, een leeftijd die Julia alleen maar kan hopen te bereiken. Een noodlottige val heeft een einde aan haar leven gemaakt, maar ze had ook eenzaam en dement in een verzorgingshuis terecht kunnen komen, of ze had kunnen sterven na een langdurig ziekbed. Dat is Emma allemaal bespaard gebleven.

Aan de andere kant was ze gezond genoeg om nog veel ouder te worden.

Eenentachtig is een leeftijd waar de meeste mensen vergoelijkend over praten, alsof de dood dan minder pijnlijk en confronterend is. Alsof je een ouder iemand niet even erg kan missen als een jongere persoon. Zij voelt het gemis nu al schuren en schrijnen, en ze weet dat het nog erger gaat worden. Straks, als ze zich niet meer achter haar werk kan verstoppen, ze in het weekeinde niets meer te zoeken heeft in Sint Odiliënberg en er geen bloedverwant meer is bij wie ze terecht kan.

Het leven gaat door, kind.

De woorden klinken opeens in haar hoofd. Ze weet wel dat het haar eigen gedachten zijn die zich vormen naar haar oma's stem, maar toch lijkt het alsof Emma naast haar staat en haar toespreekt.

Julia veegt haar tranen weg. Het leven gaat door. Een cliché van het ergste soort. Maar daarom niet minder waar.

35

Vincent wordt uit zijn cel gehaald en aan een uitputtend verhoor onderworpen door Ari en Koenraad, maar hij weigert om ook maar iets te vertellen wat hen verder kan brengen. Slechtgehumeurd komen ze de recherchekamer binnen.

'Hij krijgt nu twee broodjes kaas,' zegt Koenraad tegen Julia en Sjoerd, 'en als hij die op heeft mogen jullie het weer proberen.'

'Waarom beschermt hij zijn vriendin als hij haar zo haat?' vraagt Sjoerd zich af. 'Wil hij haar soms per se zelf afmaken?'

'Dat soort mannen bestaat,' zegt Julia. 'Hij beschouwt haar niet als zijn vriendin, maar als zijn bezit. In zijn wereld kost het hem zijn reputatie als blijkt dat hij niet in staat is om zijn vriendin, een vrouw nota bene, onder controle te houden. Dan kan hij zich nergens meer vertonen. Dus moet ze eraan. Haar aan ons uitleveren is niet genoeg, hij moet eigenhandig met haar afrekenen.'

Ze wil nog iets zeggen, maar op dat moment komt Ramakers

binnen. Midden in de recherchekamer blijft hij staan en kijkt zijn teamleden beurtelings aan, met een gezicht dat weinig goeds voorspelt.

'Het DNA-rapport van het NFI is binnen,' zegt hij. 'Houd je vast, want dit zullen jullie niet geloven. In het hele huis is geen spoortje DNA van Van Assendelft gevonden, dus dat pleit hem vrij voor Nathalies verdwijning. Er is niet veel wat we hem ten laste kunnen leggen, maar dat geldt niet voor de jongedame die al deze opschudding heeft veroorzaakt. Haar DNA matcht met de haren die zijn gevonden in de moordzaak in de Bachstraat.'

Julia schiet recht overeind. 'De onbekende vrouw die vlak voor de moorden binnen is geweest!'

'Precies. Helaas weten we nog steeds alleen dat ze Nathalie heet. Ze is nooit veroordeeld, anders was er wel een naam aan haar vingerafdrukken gekoppeld. Maar er is meer. De overige DNA-sporen zijn afkomstig van Emma Vriens en Nathalies baby. De haartjes van het kind zijn onderzocht en ook die gaven een match.'

'Het haar van de baby?' vraagt Sjoerd ongelovig.

Ramakers knikt. 'Hoe noemde ze dat kind ook alweer?' vraagt hij aan Julia.

'Robbie.'

'Hij heet niet Robbie, het is geen jongetje en het is al helemaal niet Nathalies baby. Het DNA van het kind komt overeen met dat van een meisje, Luna van Meerdonk. En die naam kennen we wel.'

Ramakers woorden slaan in als een bliksemflits in een kerktoren.

'Nee!' Julia haalt diep adem om de emoties die in haar opkomen de baas te blijven. 'Dat bestaat niet!'

'Nou en of. Er is geen twijfel mogelijk. Robbie is een meisje en heet Luna.'

Julia zet een elleboog op het bureau en steunt haar hoofd met haar hand. Dit is onvoorstelbaar.

Twee weken geleden is Luna van Meerdonk in het centrum van Venlo ontvoerd. Haar moeder had haar meegenomen in de kinderwagen, die ze tijdens het winkelen in een hoekje van een damesmodezaak had neergezet. Terwijl zij kleding uitzocht, tilde een onbekende vrouw de baby uit de wagen en nam haar mee. Andere klanten in de winkel en de verkoopster achter de kassa zagen het gebeuren, maar – verbaasd als ze waren – reageerden ze pas toen de moeder zich omdraaide en zag dat haar kind verdwenen was. De beschrijving van de getuigen kwam overeen met de beelden die door de bewakingscamera's waren vastgelegd: een jonge vrouw met een lengte van ongeveer 1.70 meter, gekleed in spijkerbroek en bruin leren jasje, met halflang, krullend donker haar. Ze besteedde geen enkele aandacht aan de kleding, maar liep rechtstreeks naar de kinderwagen, en toen de moeder even niet oplette, haalde ze de kleine Luna uit de wagen en haastte zich de winkel uit. Helaas waren de beelden op de camera's niet duidelijk genoeg om er iets mee te kunnen.

Onmiddellijk na de verdwijning van Luna werd er groot alarm geslagen via Amber Alert, het noodprogramma voor ontvoerde kinderen. Drie uur na een ontvoering is driekwart van de kinderen niet meer in leven, dus snel ingrijpen was essentieel. Taxi- en buschauffeurs die zich hadden aangesloten bij het noodprogramma kregen een bericht met foto van Luna op hun mobieltje, en op Schiphol en de NS-stations werden afbeeldingen van het verdwenen meisje verspreid. Hoewel er veel tips binnenkwamen, hebben ze tot nu toe nergens toe geleid.

'En ik was bij haar in de buurt,' fluistert Julia voor zich uit. 'Zo dichtbij, en ik had niets door.'

Niemand gaat op tijd naar huis die avond. Ramakers neemt Julia apart om haar te vragen wat haar wensen zijn zo kort na de dood van haar oma. Julia geeft te kennen dat ze aan het werk wil. Wat moet ze ook in haar eentje thuis? Ze blijft veel liever op het bureau om zich op deze zaak te storten. Hoe je het ook wendt of keert, dit is haar schuld. Zij is verantwoordelijk voor deze toestand. Hoe is het mogelijk dat ze zich zo bij de neus heeft laten nemen! Waar blijft ze nu met haar intuïtie, waar ze altijd zo trots op is geweest?

Ze had Nathalie meteen moeten natrekken, ieder splintertje informatie uit haar moeten peuteren, zodat ze dit alles had kunnen voorkomen. Luna zou weer veilig bij haar ouders terug zijn, Nathalie was niet ontvoerd en waarschijnlijk zou haar oma ook nog in leven zijn geweest.

Iemand komt naast haar staan en legt een hand op haar schouder. Sjoerd.

'Ik ga Vincent verhoren. Kijk je mee?' vraagt hij.

Ze knikt en staat op, getroost door zijn aanwezigheid. In de gang raken hun handen elkaar even. Het is maar kort en heel onopvallend, maar genoeg om een prettig gevoel van intimiteit te veroorzaken.

Julia loopt het vertrek ernaast in, waar ze mee kan kijken zonder zelf gezien te worden. Vincent zit al in de verhoorkamer, bewaakt door twee agenten. Sjoerd gaat tegenover Vincent zitten en vouwt zijn armen over elkaar. 'Er is een baby ontvoerd, Van Assendelft, maar dat hoef ik jou natuurlijk niet te vertellen. Wiens idee was dat?'

Vincent kijkt hem alleen maar aan.

'Waarom heeft Nathalie jou aangevallen? Die wond op je hoofd is vrij vers. Heeft ze je je hersens ingeslagen om het kind in veiligheid te brengen?'

Stilte.

'Ik denk inderdaad dat het zo gegaan is,' gaat Sjoerd door. 'Ik denk dat jij het brein bent achter de ontvoering van Luna van Meerdonk.'

'Nathalie heeft dat kind ontvoerd,' zegt Vincent kortaf. 'Ik heb er niets mee te maken.'

'Nee, dat zal wel niet. Jij bent de onschuld zelve.'

'Zo is dat.'

'Nou, ik geloof geen barst van wat je zegt!'

Met een spottend lachje om zijn lippen kijkt Vincent hem aan. 'Dat is jouw probleem.'

Demonstratief leunt hij naar achteren en staart naar het plafond. Hoe Sjoerd ook zijn best doet hem aan het praten te krijgen, zijn vragen en opmerkingen, zelfs de eindeloze stilte waarmee hij hem belaagt, ketsen af op een muur van ongenaakbaar zwijgen.

Met een zucht loopt Julia de kamer uit en gaat terug naar haar werkplek. In de gang komt ze Ari tegen, die een stapje opzij doet zodat ze kan passeren.

'Geen handige actie, rechercheur, met een ontvoerd kind op schoot zitten en niets in de gaten hebben,' zegt hij in het voorbijgaan.

Julia blijft staan en draait zich naar hem toe. 'Weet je, Ari, ik zou nu beledigd kunnen zijn of gekwetst. Of misschien alleen heel erg kwaad. Maar dat ben ik niet. En weet je waarom niet? Omdat ik weet wie het zegt. Want uiteindelijk ben je niet meer dan een lul met haar.'

Zonder er verder nog iets aan toe te voegen, loopt ze door naar de recherchekamer. Daar laat ze zich op haar stoel vallen, opent Outlook en staart naar haar beeldscherm. Lange tijd zit ze zo, tot ze merkt dat er iemand naast haar komt staan.

'Julia?'

Ze kijkt op en ziet Ramakers. Hij gaat op het hoekje van haar bureau zitten en kijkt bezorgd op haar neer. Julia leunt naar achteren en strijkt het haar uit haar gezicht.

'Ze had Luna's blonde krullen afgeknipt en haar jongenskleertjes aangetrokken,' zegt ze vertwijfeld. 'En Robbie, ik bedoel Luna, had altijd een petje op. Ik heb het niet gezien. Ik heb zelf geen kinderen, voor mij lijken alle baby's op elkaar. Maar ik had het wél moeten zien.'

'Het is je nauwelijks aan te rekenen dat dat niet is gebeurd,' stelt de hoofdinspecteur haar gerust. 'Ze is verschillende grenzen overgestoken met dat kind, niemand heeft het gezien. Verspil geen energie door jezelf verwijten te maken. Focus je liever op wat je van haar weet. Ik wil dat je je woord voor woord probeert te herinneren hoe je gesprekken met Nathalie zijn verlopen. Oké?'

'Oké.' Julia haalt diep adem en trekt haar toetsenbord naar zich toe. 'Ik zal proberen zoveel mogelijk op papier te krijgen.'

'Wat zijn de voornaamste dingen die je nog weet? Als je iets hebt waar we mee aan de slag kunnen, dan wil ik dat meteen horen.'

'Ik weet dat ze haar ouders heeft verloren. We hebben elkaar op begraafplaats Tussen de Bergen ontmoet, dus waarschijnlijk liggen ze daar begraven.'

'Weet je nog bij welk graf ze stond?'

Langzaam schudt Julia haar hoofd. 'Maar wel uit welke richting ze kwam. En dat ze een bos zonnebloemen bij zich had toen ze me een halfuurtje eerder passeerde.'

Er verschijnt een nadenkende uitdrukking op het gezicht van Ramakers.

'Zonnebloemen,' herhaalt hij.

Het is nog licht op de begraafplaats, maar de donkerblauw verkleurende lucht helpt hen eraan herinneren dat het invallen van de duisternis niet lang meer op zich laat wachten. Julia en Sjoerd parkeren bij de ingang en haasten zich het hek door. Beiden hebben een zaklantaarn bij zich, om bij te schijnen als ze in het donker moeten zoeken.

Via een geasfalteerde toegangsweg lopen ze in de richting van de vakken met graven. Op Julia's aanwijzing slaan ze links af, over een pad dat langs de met heggetjes omzoomde grafpercelen voert. Iets verderop blijft ze bij een specifiek bankje staan.

'Hier zat ik toen Nathalie kwam aanlopen. Ze kwam daar vandaan.' Ze wijst naar rechts, waar een ander deel van de begraafplaats ligt.

'Heb je haar bij een graf zien stilstaan?'

Julia schudt haar hoofd. 'Ik heb haar daar wel gezien, maar in de verte. Ons enige houvast is die bos bloemen. Ik hoop niet dat er meer mensen op het idee zijn gekomen om zonnebloemen neer te leggen.'

Ze slaan rechts af, gaan steeds vlugger lopen en laten gespannen hun ogen over de graven glijden. Bij de meeste stenen ligt helemaal niets; sommige zien er vriendelijk en verzorgd uit, terwijl andere graven door de verdorde bloemen een mistroostige aanblik bieden.

'Hier liggen zonnebloemen!' Sjoerd knikt naar een boeket dat er zo vers uitziet, dat het er nog niet lang kan liggen.

Julia komt naast hem staan en kijkt er kritisch naar. 'Volgens mij zijn ze vanmiddag pas neergelegd. Het is warm geweest de afgelopen dagen, en deze bloemen zien er nog fris uit.' Ze werpt een blik op de inscriptie in de grafsteen en schudt haar hoofd. Het graf is van Joris Dohmen, geboren in 1910, gestorven in 1996.

'Het zou Nathalies opa kunnen zijn.' Voor de zekerheid maakt

Sjoerd een aantekening in zijn opschrijfboekje.

'Dat zou kunnen, maar ik geloof niet dat ze zo overstuur bij het graf van haar opa vandaan kwam.' Rusteloos loopt Julia verder en kijkt in het rond, maar Joris Dohmen lijkt de enige te zijn die onlangs zonnebloemen heeft gekregen.

'Ik weet zeker dat er nog ergens een graf met zonnebloemen moet zijn. Ze kwam met lege handen terug.'

'Soms pikken mensen bloemen van graven om ze bij hun eigen geliefden te leggen. Of ze nemen ze mee naar huis, als de bloemen nog goed zijn,' zegt Sjoerd.

'Hier ongeveer heb ik Nathalie gezien. In deze hoek. De bloemen móéten er liggen.'

Julia gaat steeds sneller lopen en opeens slaakt ze een kreet. 'Sjoerd, hier! Zonnebloemen!'

Haar partner haast zich naar haar toe. Bijeengehouden door een simpel elastiekje liggen daar de zonnebloemen, slap door gebrek aan water. Een paar blaadjes zijn al uitgevallen, maar het is duidelijk dat het bosje er niet langer dan een paar dagen geleden is neergelegd.

Het graf is nieuw en heeft nog geen steen. Wel liggen er veel bloemstukken en kransen, met teksten op de linten.

RUST ZACHT, LIEVE KRISTIEN.

UIT ONS MIDDEN, MAAR NOOIT UIT ONS HART.

LIEVE KRISTIEN, WE ZULLEN JE MISSEN.

Julia en Sjoerd kijken elkaar aan.

'Dit graf kennen we,' zegt Sjoerd en Julia knikt. Ze hebben hier eerder gestaan, op de dag dat Kristien Moors werd begraven.

36

De ouders van Kristien Moors wonen in een buitenwijk met keurige maar kleine eengezinswoningen in Sittard. Het is nog maar net negen uur als Julia bij hen aanbelt. Vanochtend was ze om zes uur al op het bureau om de zaak Schavenmaker nog eens door te nemen. Ze heeft vooral gezocht naar aanwijzingen over Kristiens band met Nathalie.

Fotoboeken zijn er in het huis in de Bachstraat niet gevonden, alleen een bestand met digitale foto's in Kristiens computer, maar daar was er niet één van Nathalie bij. Uit niets is gebleken dat die twee elkaar kenden, er is geen enkele vorm van correspondentie gevonden, niet per mail of sms en er zijn al helemaal geen brieven.

De enige hoop die Julia nog heeft om Nathalie op het spoor te komen zijn de ouders van Kristien. Misschien dat zij haar kennen.

Ze trekt haar leren jasje recht, strijkt een lok haar die in haar gezicht hangt achter haar oor en belt aan. Door het raam heeft ze gezien dat er iemand thuis is: in de achterkamer zit een gestalte aan de eettafel. Het duurt even voor de deur opengaat en er een wantrouwig vrouwengezicht verschijnt.

'Ja?'

'Mevrouw Moors?' Julia houdt haar politiekaart omhoog. 'Ik ben Julia Vriens, recherche Roermond. Mag ik even binnenkomen?'

'De recherche?' Bianca Moors doet de deur wat verder open en kijkt Julia onderzoekend aan. 'Gaat dit over mijn dochter?'

'Ja, in zekere zin wel.'

Met een uitnodigend handgebaar laat de moeder van Kristien Julia binnen. Ze lijkt op haar dochter, ziet Julia. Dezelfde roodbruine krullenbos en sproeten in het gezicht. Bianca Moors is alleen zeker twintig kilo zwaarder dan haar dochter was. Het geeft een duidelijk beeld van hoe Kristien er later uitgezien zou hebben als ze niet op haar gewicht had gelet.

Julia volgt Bianca naar de woonkamer en laat zich een stoel wijzen. Beide vrouwen nemen plaats, maar nog voor Julia iets heeft kunnen zeggen, bekijkt Bianca haar kritisch en zegt: 'Ik ken u niet. Bent u betrokken bij de zaak van mijn dochter?'

'Ja. Mijn collega en ik zijn op de plaats delict... in het huis van uw dochter geweest. Maar u bent verhoord door andere collega's. Aan een zaak als deze werkt een heel team van rechercheurs, niet één of twee.'

'Zoals op tv.'

'Precies. In werkelijkheid gaat het vaak heel anders dan op tv.'

'Dat is altijd zo.' Er glijdt een trek van intense triestheid over Bianca's gezicht. Met bijna neurotische bewegingen draait ze de ring om haar vinger in het rond. 'Verdriet is ook heel anders dan je denkt. Iedere dag denk ik dat ik droom. Zo'n droom waarin je ergste voorstellingen uitkomen en waar je helemaal in de war uit ontwaakt. Je ligt te huilen in je kussen, tot je je realiseert dat het een droom was, dat er in werkelijkheid niets aan de hand is. Iedere ochtend lig ik een paar seconden doodstil, met mijn hand op mijn hart, vol hoop dat ik een nachtmerrie heb gehad. Het is de omgekeerde wereld: ik wil het liefst slapen, want in mijn dromen is er niets aan de hand.'

Ze kijkt naar Julia met de verslagen treurigheid van iemand die geen troost verwacht, die alleen beschrijft hoe ze zich voelt, in de hoop daar enig begrip voor te krijgen.

'Ja,' zegt Julia zacht. 'Dat kan ik me heel goed voorstellen. Sterker nog, ik herken precies wat u zegt.'

Kristiens moeder kijkt haar onderzoekend aan, maar vraagt niet door.

'Wat kan ik voor u doen?' zegt ze in plaats daarvan.

'Ik wil u een vraag stellen. Kende uw dochter iemand die Nathalie heet?'

'Nathalie,' herhaalt Bianca. 'Nathalie wie?'

'Dat weten we niet. Daar proberen we juist achter te komen.'

'Waarom is dat belangrijk?'

'Omdat deze Nathalie ons naar de moordenaar kan leiden. Maar om haar te vinden, moeten we eerst haar achternaam hebben,' zegt Julia.

Nadenkend kijkt Bianca voor zich uit. 'Ik heb Kristien nooit gehoord over iemand die Nathalie heet.'

'Het kan van lang geleden zijn. Iemand die ze kende van school of zo. Een vriendinnetje of een klasgenoot. Maar het kan ook heel goed zijn dat ze haar naam heeft veranderd. Met wie was Kristien vroeger bevriend?'

Bianca schudt haar hoofd. 'Ik zou het niet weten. Kristien heeft nooit veel vriendinnen gehad. Op de middelbare school was ze min of meer bevriend met een meisje dat Dagmar heette. Ze zaten bij elkaar in de klas. Min of meer, zeg ik, want het was een nogal stil en teruggetrokken meisje. Ze kwam maar af en toe bij ons thuis en dan zei ze geen woord. Maar Kristien is op de basisschool erg gepest, dus zij was blij toen ze in de brugklas naast Dagmar kwam te zitten en het bleek te klikken. Ze nam er genoegen mee dat Dagmar erg op zichzelf was en dat ze elkaar voornamelijk op school zagen.'

'Kwam Dagmar nooit bij jullie thuis?'

'Jawel, af en toe. Ik vond haar een aardig, maar apart meisje. De ene keer was ze heel opgewekt, bijna manisch, en dan zei ze weer geen woord. Ik denk dat ze het thuis niet gemakkelijk had. Haar moeder en haar broertje zijn bij een ongeluk omgekomen toen ze een jaar of elf was, en met haar vader boterde het niet erg, geloof ik. Ik had het vermoeden dat hij haar sloeg, want ze had altijd wel ergens een blauwe plek. Als ik ernaar vroeg, zei ze dat ze zich had gestoten of dat ze was gevallen, dus ja, wat moet je dan nog zeggen?'

'Maar hebt u dan nooit doorgevraagd? Of er met een leraar van school over gesproken? Kristien en Dagmar zaten immers bij elkaar in de klas.'

'Dat waren mijn zaken toch niet,' zegt Bianca op verdedigende toon.

Het beeld dat Julia begint te krijgen van Dagmars jeugd is geen opwekkend plaatje. Geen wonder dat ze zich in de armen heeft gestort van de eerste de beste man die aardig voor haar was.

'Hadden Kristien en Dagmar na de middelbare school nog contact met elkaar?' vraagt ze.

Bianca schudt twijfelend haar hoofd. 'Volgens mij niet, maar ik weet het niet zeker. Ik heb Kristien in ieder geval nooit meer over Dagmar gehoord toen ze van school kwam. Ze ging werken en maakte nieuwe vrienden, zoals dat gaat.'

'In Kristiens huis zijn geen foto's van vroeger aangetroffen.'

'Dat klopt, die liggen hier. Kristien gaf niets om foto's toen ze nog thuis woonde. Ze gooide ze in een la of in een doos, of gebruikte ze als onderzetter voor glazen. Ik kon dat niet aanzien, dus ik heb haar foto's in albums gedaan en ze hier gehouden. Ze liggen boven, in de kast. Wilt u ze zien?'

'Heel graag. Tenminste, als er ook foto's van Dagmar in staan.'

'Nauwelijks. Dat meisje dook altijd weg als er een foto werd gemaakt. Zoals ik al zei, het was een vreemd kind. Maar er staan wel schoolfoto's in. Ik zal ze even gaan halen.' Bianca staat op en loopt de kamer uit.

Julia laat haar ogen door de woonkamer gaan. Nergens staan foto's van Kristien, maar de wand toont een lichte plek op het behang. Een grote, vierkante plek. Ze zucht licht en wacht.

Er klinken voetstappen op de trap en Bianca komt de kamer in met drie fotoalbums in haar armen.

'Ze zijn zwaar,' zegt ze. 'Tegenwoordig gaat alles digitaal en kun je er online van die mooie dunne boekjes van laten maken, maar vroeger moest je alles inplakken. Nou ja, vroeger... Zo lang is dat nog niet geleden.'

Ze laat zich op de bank zakken en Julia gaat naast haar zitten. Het wordt haar al gauw duidelijk dat Bianca niet van plan is om haar alleen de foto van Dagmar te laten zien. Op volgorde gaan ze de albums door, van Kristiens basisschooltijd tot aan haar eindexamen. Al heeft ze daar eigenlijk de tijd niet voor, Julia laat haar begaan. Ze is niet ongevoelig voor het verdriet van de vrouw naast haar, en haar duidelijke behoefte om over haar dochter te praten. Toch is ze blij als ze eindelijk bij de foto's van Kristiens middelbareschooltijd aanbelanden.

De schoolfoto van de brugklas zegt haar niet zoveel. Bianca wijst Kristien aan, maar Julia's ogen scannen de kindergezichten op zoek naar Dagmar. Er staan meer meisjes met donker haar op, maar haar blik blijft hangen bij een wat teruggetrokken gestalte die half lijkt weg te kruipen achter haar klasgenoot.

'Is dat Dagmar?'

Bianca knikt. 'Verlegen als altijd. Moet je zien hoe boos Kristien kijkt. Ik weet nog goed hoe verontwaardigd ze thuiskwam omdat ze niet naast elkaar mochten staan. De fotograaf had de leerlingen op lengte en uiterlijk ingedeeld. Donker naast blond, lange kinderen achteraan, dat soort dingen. Is dat het meisje dat u bedoelt?'

'Ik weet het niet. Ze is daar nog erg jong. Kunt u me de foto van vijf havo laten zien?'

Bianca pakt het onderste album van de stapel. Ze bladert het door en legt het boek op Julia's schoot. 'Dit is vijf havo. Dagmar staat hier, helemaal rechts.'

Het is een duidelijke foto, kwalitatief beter dan die van de brugklas. Hij is ook van dichterbij genomen, zodat Julia het meisje dat Bianca aanwijst goed kan bekijken. Ze herkent haar meteen. Zoveel is ze ook niet veranderd, de foto is hooguit vijf jaar geleden genomen.

'Dat is ze,' zegt ze. 'Ik hoop dat u nog weet wat haar achternaam is.'

'Anders hadden ze dat op die school voor u kunnen uitzoeken,' zegt Bianca praktisch. 'Maar ik weet nog wel hoe ze heet. Een heel mooie, chique naam vond ik het altijd. In combinatie met haar voornaam leek het net een rijmpje. Ze heette Dagmar Dalhuijs.'

37

In haar auto belt Julia meteen met het bureau, en ze krijgt Ramakers aan de lijn.

'Dalhuijs,' zegt ze zonder inleiding. 'Nathalies achternaam is Dalhuijs met lange ij, en haar echte voornaam is Dagmar.'

'Goed werk, Vriens. We gaan erachteraan.'

Julia verbreekt de verbinding, start de motor en rijdt terug naar Roermond. Op de parkeerplaats van het bureau zet ze haar auto in een van de weinige vrije vakken en gaat naar binnen. Met twee treden tegelijk snelt ze de trap op en loopt met grote stappen door de gang naar de recherchekamer. Daar is iedereen in opperste concentratie bezig, achter de computer of aan de telefoon. Ramakers staat als een kapitein op de brug van een schip tussen de bureaus in en deelt orders uit.

Julia gaat naast Sjoerd staan en stoot hem aan. 'Wat zijn jullie te weten gekomen?'

'Heel veel, maar niets wat ons naar Dagmar toe kan leiden. We hebben wel de gegevens van de auto waar ze in rijdt: een lichtblauwe Citroën met kinderzitje. Is op de dag van Dagmars verdwijning gestolen in een woonwijk aan de rand van Sint Odiliënberg.'

'En verder?'

'Dagmar Dalhuijs is opgegroeid in Roermond, niet ver van het huis waar Ilse van Meerdonk, destijds Beekman, woonde. Mogelijk hebben ze elkaar gekend en heeft dat iets met de ontvoering te maken. We hebben Ilse en Robert van Meerdonk gebeld, ze zijn onderweg naar het bureau. Over Dagmar zijn we weinig te weten gekomen, behalve dat ze nogal wat bezittingen op haar naam heeft staan waar we vraagtekens bij zetten. Waarschijnlijk is dat criminele vriendje van haar daar verantwoordelijk voor. Ze heeft overigens geen strafblad, en ze is nog nooit aangehouden of verhoord. Kind van rijke ouders, moeder door een aanrijding overleden, vader na een roofoverval. Tegen de tijd dat Samuel Dalhuijs stierf, was het grootste deel van zijn vermogen verdampt, maar hij heeft zijn dochters een huis in Italië nagelaten. Dat adres trekken we nu na. Dagmar heeft één zuster, Cécile Dalhuijs-Vermeer, die onlangs uit het ziekenhuis van Bellinzona is ontslagen na de behandeling van een steekwond. Haar echtgenoot, Edwin Vermeer, ligt nog op de intensive care.'

'Van Assendelft,' zegt Julia meteen. 'Hij heeft haar opgespoord bij haar familie. Ik begrijp het niet, ik heb nog nooit zo'n rare zaak meegemaakt. Het is duidelijk dat ze op de vlucht is voor haar vriend, maar wat heeft Luna daarmee te maken? Waarom sleept ze dat kind met zich mee?'

'Om haar uit handen van Vincent te houden,' zegt Ramakers, die haar laatste vraag heeft opgevangen en bij hen komt staan. 'Misschien wilde hij dat kind wel iets aandoen en is ze er daarom met haar vandoor gegaan.'

'Op zich klinkt dat logisch,' stemt Julia in. 'Alleen begrijp ik niet waarom ze Luna niet ergens heeft achtergelaten waar ze snel gevonden zou worden. Waarom houdt ze haar bij zich?'

'Misschien wil ze zelf het losgeld innen.'

'Ik denk dat deze zaak wat ingewikkelder ligt,' zegt Sjoerd. 'Ik blijf het erg toevallig vinden dat Dagmar en Ilse vroeger een paar straten bij elkaar vandaan hebben gewoond.'

Op dat moment komt Riëtta binnen met de mededeling dat meneer en mevrouw Van Meerdonk zijn gearriveerd.

'Zet ze maar in verhoor twee,' zegt Ramakers. 'Sjoerd, Julia!'

'We zijn al weg.' Julia draait zich om en verlaat de recherchekamer. Sjoerd volgt haar naar de verhoorkamer, waar ze even de tijd nemen om de apparatuur aan te zetten en te testen.

Een paar minuten later worden de ouders van Luna naar binnen geleid: een knap, dynamisch ogend stel, dat aan alle clichématige verwachtingen voldoet. Hij een tikje te breed en te zwaar in zijn krijtstreeppak, zij slank, blond en met een grote zonnebril op, die ze als een diadeem in haar haar heeft geschoven. Pas als ze tegenover elkaar zitten en Julia de wallen onder de ogen van Robert van Meerdonk ziet, de zenuwtic rond zijn mond, en ze de afgebeten nagels en ingevallen wangen van zijn vrouw bestudeert, lost de aura van goed gecaste personages voor een tv-serie op en worden er echte mensen zichtbaar, die bijna bezwijken onder een enorm verdriet.

Riëtta brengt koffie en thee, zet de bekertjes neer met een vriendelijk 'Alstublieft' en verdwijnt geruisloos. Dan zijn ze weer alleen en kijkt Julia in twee paar gespannen ogen tegenover haar. Sjoerd leunt wat naar achteren en laat het aan haar over om het gesprek in te leiden. Maar voor Julia daar de kans toe krijgt, verbreekt Robert van Meerdonk zelf de stilte.

'Is er nieuws?' vraagt hij met schorre stem. 'Hebben jullie ontdekt waar Luna is?'

'Dat nog niet,' zegt Julia. 'Maar we weten wel heel wat meer dan eerst. In ieder geval kennen we de naam van degene die uw dochtertje heeft ontvoerd, of bij wie ze op dit moment is.'

'Wie is het?' zegt Robert gespannen. 'En waarom hebt u diegene nog niet gearresteerd, als u weet wie het is?'

'Omdat we haar eerst moeten vinden. Er is een opsporingsbevel uitgegaan en we weten in welke auto ze rijdt, dus vroeg of laat vinden we haar. Maar het kan helpen als we zoveel mogelijk over haar weten.'

'Haar?' Voor het eerst zegt Ilse iets, en haar stem klinkt verbaasd.

'Is Luna ontvoerd door een vrouw?'

'Er is in ieder geval een vrouw bij betrokken,' zegt Julia. 'Of ze alleen heeft gehandeld, weten we niet.'

'Laat u ons daarvoor naar het bureau komen? Om ons te vertellen dat Luna in handen is van een vrouw van wie u niets weet? Wat moeten we met die informatie?' Vol machteloze woede en frustratie laat Robert zijn gebalde vuist op het tafelblad neerkomen.

Zijn vrouw legt kalmerend haar hand op zijn mouw. 'Robert, rustig. Ik denk niet dat de rechercheurs ons alleen daarvoor hebben laten komen.' Vragend kijkt ze van Julia naar Sjoerd, die met zijn armen over elkaar zit en zijn hoofd schudt.

'Nee, inderdaad niet. We hebben reden om te denken dat u, mevrouw Van Meerdonk, een van de ontvoerders kent. Ze heeft vroeger bij u in de buurt gewoond. Zegt de naam Dagmar Dalhuijs u iets?'

De kreet van ongeloof die Ilse van Meerdonk slaakt, is antwoord genoeg.

Er wordt een grootschalig team op de zaak gezet. Op aanwijzingen van Julia en Ilse wordt er een compositietekening gemaakt, die naar alle politiebureaus wordt gestuurd. Surveillancewagens krijgen opdracht naar Dagmar en de lichtblauwe Citroën uit te kijken. Met de ouders van Luna wordt een plan de campagne opgesteld.

'Het kan zijn dat Dagmar contact met u opneemt,' zegt Julia. 'Hetzij om Luna terug te brengen, hetzij om losgeld te eisen. Uw telefoon staat al onder de tap, dus zodra dat gebeurt, weten wij ervan. Maar het kan ook zijn dat ze u ergens anders, op een onverwacht moment, benadert. Die kans acht ik eigenlijk groter. Dus ga niet thuis zitten wachten, maar doe gewoon wat u altijd doet. Geef haar de kans om op die manier contact te zoeken.'

'En wat doet u intussen?' informeert Robert. 'Ik neem aan dat u mijn vrouw in de gaten houdt, zodat u kunt ingrijpen als dat mens op haar af stapt?'

'Helaas hebben we te weinig mankracht om dag en nacht bij u in de buurt te blijven,' zegt Julia. 'Maar we geven u beiden een mobieltje mee dat niet opengeklapt of opengeschoven hoeft te worden, zodat u ongemerkt een sneltoets kunt indrukken. In het mobieltje zit een gps-volgsysteem waarmee we binnen de kortste keren bij u zijn. Maar natuurlijk hopen we dat we haar eerder te pakken krijgen. Alle politie-eenheden in het land kijken uit naar die lichtblauwe Citroën. Zodra Dagmar zich met die auto op de weg vertoont, wordt ze aangehouden.'

Ilse en Robert kijken elkaar aan en zuchten diep.

'Dan gaan we nu maar naar huis,' zegt Ilse, na een lange stilte. 'Misschien probeert ze al contact op te nemen. Of misschien is ze helemaal niet van plan om Luna terug te brengen.' Haar ogen worden nat en haar onderkaak begint te trillen.

Julia buigt zich naar haar toe en kijkt haar vragend aan.

'Waar wilde ze u voor straffen?' Ilse vertelt. Terwijl Julia naar haar verhaal luistert, beseft ze dat er hier veel meer aan de hand is.

Het is wel duidelijk dat Dagmar het niet meer zo helder ziet. Ze heeft hulp nodig, en zulke mensen zijn wispelturig, onbetrouwbaar en ondoordacht. Luna van Meerdonk moet zo snel mogelijk gevonden worden.

38

Grote oude huizen, omgeven door uitgestrekte tuinen met sierhekken. Zonder meer een van de chiquere buurten van Venlo, waar voornamelijk mensen met oud geld en lucratieve beroepen wonen.

Langzaam rijdt Nathalie door de brede straten. Ze passeert het huis van de familie Van Meerdonk en parkeert even verderop. Dus dit is Robbies ouderlijk huis. Vol belangstelling bekijkt ze het statige pand.

Ze heeft de ontvoering zonder enig schuldgevoel uitgevoerd. Zelfs het verdriet van Robbies ouders en de herhaalde emotionele oproepen op televisie om hun kind alsjeblieft gezond en wel terug te brengen, riepen niets in haar op. Van Vincent heeft ze geleerd om afstand te nemen, zich te focussen op haar doel en niet naar het hele plaatje te kijken. Niet naar zichzelf te kijken.

Om de ouders van Robbie, zoals ze de baby van het begin af aan heeft genoemd, tot wanhoop te drijven, heeft ze het kind anderhalve week bij zich gehouden zonder een eis tot losgeld in te dienen. Vincent vond het best, op voorwaarde dat ze zelf voor Robbie zou zorgen. Hij had absoluut geen zin in gejank en gedoe, zoals hij het zei. De ontvoering was haar idee geweest, dat waren geen zaken waarmee hij zich gewoonlijk bezighield, dus ze moest het zelf maar oplossen. Maar hij waardeerde het initiatief en hield de zaak vanaf de zijlijn in de gaten.

Hele dagen en nachten sjouwde Nathalie met de huilende baby rond, maar ze deed het graag en Robbie hechtte zich aan haar. De eerste keer dat hij haar een voorzichtig lachje gaf, wist ze dat ze hem nooit iets zou kunnen aandoen. Ze is ook nooit van plan geweest het kind te houden of losgeld voor hem te vragen, maar Vincent had andere plannen. Hem trok het idee van een flink bedrag aan losgeld wel aan.

'We beginnen meteen met een waarschuwing.' Hij haalde een stiletto uit zijn broekzak. 'Een afgesneden vingertje brengt de boodschap wel over. En aan de hoeveelheid bloed in het weefsel kunnen ze zien dat dat kind nog leefde toen de vinger werd afgesneden, dus dan kunnen ze kiezen hoever ze dit willen doordrijven. Vingertjes genoeg aan een handje. Jezus, kan dat kind niet een tijdje zijn kop houden? Ik zal hem reden geven om te janken!'

Vol afschuw keek Nathalie toe hoe hij naar de bank liep, waar Robbie lag te krijsen om zijn fles.

'Niet doen!' gilde ze, maar Vincent lette niet op haar. Hij wilde Robbie omhoogtrekken, maar Nathalie vloog naar hem toe en greep zijn arm. Geërgerd duwde hij haar van zich af, maar ze bleef op hem af komen, probeerde zich tussen Robbie en hem in te wurmen, verzette zich toen hij haar opzij wilde werken. Uiteindelijk verloor Vincent zijn geduld en gaf haar zo'n harde klap in het gezicht dat ze op de grond viel.

Versuft bleef ze liggen, tot ze zag dat Vincent Robbies handje in de zijne nam en de stiletto openknipte. Op dat moment knapte er iets in haar. Ze hoorde haar eigen schreeuw in haar hoofd rondgalmen, een oerkreet die haar de kracht gaf om overeind te komen en een daad te stellen. De lamp met de zware gietijzeren poot was binnen handbereik. Ze greep hem en sloeg Vincent ermee op zijn hoofd. Kennelijk had ze er heel wat kracht in gelegd, want hij zakte onmiddellijk door zijn knieën.

Een beetje verdwaasd stond ze met de lamp in haar handen, verbaasd dat ze dit echt had gedaan. Vincent lag doodstil en bloedde hevig.

Achteraf spijt het haar dat ze hem niet nog een paar klappen heeft gegeven, of hem heeft neergeschoten met zijn eigen pistool. Dan was ze van hem af geweest.

Het is Ilse Beekman goed gegaan. Ze is met een rijke man getrouwd, heeft een mooi huis en de status van mevrouw Van Meerdonk, vrouw van een chirurg. Ooit woonde ze in Roermond, niet ver bij Nathalie vandaan. Op een dag verhuisde Ilse, weg uit Roermond, weg uit Nathalies leven. Sinds de verhuizing hebben ze elkaar nooit meer gezien, tot Nathalie op een zaterdag in het winkelcentrum van Venlo rondliep en ze Ilse tegenkwam. Het negentienjarige meisje van toen was getransformeerd tot een beschaafde vrouw in designkleding die een dure kinderwagen voor zich uit duwde. Het begon meteen te bonzen in Nathalies hoofd. Een kind. Ilse had een kind gekregen.

Terwijl een deel van haar hersenen nog bezig was de schok van het weerzien te verwerken, besloot een ander deel Ilse te volgen.

Ilse herkende haar niet, ze liep gewoon door. Ze ging een grote, drukke kledingzaak in en zette de kinderwagen in een hoekje, waar hij niet in de weg stond. In het halfuur dat ze in de rekken naar iets van haar smaak zocht, wierp ze slechts af en toe een blik op de wagen. De baby lag zoet te slapen.

Nathalie liep langs het kind en zag niet meer dan een klein gezichtje met een hoedje van wit broderie op, de handjes omhoog, tot vuistjes gebald. Zo'n lief baby'tje.

Ze keek naar Ilse, die met haar rug naar haar toe stond, tilde de baby uit de wagen en liep ermee de winkel uit.

Nu zit ze met een blonde pruik op in haar auto te wachten. Robbie zit in het zitje achterin op zijn speen te sabbelen. Misschien neemt ze een risico door met hem voor zijn ouderlijk huis te gaan staan, maar ze gelooft niet dat ze werkelijk gevaar loopt. De straat ligt er nagenoeg verlaten bij en de paar auto's die er geparkeerd staan, wekken geen wantrouwen bij haar op. Er zitten in ieder geval geen onderuitgezakte rechercheurs in te posten.

De telefoon in huize Van Meerdonk zal wel afgeluisterd worden, maar het lijkt haar sterk dat de politie het huis dag en nacht in de gaten houdt. En als ze al naar een auto uitkijken, dan toch niet naar deze.

Toen ze een uur geleden van huis ging, besloot ze in een opwelling de gestolen Citroën te laten staan en Nico's auto, die hij in de garage had gezet, te nemen. Hij mocht dan een grote lul zijn, hij had wel een geweldige auto: een rode BMW. Een wagen die niet misstaat in deze buurt. Ze kan hier best een tijdje in de schaduw van de bomen blijven staan zonder op te vallen.

Via haar achteruitkijkspiegel houdt ze het huis in de gaten. Robbies ouderlijk huis. Een vreemd idee. Het liefst zou ze hem gewoon houden. Met duizenden euro's op zak heeft ze geen losgeld nodig. Wat ze wel nodig heeft, is het schaterlachje als ze een gek gezicht trekt naar Robbie, zijn handje dat zich om haar vinger sluit, zijn ogen die haar overal volgen, ongerust dat ze weg zal gaan.

Zal ze het doen, zal ze wegrijden en Robbie meenemen? Het maakt niet uit waar naartoe, als het maar ver weg is. Ver en warm. Portugal lijkt haar wel wat. En huisje aan zee, met een terras en een tuin vol olijfbomen en kruiden. Ze ziet het zo voor zich, ze hoort het ruisen van de branding terwijl de geur van lavendel en tijm haar neus prikkelt.

Ze kan de taal leren en een baantje zoeken. Iets eenvoudigs, om haar dagen te vullen en mensen te leren kennen. Ze ziet Robbie daar al opgroeien en met bruine beentjes over het strand rennen. Wat zouden ze gelukkig zijn.

Nathalie draait zich om op haar stoel en reikt naar de Maxi-Cosi, waar Robbie zit te spelen met een lappenpopje met een belletje erin. Liefkozend pakt ze zijn handje.

'Zullen we dat doen, Robbie? Wil je met me mee naar Portugal?'

Alsof hij haar begrijpt en antwoordt geeft, zwaait Robbie wild met het popje. Met een glimlach draait Nathalie zich weer om, maar dan verdwijnt de lach van haar gezicht. Dat kan ze niet doen. Ze weet niet waarom, maar er is iets wat haar tegenhoudt. Het zal pijn doen om Robbie af te staan, maar het is wel beter. Sowieso is het lastig reizen met een kind, in haar eentje is ze flexibeler. En Portugal is een flink eind weg.

Peinzend kijkt ze voor zich uit en berekent het aantal kilometers, de dagen dat ze onderweg zal zijn. Nu het idee zich in haar hoofd heeft genesteld, lijkt het alsof het er altijd al heeft gezeten, zo trekt het haar aan.

Eindelijk komt Ilse van Meerdonk naar buiten. Ze stapt in haar auto, een degelijke maar dure Mercedes, en laat het toegangshek automatisch openzwaaien. Het hek sluit zich weer achter haar en ze rijdt de straat uit. Nathalie start de motor en volgt haar op enige afstand.

Niet ver uit de buurt is een groot winkelcentrum, waar Ilse haar auto parkeert. Nathalie doet hetzelfde en zorgt dat ze Ilse niet uit het oog verliest. In de zaterdagdrukte van mensen die boodschappen doen of gaan winkelen, kan ze onopvallend bij Ilse in de buurt blijven. Ze volgt haar het winkelcentrum in, ziet hoe ze doelloos langs de etalages loopt, maar nergens naar binnen gaat. Ze is hier niet omdat ze iets nodig heeft, beseft Nathalie, maar om de deur uit te zijn. Even niet meer wachten op een telefoontje dat toch niet komt, op een bericht dat eerder slecht dan goed nieuws zal zijn. Na tien minuten zakt Ilse neer op een bankje bij een ijssalon, alsof ze de kracht niet meer kan opbrengen om nog langer te doen alsof ze zich vermaakt. Op dat moment loopt Nathalie naar haar toe en gaat naast haar zitten. Robbie heeft ze in de auto laten zitten.

'Dag Ilse,' zegt ze.

Verbaasd draait de vrouw haar hoofd naar Nathalie toe en kijkt haar onderzoekend aan. Er verschijnt geen blik van herkenning op haar gezicht. Maar dat is logisch, met de blonde pruik die Nathalie op heeft.

'Ken je me niet meer? We hebben vroeger allebei in Roermond gewoond. Ik ben Dagmar.'

Haar naam roept kennelijk niets bij Ilse op, wat een onberedeneerbare wrevel bij Nathalie veroorzaakt. Jarenlang heeft ze aan deze vrouw gedacht, om nu te ontdekken dat ze in haar leven geen enkele plaats inneemt.

'Dagmar Dalhuijs,' frist ze Ilses geheugen op. 'Jij hebt mijn moeder en broertje doodgereden, weet je nog?' Dat laatste klinkt hard en heeft het gewenste effect. Ilse van Meerdonk schrikt zichtbaar.

'O god,' zegt ze zacht. 'Ben jij dat? Ik herkende je niet. Je was toen nog maar een jaar of twaalf.'

'Tien,' corrigeert Nathalie. 'Ik was tien toen jij mijn leven kapotmaakte.'

Ilse wrijft over de brug van haar neus en wil iets zeggen, maar voor ze dat kan doen, komt een verkoopstertje uit de ijssalon voor hen staan.

'Wilt u iets bestellen?' vraagt ze met een zweem van ongeduld in haar stem. 'Dit bankje is alleen bedoeld voor klanten.'

'Ja, we willen iets bestellen,' zegt Nathalie voordat Ilse kan reageren. 'Twee oublies met slagroom, graag.'

'Twee bolletjes?'

'Welja,' stemt Nathalie in. 'Laten we eens gek doen.'

Aarzelend legt Ilse haar hand op Nathalies arm.

'Luister, het spijt me heel erg wat er vroeger is gebeurd, maar ik kon er niets aan doen. Het was een ongeluk!'

'Twee oublies met slagroom!' De verkoopster hangt over de toonbank om hun de wafels te overhandigen.

Nathalie staat op, geeft er een aan Ilse en betaalt. Vervolgens gaat ze weer zitten en neemt een hapje van de slagroom.

'Het was een ongeluk,' herhaalt Ilse. 'Het spijt me ontzettend, meer dan ik je kan vertellen, maar...'

'Je had gedronken,' valt Nathalie haar in de rede. 'Overdag, nota bene! Je was zo dronken dat je slingerde, de stoep op vloog en mijn moeder en broertje aanreed.'

'Ik was negentien, Dagmar. Ik weet wel dat dat geen excuus is, maar ik was negentien jaar en het was carnaval. Dan denk je dat je de hele wereld aankunt, dat drank geen effect op je heeft. Ik heb na het ongeluk nooit meer een druppel gedronken. Denk je dat ik het niet erg vind wat er is gebeurd?'

'Robbie was net zes maanden. Hij lachte naar me als ik hem kietelde, begon met zijn beentjes te trappelen als hij me zag aankomen, hij was net zo gek op mij als ik op hem. Ik was zijn grote zus.'

Er valt een stilte.

'Ja,' zegt Ilse. 'Ja, ik weet het.'

39

De verslagen uitdrukking op Ilses gezicht maakt geen indruk op Nathalie. Koeltjes kijkt ze naar de vrouw naast haar, die bewegingloos met de wafel in haar hand zit.

'Weet je wel wat je hebt gedaan?' gaat ze door. 'Je hebt niet alleen mijn moeder en broertje gedood, maar ook mijn vader. Figuurlijk gesproken, maar toch. De vader die ik kende was totaal verdwenen. Er kwam een heel andere man tevoorschijn, iemand die zich geen raad wist met de situatie, een agressieve onbekende die aan de drank raakte en mijn zus en mij verrot sloeg. Dat was mijn jeugd, Ilse. Dat was mijn leven. Hoe was het jouwe? Hoezeer heeft die ene middag jou getekend?'

Ilse haalt diep adem om antwoord te geven, maar Nathalie praat al verder. 'Zo vaak ik kon, fietste ik naar Tussen de Bergen. Daar liggen mijn moeder en Robbie, samen in één graf. Ik gaf al mijn zakgeld uit aan bloemen en knuffelbeestjes die ik daar achterliet. Mijn vader en Cécile kwamen er niet zo vaak, dat konden ze niet aan. Maar jou heb ik daar ook nooit gezien. Heb je weleens bloemen op het graf van mijn moeder en broertje gelegd, Ilse? Heb je ze op hun sterfdag herdacht? Of ging je gewoon door met je leven, alsof er niets was gebeurd?'

Nu zwijgt ze wel en kijkt Ilse dwingend aan, niet bereid haar hier gemakkelijk van af te laten komen. Tot haar verrassing is Ilse zichtbaar geëmotioneerd.

'Natuurlijk heb ik aan ze gedacht,' zegt ze met dunne stem. 'Je hebt gelijk dat ik nooit naar het graf ben gegaan, maar dat wil niet zeggen dat ik het er niet moeilijk mee had. Ik heb ook nooit meer gedronken, geen druppel. En carnaval heb ik ook nooit meer kunnen vieren, dat was te moeilijk. Ik ben jarenlang geen relaties aangegaan, omdat ik mezelf geen geluk toestond. Om die reden wilde ik ook geen kinderen. Het schuldgevoel werd zo groot dat ik mezelf begon te snijden. Uiteindelijk ben ik in therapie gegaan. Dat hielp wel, maar toen ik mijn man leerde kennen en ik een jaar later zwanger bleek te zijn, heb ik het toch heel moeilijk gehad. Ik hoopte met heel mijn hart dat de baby een meisje zou zijn, en goddank was dat zo.'

Tijdens haar relaas luistert Nathalie met afgewend gezicht. Ilses woorden slaan een bres in de muur die ze om zichzelf heen heeft gebouwd en die al die tijd haar woede in stand heeft gehouden. Ze bedenkt dat het maar woorden zijn, al verraadt de trilling in Ilses stem wel degelijk schuldgevoel en verdriet.

Ze kijkt opzij naar Ilse, die nog steeds geen hap of lik van haar ijs heeft genomen, zodat het begint te smelten en langs de wafel naar beneden druipt.

'Het spijt me zo,' zegt ze.

Nathalie eet haar ijs op en veegt haar hand af aan haar spijkerbroek.

'Weet je, dat is alles wat ik wilde horen,' zegt ze. 'Dat het je iets deed. Als je maar één keer bloemen op het graf had gelegd, zou dat zo'n verschil hebben gemaakt. Ik wilde dat je zou voelen wat ik al die jaren heb gevoeld. De machteloosheid, het verdriet, de eenzaamheid. De wetenschap dat iemand er schuldig aan is dat je je zo voelt. Daarom heb ik je baby meegenomen. Het was niet om het losgeld. Ik was helemaal niet van plan om daarom te vragen. Maar Vincent wel, die zag kansen. Ik bedoel, jullie zijn rijk. Dus ik bedacht dat het geen kwaad kon om er ook meteen financieel beter van te worden.'

Tot Nathalies verbazing lijkt Ilse nauwelijks verrast.

'Ik had het moeten weten,' fluistert ze. 'Toen de verkoopster zei dat ze een vrouw met donker haar Luna uit de kinderwagen had zien tillen, had ik meteen aan jou moeten denken.'

'Het is wel een schatje, hoor. Ik was meteen verkocht. En weet je, Robbie trok ook meteen naar mij toe. Als hij begon te huilen en ik hem troostte, werd hij heel snel stil. En dat is zo gebleven. We hebben een heel goede band gekregen.'

Met grote ogen, waarin zowel woede als angst besloten ligt, kijkt Ilse haar aan. 'Hoe is het met haar? Is alles goed?'

'Natuurlijk is alles goed. Ik weet echt wel hoe ik voor een baby moet zorgen. Je mag me wel dankbaar zijn dat ik hem tegen Vincent heb beschermd. Hij wilde een vingertje afsnijden en opsturen om jullie aan te sporen een beetje op te schieten met dat losgeld. Dat kon ik natuurlijk niet toestaan.'

Terwijl ze vertelt, merkt Nathalie dat Ilse haar sprakeloos zit aan te kijken.

'Waar is ze?' brengt ze fluisterend uit.

'Op een veilige plaats,' stelt Nathalie haar gerust. 'Eigenlijk niet zo ver hiervandaan. Ik zou hem zo kunnen halen.'

'Háár! Het is een meisje, Dagmar. Míjn meisje! Het is niet Robbie, ze heet Luna!'

'Ach, meisje, jongen, wat maakt dat uit. Hij luistert nu naar allebei de namen.' Achteloos wuift Nathalie met haar hand.

Met een dierlijk gekreun verbergt Ilse haar gezicht in haar handen. Dan haalt ze ze weg en kijkt Nathalie smekend aan. 'Geef haar aan me terug. Alsjeblieft, Dagmar! Ik wil best losgeld voor haar betalen, zeg maar wat je nodig hebt. We kunnen nu naar de bank gaan. Ik neem zo mijn spaargeld voor je op!'

'Nee, dat hoeft niet. Zoals ik al zei, was het me daar niet om te doen. Ik ben niet zoals Vincent, ik ben geen crimineel. Zo zie je me toch niet, hoop ik?'

'Nee,' haast Ilse zich te zeggen. 'Helemaal niet. Ik begrijp volkomen waarom je het hebt gedaan. Je wilde me een lesje leren. Toch? Nou, ik heb mijn lesje geleerd.' Ze haalt diep adem, zoekt naar woorden die Nathalie kunnen overtuigen.

'Kijk eens.' Nathalie haalt haar mobieltje tevoorschijn en houdt de display voor Ilses gezicht. 'Deze heb ik vanochtend gemaakt. Is hij niet schattig als hij zo lacht?'

Er verschijnen tranen in Ilses ogen terwijl ze naar de foto van haar kind kijkt.

'Schattig, toch?' dringt Nathalie aan.

Ilse knikt woordeloos. 'Ben je me gevolgd? Ik had gedacht dat je zou bellen.'

'Het leek me beter om elkaar onder vier ogen te spreken. Dit soort dingen bespreek je niet over de telefoon.' Nathalie klapt haar mobieltje dicht. 'Ik ben altijd al van plan geweest je kind aan je terug te geven, maar er is één probleem.'

'En dat is?'

'Robbie is hier vlakbij, maar als ik hem ga halen, sla jij natuurlijk alarm.'

'Dat zal ik niet doen. Echt niet.'

'Zweer je het?'

'Ik zweer het.' Ilse grijpt Nathalies hand. 'Ik doe alles wat je wilt, maar geef me mijn kleine meisje terug. Alsjeblieft!'

Geërgerd trekt Nathalie haar hand terug. 'Ik zei toch al dat ik dat ga doen. Als je hier wacht, ben ik zo terug. Geef me je mobieltje.'

Na een korte aarzeling laat Ilse haar hand in haar jaszak glijden, haalt er een zwarte, log ogende telefoon uit en geeft hem aan Nathalie.

'Wat is dat voor ouderwets ding?' Wantrouwig kijkt Nathalie haar aan.

'Deze is van Robert, mijn man, die van mij is stuk.'

Secondelang kijken ze elkaar in de ogen, tot die van Ilse vochtig worden. 'Waarom zou ik liegen? Ik neem geen risico's, ik wil Luna terug. Je mag me fouilleren als je wilt.'

'Dat zou een beetje vreemd staan midden in een winkelcentrum, nietwaar? Laat me je tas zien.'

Zonder tegenwerpingen staat Ilse haar tas af aan Nathalie, die hem zorgvuldig doorzoekt.

'Oké,' zegt ze ten slotte, en ze geeft de tas terug. 'Ik ga hem nu halen. Maar als ik zie dat je iemand aanspreekt, houd ik Robbie voor altijd bij me. Want geloof me, het zal niet gemakkelijk voor me zijn om hem af te staan.'

Ilse knikt alleen maar, niet in staat om nog een woord uit te brengen. Na een korte stilte staat Nathalie op en kijkt op haar neer. Het is werkelijk altijd haar bedoeling geweest om Ilse haar kind terug te geven, maar ze had niet gedacht dat ze er zoveel moeite mee zou hebben. Als ze Robbie straks kwijt is, heeft ze helemaal niemand meer. Niemand die naar haar lacht, niemand om voor te zorgen. Ze zal eenzamer zijn dan ze ooit is geweest.

Langzaam loopt ze bij Ilse vandaan. Op de hoek van een rij winkels blijft ze staan en kijkt over haar schouder. Ilse zit als een standbeeld op het bankje voor de ijssalon. Ze spreekt niemand aan en pakt ook geen telefoon.

Nathalie slaat de hoek om en loopt door, maar opeens vertraagt ze haar pas.

Hoe wist Ilse dat zij contact zou opnemen? Ze zei dat ze had gedacht dat ze haar zou bellen. Dat kon ze alleen weten als ze wist dat zij, Nathalie, Robbie had ontvoerd. Toch deed Ilse net alsof ze haar niet herkende.

Ze neemt je in de maling, zegt een stemmetje diep vanbinnen. Ze heeft gezegd wat je wilde horen en je was er bijna ingetrapt. Daarom reageerde ze niet verrast! Ze werkt samen met de politie, ze zijn je op het spoor!

Iets in haar dwingt haar terug te keren naar de hoek van de winkelstraat. Door de winkelruit heen kijkt ze naar Ilse, die nog steeds op het bankje zit, ogenschijnlijk bewegingloos. Maar vanaf deze afstand kan Nathalie zien dat ze iets in haar hand heeft, dat ze tussen haar benen verborgen houdt. Ze zit te sms'en. Ze had dus tóch een eigen mobieltje.

Een golf van withete woede slaat over Nathalie heen. Even heeft ze de aanvechting om het zwarte mobieltje aan stukken te gooien, maar ze beheerst zich. Het is beter om geen aandacht te trekken.

Rustig weglopen nu, naar Robbie. Wat heeft hij aan een moeder die risico's neemt met zijn leven? Hij is beter af bij haar, zij zal alles doen om hem te beschermen.

Met vastbesloten stappen loopt Nathalie in de richting van de parkeerplaats, waar Robbie in zijn autostoeltje op haar wacht. Op haar, en op haar alleen.

40

Er staat een groepje mensen om haar auto heen. Van enige afstand hoort Nathalie het gehuil van Robbie al, en als ze dichterbij komt, keren de mensen zich als één man woedend tegen haar. Een oudere man houdt zijn mobiele telefoon omhoog en zegt op dreigende toon dat hij op het punt stond de politie te bellen.

'Je laat een kind met deze hitte toch niet alleen in de auto zitten!' zegt een jonge vrouw, haar ogen vol verachting op Nathalie gericht.

'Ik was maar heel even weg, hoor. En het raampje stond toch open?' reageert Nathalie geprikkeld.

Ze stapt snel in en smoort het verdere commentaar door het portier dicht te slaan. Terwijl achter haar nog van alles geroepen wordt, rijdt ze het parkeerterrein af en keert terug naar de snelweg.

Al die tijd zit ze te koken van woede. Niet alleen op Ilse is ze kwaad, maar ook op zichzelf, omdat ze dat lulverhaal over boete en berouw heeft geslikt, omdat ze zich iets op de mouw heeft laten spelden.

De vrolijke liedjes van *Sesamstraat*, die ze voor Robbie heeft opgezet, werken op haar zenuwen. Pas als ze op de snelweg rijdt, kalmeert ze.

Haar blik gaat naar het zwarte mobieltje, dat ze naast zich op de passagiersplaats heeft gegooid. De telefoon van Ilses man. Terwijl Ilse zelf een mobieltje had. Wat moest ze dan met deze? Wantrouwen en schrik verspreiden zich door haar lichaam als een langzaam werkend gif. De politie. Op de een of andere manier heeft de politie de link tussen hen tweeën gelegd en Ilse ingelicht. Hoeveel langer had ze daar kunnen zitten voor ze zou worden ingesloten door een arrestatieteam? En nu heeft ze het toestel nog steeds bij zich. Ze moet er als de bliksem van af!

Gejaagd kijkt Nathalie in haar achteruitkijkspiegel, maar er komt geen politiewagen met zwaailicht achter haar aan. Natuurlijk niet, de recherche rijdt in onopvallende personenauto's. Iedere wagen achter haar kan van hen zijn.

Paniekerig klemt ze haar handen om het stuur. De verleiding is groot om het mobieltje uit het raam te gooien, maar daarmee is het gevaar nog niet geweken.

Een afslag doemt op. Ze blijft op de middelste baan rijden. Intussen bestudeert ze het achteropkomende verkeer, houdt iedere inhaalmanoeuvre in de gaten. Nog tweehonderd meter tot de afslag, honderd, vijftig. Pas op het laatste moment, als ze gedwongen is door de gestreepte driehoek te rijden, gooit ze het stuur om naar rechts. Een automobilist wijkt verschrikt uit en gaat haar luid claxonnerend voorbij. En passant steekt hij zijn middelvinger op, maar Nathalie besteedt geen aandacht aan hem. Haar blik is gefixeerd op de rijbaan achter haar, op auto's die haar voorbeeld volgen. Die zijn er niet. Sterker nog, er is niet één wagen die na haar de afslag neemt.

Terwijl ze snelheid mindert, de bocht neemt en terugschakelt, laat ze haar adem, die ze al die tijd onbewust heeft ingehouden, ontsnappen. Het is gelukt, ze is veilig. Nu snel van dat mobieltje af zien te komen.

Ze rijdt op een weg geflankeerd door bomen, fietspaden en rechts een brede sloot. Iets verderop, bij een kruising, springt het stoplicht op oranje. Met een beetje gas erbij had ze het wel kunnen halen, maar ze mindert vaart en stopt. Er is niemand te zien, geen mens die er getuige van is dat ze uitstapt en het fietspad op loopt. Ze brengt haar arm naar achteren en gooit het zwarte mobieltje in de richting van de sloot. Met een boog vliegt het door de lucht, waarna er een bevredigende plons klinkt.

Nathalie haast zich terug naar de auto en ploft achter het stuur. Het is weer groen. Ze geeft gas en rijdt verder. De rotonde verderop neemt ze driekwart en dan rijdt ze terug naar de snelweg.

De hele weg blijft ze het verkeer om zich heen in de gaten houden, maar ze merkt niets verdachts op. Toch blijven haar ogen op de achteruitkijkspiegel gevestigd. Pas als ze de snelweg verlaat, ontspant ze zich wat.

De cd van *Sesamstraat* is afgelopen, en horendol van Bert en Ernie zet ze de radio aan. Ze valt midden in het nieuwsbericht. Vanaf de achterbank protesteert Robbie luidkeels, maar ze negeert hem. Tot haar ontsteltenis hoort ze haar naam vallen, maar het bericht is al afgelopen.

'... mocht u deze vrouw gezien hebben, dan wordt u verzocht contact op te nemen met de politie.'

Zweetplekken vormen zich onder haar oksels. Er is geen tijd meer voor haar spelletje met Ilse. Ze moet het land uit, en snel ook. Zou de politie het adres van de boerderij weten? Vincent kan het aan hen gegeven hebben.

Ze mindert vaart, aarzelt over wat ze moet doen. De boerderij is al jaren hun toevluchtsoord, waar Vincent allerlei voorzieningen in heeft aangebracht. In de stal ligt een grote stapel nummerplaten die ze zo op de vluchtauto's kunnen zetten, waarvan er standaard twee gereedstaan. Voorraden houdbaar voedsel staan in de kelder opgeslagen, en er is een heel arsenaal aan wapens, valse identiteitsbewijzen en pruiken. Die laatste twee heeft ze hard nodig als ze uit handen van de politie wil blijven.

Langs de kant van de weg verschijnt een bord dat Oisterwijk aangeeft. Ze is bijna thuis. En dan? Kan ze het risico nemen om naar binnen te gaan? Nu haar identiteit bekend is, zal ze wel moeten. Zonder valse papieren en een vermomming is ze kansloos.

Tot het uiterste gespannen draait ze het pad op dat naar de boerderij leidt. Alles is rustig om haar heen. Niets aan de hand.

Waakzaam tot in al haar zintuigen rijdt ze het erf op, klaar om te keren als ze het niet vertrouwt. Maar alles lijkt in orde. Vincent heeft niets over de boerderij gezegd, of de politie is nog niet gearriveerd.

Jachtig stapt ze uit, pakt Robbie uit de auto en frunnikt lange tijd met de onwillige sleutel in het slot. Dan gaat de deur eindelijk open. Ze valt bijna naar binnen, gooit de deur achter zich dicht en doet de knippen erop.

In de woonkamer zet ze Robbie op de grond, en hij begint enthousiast rond te kruipen, met de elektriciteitssnoeren als bestemming. Ze tilt hem weer op en sluit eerst beneden en dan boven alles hermetisch af.

Het stinkt in huis; een verrotte lucht die van het lijk in de woonkamer komt. Ze heeft er niets aan gedaan, het niet verplaatst of begraven. Zo lang blijft ze hier niet, en tot die tijd negeert ze het lichaam gewoon. Wat ze niet ziet, bestaat niet en is dus ook niet gebeurd. Haar hersenen weigeren te accepteren dat ze in korte tijd opnieuw een moord heeft gepleegd. Zo makkelijk glijd je dus af naar andere normen in het leven: ze voegen zich net zo lang naar veranderende omstandigheden tot je zelf niet meer weet wie je ooit was.

In de keuken hangt een klein tv'tje, dat ze aanzet. Terwijl ze eten klaarmaakt – niet veel bijzonders, een makkelijke pasta die ze met haar ogen dicht kan bereiden – zapt ze langs de verschillende zenders. Ieder heel uur wordt er een nieuwsflits uitgezonden met haar foto en het verzoek naar haar uit te kijken. Ook Luna's naam valt, haar foto wordt getoond, en ter afsluiting verschijnt het kenteken van Nico's BMW op het scherm.

Die wagen kan ze dus niet meer gebruiken. Maar ze hebben geen idee waar ze zit, anders hadden ze inmiddels wel voor de deur gestaan. Over een paar uurtjes, als het donker is, gaat ze ervandoor. Lopend, en daarna met het openbaar vervoer.

Nathalie dwingt zichzelf rustig in de saus te roeren, kruiden toe te voegen en de pasta af te gieten zonder het hete water over haar trillende handen te krijgen. Het is niet verstandig om met een lege maag te vertrekken, en ze kan ook beter niet onderweg eten. Ze neemt de tijd om aan de keukentafel te eten en Robbie te voeren. Daarna neemt ze hem mee naar boven en begint met pakken.

41

'Er is een nieuwe ontwikkeling.' Ramakers zit op het randje van zijn bureau tijdens de teambriefing en klikt de pen in zijn hand aan en uit. Het zenuwslopende geluid irriteert Julia enorm, ze kan niet tegen gewoontegebaren. Ze leiden af van waar je je aandacht op gevestigd wilt houden, en dat is in dit geval nogal wat.

'Dagmar Dalhuijs heeft in een winkelcentrum bij Venlo toenadering gezocht tot Ilse van Meerdonk. Mevrouw Van Meerdonk speelde het klaar om de mobiele telefoon die ze van ons heeft gekregen aan Dagmar te geven, waardoor wij haar na haar vertrek een tijdje hebben kunnen volgen. Helaas kreeg ze op een gegeven moment door waar ze mee rondliep en heeft ze zich ervan ontdaan. Daarmee zijn we haar spoor weer kwijtgeraakt, maar we weten wel wat meer.' Ramakers kijkt zijn team doordringend aan, alsof hij zich ervan wil verzekeren dat hij hun volle aandacht heeft. Die heeft hij, het is doodstil in zijn kamer. Iemand heeft koffie gehaald en ze zitten allemaal te drinken of te roeren, maar er is niemand die niet afwachtend naar hem kijkt.

'De bewakingscamera's in het winkelcentrum hebben de ontmoeting tussen Dagmar en Ilse van Meerdonk vastgelegd. Dagmar is erop te zien met een blonde pruik. Na enige tijd zien we haar weglopen, terugkeren en naar Ilse kijken. Andere camera's, die op het parkeerterrein gericht zijn, tonen aan dat ze in een rode BMW is gestapt. Het BRI heeft het kenteken nagetrokken en vastgesteld dat de wagen op naam staat van Nico Santemaker, een arts die al twee dagen wordt vermist. Naspeuringen hebben uitgewezen dat Santemaker er dubieuze vriendjes op na houdt, maar zelf is hij nooit in beeld geweest bij de politie. De vraag is natuurlijk waar Santemaker op dit moment uithangt en wat zijn relatie met Dagmar Dalhuijs is. Ari, Koenraad, ik wil dat jullie straks een pittig gesprekje gaan voeren met onze vriend in het cellenblok.'

Julia schiet overeind, maar met een handgebaar legt Ramakers haar het zwijgen op.

Gefrustreerd leunt ze terug in haar stoel en wisselt een blik met Sjoerd.

'Zoveel komt er anders niet uit,' zegt die tussen twee slokjes koffie door. 'Hij was al niet zo mededeelzaam, maar sinds hij een advocaat heeft, zegt hij helemaal niets meer.'

'Dat zal nu anders worden,' voorspelt Ramakers. 'Het NFI heeft het mes dat Van Assendelft bij zich droeg onderzocht. Het leek schoon, maar toen ze het uit elkaar haalden, bleken er bloedsporen te zitten op de plaats waar het lemmet in het heft verdween. Bloed dat afkomstig is van twee mensen. Het NFI heeft het bloed gesepareerd, en dankzij onze nauwe samenwerking met de Italiaanse collega's zijn we erachter gekomen dat het correspondeert met het DNA van Dagmars zus, Cécile Dalhuijs, en haar zwager, Edwin Vermeer. Beiden hebben de aanval overleefd, maar Van Assendelft zal op zijn minst doodslag ten laste worden gelegd.'

'Op zijn minst?' herhaalt Ari.

'Ja, uit het ballistisch onderzoek is naar voren gekomen dat de kogels waarmee Kristien Moors en Ruud Schavenmaker zijn doodgeschoten, afkomstig zijn uit het pistool van Van Assendelft.' Ramakers kijkt zijn teamleden beurtelings aan. 'Op dit moment houden we hem niet alleen vast voor inbraak, maar ook op verdenking van ontvoering, dubbele moord en poging tot moord.'

In een naastgelegen vertrek kijken Sjoerd en Julia hoe het verhoor verloopt. Koenraad pakt het goed aan. Terwijl Ari als toonbeeld van geduld en rust tegenover Vincent zit, loopt hij heen en weer, buigt zich over Vincent heen, verheft zijn stem en slaat nu en dan op tafel om zijn woorden kracht bij te zetten. Aan alles kun je merken dat hij Vincent het liefst zou vastgrijpen om de waarheid uit hem te rammelen. Als hij te geïrriteerd raakt, staat hij op en loopt een rondje door de verhoorkamer. Ari neemt het verhoor van hem over.

'We hebben genoeg om je voor een aardig tijdje op te bergen, vriend,' zegt hij, terwijl hij het rapport van het NFI doorbladert. 'Het ballistisch onderzoek wijst uit dat Kristien Moors, Ruud Schavenmaker en Edwin Vermeer met jouw wapen zijn neergeschoten. Op je mes zijn bloedsporen gevonden van Cécile Dalhuijs en haar echtgenoot. Dat gaat je heel wat jaartjes cel opleveren. Laten we zeggen zo'n vijftien jaar. Geen ontkomen aan. Met een beetje geluk mag je je cel delen met een paar leuke kerels, die misschien wel ontzag hebben voor een moordenaar, maar die de pest hebben aan kinderontvoerders. Heel vreemd, maar zelfs in de gevangenis hebben ze daar weinig sympathie voor.'

Vincent schuift het rapport van het NFI van zich af en kijkt van Ari naar Koenraad, die op de rand van de tafel is gaan zitten. 'Nogmaals, ik heb dat kind niet ontvoerd. Wat willen jullie nou eigenlijk van me?'

'We willen de verblijfplaats van je vriendin, Dagmar Dalhuijs,' zegt Koenraad. 'Ze houdt zich ergens schuil en we hebben zo'n vermoeden dat jij weet waar dat is.'

'En als dank voor die informatie word ik straks beschuldigd van ontvoering.'

'Wat de rechter ziet, is dat Dagmar er met dat kind vandoor is, niet jij. Als we door jouw medewerking Luna van Meerdonk veilig thuis kunnen brengen, is dat zeker iets wat hij in jouw voordeel zal laten werken,' merkt Ari op.

Met een schamper lachje wendt Vincent zijn hoofd af. 'Geweldig, dan zit ik een maand korter. Misschíén.'

Ari legt zijn armen op tafel en buigt zich naar hem toe. 'Zitten moet je sowieso. In ieder geval vanwege verboden wapenbezit en inbraak. En intussen wandelt Dagmar met een kapitaal aan losgeld weg, alleen omdat jij te koppig bent om ons te helpen.'

Langzaam draait Vincent zijn hoofd in zijn richting en kijkt hem aan. Ari houdt zijn blik vast en blijft naar hem toe gebogen zitten. Vanachter de glazen wand moet Julia zijn aanpak wel bewonderen.

'Jouw zwijgen beschermt Dagmar,' zegt Ari doordringend. 'Is dat wat je wilt?'

Lange tijd kijken Vincent en hij elkaar strak aan, dan capituleert Vincent.

'Oké,' zegt hij nors. 'Ik heb een boerderij in Brabant. Daar zal ze wel zitten.'

42

Wanneer ze precies zijn opgedoken, weet ze niet. Hoeveel het er zijn evenmin, maar wat ze wel weet is dat ze een probleem heeft. Ze had moeten vluchten toen dat nog kon in plaats van spaghetti bolognese te gaan maken. De duisternis had haar weliswaar een veilig heenkomen geboden, maar nu beseft ze dat ze van iedere minuut van de dag had moeten profiteren.

Met haar armen om haar lichaam geslagen kijkt Nathalie naar buiten. Het laatste avondzonlicht doet het weiland achter de boerderij oplichten tot een groot, frisgroen tapijt. Daarachter schuift een donkere lucht als een voorbode van naderend onheil dichterbij.

Het is de zon die haar op de politiemensen attent heeft gemaakt. Eén enkele straal die aan de bosrand flikkerde, deed haar verstarren. Ze zijn goed, dat moet ze toegeven, maar zelfs een goed getraind arrestatieteam kan niet voorkomen dat takken in beweging komen en dat een wapen het zonlicht vangt, om de schittering als een waarschuwingssignaal terug te kaatsen.

Nathalie wrijft over haar arm en overdenkt haar kansen. Naar buiten glippen in de hoop dat ze ongezien wegkomt, is uitgesloten. Een goed getraind commandoteam laat geen muis aan zijn aandacht ontsnappen. Het enige wat ze kan doen, is voorkomen dat ze binnenkomen. Waar ze op wachten is haar een raadsel, misschien is de omsingeling nog niet voltooid of houden ze de boerderij eerst een tijd onder observatie voor ze een inval wagen. Hoe dan ook, er is nog tijd.

Ze neemt een besluit en gaat het trapje af naar de kelder, waar alles ligt wat ze nodig heeft om te voorkomen dat de politie haar domein binnenvalt. Geen denken aan dat ze haar gaan arresteren.

Een kalme vastberadenheid vlakt haar emoties af en drijft haar tot handelen. Ze sleept twee jerrycans benzine naar boven en sprenkelt de inhoud ervan door de gang. Om de spullen van Robbie en haar heen, naar de voordeur, tot halverwege de trap naar boven. Dan terug naar beneden, de woonkamer in, tot ze een nieuwe jerrycan moet halen. Er is meer dan genoeg, ze kan royaal gieten. Over de meubels, over Nico, over de keukenvloer. Op het fornuis, waarvan ze alle knoppen openzet. Sissend stroomt het gas de keuken in.

Eén schot en het arrestatieteam blaast zichzelf op als ze nu binnenvallen. Maar ze hoort ze niet, alles blijft rustig buiten. Tot er onverwacht een stem uit een megafoon over het terrein schalt.

Van schrik schiet ze rechtop en meteen verschuift er iets in haar rug. Met een vloek van pijn laat ze de derde jerrycan vallen en kijkt hoe de benzine over de plavuizen vloer van de woonkamer stroomt. Haar hand glijdt naar haar rug en masseert de zere plek tot de ergste pijn afneemt. Voorzichtig bewegen nu, niet meer gieten. Er ligt genoeg benzine in huis om alles in een paar minuten tijd te laten affikken. Ze hoeft alleen het moment maar te kiezen, en zo te horen laat dat niet lang meer op zich wachten.

'Dagmar, we weten dat je binnen zit. Kom naar buiten met je handen omhoog!' schalt de stem via de megafoon.

'Eén momentje,' mompelt ze, en ze loopt naar de keuken. Ze

pakt een doosje lucifers van de keukentafel en op dat moment gaat in de woonkamer de vaste telefoon. Nathalie schrikt; bijna niemand heeft dit nummer. De enige die haar zou kunnen bellen is Vincent. Of de politie.

Aarzelend loopt ze op het toestel af en neemt op.

'Ja?'

'Dagmar?' klinkt een onbekende vrouwenstem in haar oor.

'Ik heet Nathalie.'

'Oké, Nathalie. Je spreekt met Louise Commandeur, van de politie.'

'Wie ben jij?'

'Ik wilde graag even met je praten.'

'Ben je van de politie?'

'Ja, inderdaad,' zegt Louise.

Nathalie werpt een blik om zich heen in de huiskamer, waar de penetrante lucht van benzine op haar keel begint te slaan. 'Ik heb eigenlijk niet veel tijd.'

'Het hoeft niet lang te duren.'

'Ik ken jou niet, dus waarom zou ik met je willen praten? Is Julia daar ook?'

Even is het stil aan de andere kant van de lijn, dan klinkt Louises stem weer. 'Wil je liever met Julia praten?'

'Ik wil helemaal niet praten.' Ze wil al ophangen als Julia's stem opeens in haar oor klinkt.

'Hé, Nathalie! Met Julia. Alles goed?'

Nathalie heeft ook niet veel zin om met Julia te praten, maar omdat ze haar wel mag, antwoordt ze toch vriendelijk. 'Ja, hoor.'

'En met Robbie? Is hij bij jou?'

Met een geïrriteerde zucht loopt Nathalie naar de gang. 'Natuurlijk is hij bij me, wat dacht je dan? Ik ben niet iemand die zijn kind zonder toezicht achterlaat.'

'Mooi zo. Is alles goed met hem?'

'Waarom zou het niet goed met hem gaan? Ik zorg toch voor hem?'

'Ja, en dat doe je prima. Dat zag ik meteen al toen we elkaar ontmoetten. Robbie zag er prima uit. Maar je weet zelf ook wel dat je niet altijd voor hem kunt blijven zorgen, Nathalie. Op een dag moet hij terug naar zijn ouders.'

Er valt een lange stilte na die woorden. Nathalie leunt tegen de deurpost en kijkt naar Robbie, die in zijn kinderstoeltje met een bos plastic sleutels zit te spelen.

'Ik zou niet weten waarom,' zegt ze ten slotte.

Weer is het even stil, en als Julia weer iets zegt, klinkt haar stem aarzelend, alsof ze niet weet of ze met haar aanpak de juiste weg bewandelt.

'Omdat hij bij hen hoort. Omdat ze van hem houden en hem missen...'

'Ik hou ook van hem. Ik zou hem ook missen.'

Aan de andere kant van de lijn klinkt een lichte zucht. 'Dat weet ik. Iedereen weet dat je Luna... Robbie bedoel ik, nooit kwaad hebt willen doen. Daar zal ook zeker rekening mee worden gehouden, Nathalie. Als je hem nu aan ons overdraagt, is dat een belangrijk punt in je voordeel. Als we kunnen aantonen dat je niet echt kwade bedoelingen had, en dat je met Robbie op de vlucht bent geslagen omdat Vincent hem iets wilde aandoen, zal de rechter daar rekening mee houden.'

Nathalie luistert amper naar haar woorden, haar blik blijft gericht op de spelende Robbie.

'Ze nam een risico,' zegt ze boos. 'Ik had gezegd dat ik Robbie ging halen. Ze zou niemand waarschuwen, dat had ze beloofd. Maar toen ik om de hoek keek, zat ze te sms'en. Ze nam gewoon het risico dat ik Robbie iets zou aandoen.'

'Misschien wist ze dat je dat niet zou doen. Omdat ze je kent en ze wist dat je zo niet was. Ik weet dat je het vroeger niet makkelijk hebt gehad, Nathalie. Ik weet van je moeder en je broertje, en hoe je jeugd verder verlopen is. En dat je de pech had om Vincent tegen het lijf te lopen.'

Overvallen door vermoeidheid laat Nathalie zich op haar hurken zakken en gaat op de grond zitten. 'Dat was geen pech. Vincent was goed voor me.'

'In het begin wel, ja. Maar het gaat nu niet om Vincent, het gaat om Robbie en jou. Ik beloof je dat er goed voor hem gezorgd zal worden, en voor jou ook. Ik zal mijn best voor je doen, Nathalie. Wil je alsjeblieft naar buiten komen?'

Misschien is het Julia's lieve, begrijpende stem, of misschien het uitzichtloze van de hele situatie dat de tranen doet opkomen. Ze zijn er opeens en Nathalie doet geen moeite om ze tegen te houden. Ze veegt ze weg en leunt met haar hoofd tegen de deurpost.

'Ik dacht dat je me zou haten.'

Julia lacht even, een verbaasde lach. 'Waarom zou ik jou haten?'

'Omdat je me wilde helpen en ik je daarvoor niet bepaald bedankt heb. Ik bedoel, met je oma en zo. Ik wilde het niet doen, het gebeurde opeens. Alsof iemand anders het van me overnam.'

De stilte die valt is verpletterend.

'Ben je er nog?' vraagt Nathalie onzeker.

'Eh, ja... ik was even in de war. Wat bedoelde je precies? Was je erbij toen mijn oma van de trap viel?'

'Ja. Ik wilde haar tegenhouden, maar ik stootte juist tegen haar aan. Dat was niet de bedoeling. Misschien zou ik dat niet moeten zeggen nu jij zo aardig tegen me bent, want nu wil je vast je best niet meer voor me doen. Maar dat maakt toch niets meer uit. En ik voel me schuldig, ik heb er last van, dus daarom wil ik dat je het weet.'

Het enige dat ze hoort, is Julia's snelle, onregelmatige ademhaling. Moeizaam komt Nathalie overeind en loopt de woonkamer in. 'Nu haat je me zeker wel?'

Intussen gluurt ze door het raam naar buiten, maar alles lijkt rustig. Er sluipen geen gebukte gestalten in de richting van de boerderij. Iedereen heeft zijn hoop gevestigd op Julia, die haar naar buiten moet praten.

'Ben je er nog?' vraagt ze.

Even later klinkt Julia's stem weer, maar er ligt nu een heel andere klank in dan daarnet. 'Ja,' zegt ze. 'Ik moest even bijkomen van wat je vertelde.'

'Ik wilde dat je het wist.'

Moeizame ademhaling, geruis op de lijn. 'Dank je. Ik geloof je, dat het een ongeluk was. Wil je nu naar buiten komen met Robbie?'

Nathalie laat een weinig vrolijke lach horen. 'Zodat ik opgepakt kan worden voor moord? Nee, ik kan niet naar buiten komen,

Julia. Maar het is fijn je even gesproken te hebben.'

Met de telefoon in haar hand draait ze zich om en loopt naar de keuken, waar het gas nog steeds openstaat. Uit de telefoon klinkt Julia's dringende stem, die voortdurend haar naam roept.

Nathalie laat de telefoon vallen en haalt het doosje lucifers uit de zak van haar spijkerbroek. Terwijl Julia nog net hoorbaar op haar inpraat strijkt ze er een af en gooit hem in de benzineplas.

Ze had een explosie verwacht, maar daar is blijkbaar meer voor nodig. De lucifer gaat gewoon uit en de tweede en derde ook. Geërgerd loopt ze terug de woonkamer in en rommelt in een la. Ze vindt Vincents zippo en neemt hem mee naar de keuken. Ze klapt het dekseltje open en als er een flinke vlam verschijnt, gooit ze de aansteker van zich af.

Verrukt kijkt Nathalie toe hoe de vlam aan de benzineplas likt en het vuur om zich heen grijpt. In de gang begint Robbie te huilen en ze loopt haastig naar hem toe. Terwijl ze hem uit het stoeltje pakt, maakt ze geruststellende geluidjes en neemt hem op de arm.

'Niet huilen,' sust ze. 'Wees maar niet bang, er is niets aan de hand. Ik laat je niet alleen, ik ben bij je. Stil maar Robbie, het is zo voorbij.'

43

'Ze antwoordt niet meer,' zegt Julia verslagen. 'Ik heb geen idee wat ze aan het doen is. Volgens mij liet ze de telefoon gewoon uit haar handen vallen.'

Ongerust kijken ze elkaar aan. Ze zitten in het busje van waaruit het commando over de operatie wordt gevoerd: Sjoerd, Ramakers, vier agenten, twee rechercheurs van Jeugd en Zedendelicten, Louise, de onderhandelaarster die is opgeroepen, en zijzelf. Vanaf het eerste moment dat ze bij de boerderij zijn verschenen, staan ze in nauw contact met de officier van justitie en wordt iedere stap overlegd.

De boerderij is omsingeld door politiemensen, die in de struiken op instructies liggen te wachten.

'Ze komt niet naar buiten. Ik weet niet wat ze van plan is, maar het bevalt me niet. Die bekentenis over wat er met mijn oma is gebeurd, klonk alsof ze haar geweten wilde ontlasten.'

Rusteloos gooit Julia de telefoon van de ene hand in de andere. Het ontgaat haar niet dat Ramakers en Sjoerd een blik wisselen.

'Julia, ik weet dat het moeilijk is, maar probeer afstand te nemen van wat Nathalie tegen je heeft gezegd,' zegt Ramakers. 'Focus op je werk: Luna levend en wel terugkrijgen.'

'Dan moeten we niet te lang wachten met ingrijpen. Jullie hebben gehoord hoe ze praatte. Ik heb er geen goed gevoel over.'

'Ik ook niet,' valt Sjoerd haar bij. 'Het klonk inderdaad alsof ze schoon schip wilde maken. Ze heeft ook helemaal geen eisen gesteld. Geen losgeld, geen vluchtauto, niets.'

Met gefronste wenkbrauwen staart Ramakers tussen de bomen door naar de boerderij, dan grijpt hij de telefoon.

'Ik bel de korpsleiding,' zegt hij. Na een kort gesprek, waarin hij de situatie bondig uiteenzet, hangt hij weer op en pakt de portofoon. 'Ramakers hier, we gaan eropaf. Neem jullie positie in. Wapens in de aanslag. Rapporteer bij elke beweging van het object en blijf in dekking. Over!'

De luidspreker kraakt.

'Begrepen. We gaan eropaf.'

Julia en Sjoerd stappen uit het busje en verschansen zich aan de rand van het bos, van waaruit ze een goed zicht hebben op de operatie. De eerste agenten verlaten hun dekking en rennen in gebukte houding over het veld, het erf van de boerderij op. Ze worden gevolgd door twee collega's die een enorme ijzeren staaf met zich meedragen om de voordeur mee open te beuken.

'Wat is dat nou?' Geschrokken kijkt Julia naar een grauwe sliert die uit het benedenraam van de boerderij komt. 'Het lijkt wel rook.'

Ook Sjoerd kijkt aandachtig in de richting van de boerderij en vloekt. 'Het ís rook! Ze heeft de boel in de fik gezet!'

'Shit!' Ontzet springt Julia overeind en verlaat haar dekking. Sjoerd grijpt haar bij haar arm en trekt haar terug.

'Het kan een truc zijn om ons uit te lokken. We weten niet of ze gewapend is,' zegt hij.

'Gewapend of niet, er is daar een klein kind binnen!' Julia rukt zich los en rent met omtrekkende bewegingen, zoveel mogelijk in de beschutting die het terrein te bieden heeft, op de boerderij af.

Sjoerd volgt haar. Ze hollen net het erf op als de voordeur bezwijkt onder het geweld van de stormram. De agenten stormen het huis binnen, de woonkamer in, en op dat moment klinkt er een explosie. Met luid gerinkel springen de ramen van de boerderij.

Julia laat zich plat op de grond vallen en beschermt haar hoofd met haar armen tegen het rondvliegende glas. Als er geen tweede explosie volgt, kijkt ze voorzichtig op. Sjoerd is al overeind gesprongen en rent haar voorbij. Het lijkt erop dat hij het huis in wil gaan, en met een schreeuw probeert ze hem tegen te houden.

'Sjoerd, nee! Dat heeft geen zin!' roept ze hem na.

De explosie moet aan de achterkant van het huis hebben plaatsgevonden, want de agenten komen hoestend maar ongedeerd naar buiten strompelen.

'Ik ga ze halen! Er is nog tijd!' roept Sjoerd terug, met een gebaar naar de bovenverdieping.

Daar zijn weliswaar de ruiten gesneuveld, maar de feloranje gloed die beneden oplicht, is er nog niet te zien.

Julia rent Sjoerd achterna en ziet hem nog net met twee treden tegelijk de trap op gaan. De onderste treden staan al in brand, maar hij springt er gewoon overheen. Een rookwolk komt haar door de gang tegemoet, en hoestend doet Julia een paar stappen naar achteren.

Als ze zich omdraait, staat het erf vol politiemensen. Ramakers heeft een telefoon aan zijn oor en vraagt met luide stem om brandweer en ambulances. Hij hangt op en geeft met een luide vloek uiting aan zijn frustratie en bezorgdheid. 'Wat denkt die idioot dat hij aan het doen is? Straks hebben we drie doden te betreuren!'

Een van de agenten komt bij hem staan en kijkt zorgelijk naar de vlammen die uit de ramen van de benedenverdieping slaan. 'Als ze op het moment van de explosie beneden waren, hebben ze het niet overleefd. In de woonkamer ligt één lichaam op de grond, maar daar konden we niet meer bij komen.'

Doodsbleek kijkt Julia langs de boerderij omhoog, maar er verschijnt niemand achter de ramen. Vlammen ziet ze nog niet, maar dat kan niet lang meer duren. Alleen is het vuur niet haar voornaamste zorg. Bij een brand loop je eerder het risico te stikken in de rook en de giftige gassen dan om te komen door de hitte of de vlammen. Vooral in een woonhuis, waar cyanidegas vrijkomt uit meubels en matrassen. Al bij een gering percentage cyanide in je bloed voel je je misselijk, daarna raak je gedesoriënteerd, word je slap, en lang voor het vuur je bereikt, verlies je het bewustzijn. Blootstelling aan een hoge dosis cyanide kan al in enkele minuten fataal zijn.

Koud van angst kijkt ze omhoog, biddend dat ze Sjoerd zal zien. Ze wordt slap van opluchting als er op de bovenverdieping een raam opengaat en ze hem ontdekt. Hij lijkt in acute ademnood te verkeren, en zijn gehoest wordt begeleid door rookwolken, die langs hem heen naar buiten kronkelen. Het schuine dak biedt geen enkel houvast, maar hij opent het raam en laat zich er gewoon uit vallen. Zijn lichaam rolt van het dak en belandt in de dakgoot, en als een dood gewicht valt hij naar beneden. De klap waarmee hij op de grond terechtkomt is misselijkmakend.

Julia vliegt op hem af en knielt bij hem neer. 'Sjoerd, Sjoerd, zeg iets tegen me. Doe je ogen open! Alsjeblieft!'

Smekend streelt ze zijn haar, zijn gezicht, maar Sjoerds ogen blijven gesloten. Een zwart waas ligt over zijn gezicht en kleding en hij lijkt niet te ademen. Dodelijk ongerust legt Julia haar hand op zijn schouder en schudt hem zachtjes heen en weer, maar er komt geen reactie.

Moet ze hem nu in de stabiele zijligging leggen of kan ze beter van hem afblijven? Hij kan wel nek- of rugletsel hebben. Eén verkeerde beweging en ze bezorgt hem een dwarslaesie. Maar zijn ademhaling gaat wel heel oppervlakkig en lijkt af en toe zelfs helemaal weg te vallen. Ze voelt zijn pols, die zwakjes klopt, en houdt haar wang bij zijn mond, maar ze voelt geen luchtstroom.

'Ademt hij nog?' Ramakers knielt aan de andere kant van Sjoerd neer. Zijn grijze ogen kijken haar onderzoekend aan, alsof hij zich ook nog iets heel anders afvraagt.

'Nee. Ik ga hem beademen,' zegt Julia kortaf.

Opeens vindt ze haar oude daadkracht terug. Volgens de richtlijnen van de EHBO draait ze Sjoerd op zijn rug. Vervolgens legt ze haar hand onder zijn nek, waardoor zijn hoofd iets naar achteren zakt en zijn mond openvalt. Na een diepe ademteug sluit ze haar mond om de zijne, proeft de rook die hij heeft ingeademd, en zijn geur, de vertrouwde geur die ze zo goed kent. Wanhopig blaast ze haar levensadem in zijn longen. Intussen houdt ze met een schuin oog Sjoerds borstkas in de gaten. Als ze die omhoog ziet komen, ademt ze twee keer diep in en uit, en op het moment dat Sjoerds borstkas weer zakt, herhaalt ze de mond-op-mondbeademing.

Zo blijft ze bezig, voor haar gevoel urenlang. Iemand, ze weet niet wie, biedt aan het van haar over te nemen, maar ze luistert niet. Niemand haalt haar bij Sjoerd weg, niemand vertrouwt ze hem zijn leven toe.

In de verte klinkt het gejank van brandweersirenes en ambulances. Ze hoort ze het erf oprijden, voelt meer dan dat ze ziet dat het ambulancepersoneel bij Sjoerd neerknielt. Dan pas stopt ze met beademen en geeft ze hem uitgeput aan de broeders over.

44

'Volgens de brandweer heeft het vuur zich razendsnel verspreid,' zegt Ramakers. 'De brand is begonnen op de benedenverdieping. Het ruikt er naar benzine, dus we kunnen er wel van uitgaan dat Dagmar dat heeft rondgesprenkeld.'

'Waarom zou ze dat in godsnaam gedaan hebben?' vraagt Ari zich af. Hij is alleen, Koenraad is met een paar rechercheurs op het bureau achtergebleven om niet de hele afdeling onbemand te laten.

'Omdat ze geen andere uitweg zag.' Met een somber gezicht kijkt Julia naar de brandweer, die al een halfuur staat na te blussen. Ze zijn te laat gekomen voor een reddingsoperatie, en het rechercheteam kan niets anders doen dan wachten tot de bluswerkzaamheden klaar zijn voor ze de boerderij in kunnen.

Een brandweerman komt naar hen toe, zijn helm onder zijn arm. 'We zijn zover, u kunt naar binnen. Er is minimaal één dode. Het lichaam ligt in de woonkamer.'

Het team kijkt elkaar aan.

'En het kind? Is er een spoor van de baby?' vraagt Ramakers.

De brandweerman schudt zijn hoofd. Zijn houding drukt diepe spijt uit dat ze niet meer hebben kunnen doen. 'Onze eerste aandacht ging uit naar de bluswerkzaamheden. Misschien dat we bij een uitgebreide inspectieronde nog iemand vinden. Mensen hebben de neiging zich te verstoppen als ze in gevaar verkeren. Als ze dat gedaan hebben, zijn ze zeker dood. De uitstoot van cyanide was enorm.'

'Als Sjoerd Luna boven had aangetroffen, had hij haar meegenomen,' zegt Julia. 'Ik ben bang dat ze beneden zaten.'

'Dit soort boerderijen hebben vaak kelders,' merkt Ramakers op. 'Misschien hebben ze zich daar verscholen, in de veronderstelling dat ze daar veilig zaten.'

'Tja,' zegt de brandweerman. 'Op zich niet dom gedacht. Rook en gas stijgen op, dus het is verstandig om laag te blijven. Maar met deze hitte...' Hij trekt een bedenkelijk gezicht en loopt weg.

'Is Sjoerds vrouw al gewaarschuwd?' vraagt Ari.

Ramakers knikt. 'Zodra de ambulance met hem vertrok, heb ik Melanie gebeld. Sjoerd ligt in het ziekenhuis van Tilburg. Zijn vrouw zal inmiddels wel onderweg zijn.'

Julia wendt zich iets af om te voorkomen dat iemand de uitdrukking op haar gezicht ziet. Ze zou er iets voor geven om nu bij Sjoerd te zijn, zijn hand vast te houden en hem bij te staan. In plaats daarvan moet ze een halfverkoolde boerderij in, op zoek naar verbrande lichamen. Ze vraagt zich af wat voor nieuws ze Robert en Ilse van Meerdonk straks moet brengen.

Ze stapt de gang in. De verf op de deuren is gebladderd, het behang aan de muren verbrand en alles zit onder het roet.

De woonkamer toont de trieste restanten van wat ooit een inrichting is geweest. Het meubilair is wat vorm betreft nog te herkennen, maar alles wat stof was is verkoold, plastic is verschrompeld en een laag roet ligt als een lijkwade over alles heen. Er hangt een penetrante brandlucht, maar dat is nog niets vergeleken met de stank die het verbrande lichaam bij de bank verspreidt. Een geur die vrijkomt als bloed tot het kookpunt wordt gebracht en organen uit elkaar spatten. Iets van dat proces hangt nog in de kamer en maakt hun bijna aan het kokhalzen.

Met een hand voor neus en mond inspecteren ze het verbrande lijk. De aanblik van de zwarte resten van wat ooit een levend mens is geweest, beroert Julia diep, maar ze dwingt zichzelf het lichaam goed in zich op te nemen.

'Dit kan Dagmar niet zijn,' zegt ze na een tijdje. 'Het postuur en de lengte kloppen niet. Volgens mij is het een man.'

'Hij leefde niet meer toen de brand uitbrak.' Ramakers knielt neer ter hoogte van het hoofd en wijst naar een gat in de schedel. 'Hij is in zijn hoofd geschoten. Goeie god, wat heeft zich hier allemaal afgespeeld?'

Opgelucht dat het lijk van iemand anders dan Dagmar is, keert Julia zich om en loopt door naar de gang, waar een deur toegang geeft tot de kelder. Als Dagmar nog leeft, is er een goede kans dat hetzelfde geldt voor Luna.

Hoopvol loopt ze het trapje af en laat de lichtbundel van haar zaklantaarn door de donkere ruimte schijnen. Ze weet niet wat ze verwacht had; twee weggekropen gestalten in een hoekje, of misschien de lichamen van Dagmar en Luna, gestikt of bezweken door de intense hitte. Maar op de gebruikelijke rommel en een paar provisiekasten na, die daar lukraak lijken te zijn neergezet, is de ruimte leeg.

'En?' klinkt Ramakers' stem ergens boven haar.

'Niets.' Nog eenmaal laat Julia haar zaklantaarn ronddwalen, dan gaat ze terug naar boven. 'Ik vrees dat ze op de bovenverdieping zijn.'

In bedrukte stilte lopen ze de gang door, de halfverbrande trap op naar de eerste verdieping. Daar is de brandschade minder groot, ziet Julia meteen. Het is vooral het nablussen dat zijn sporen heeft nagelaten. Overal liggen plassen zwart water en de muren zijn doortrokken van vocht. Snel doorzoeken ze de verdieping, en daarna de vliering, die er ook nog blijkt te zijn, maar alle kamers zijn leeg.

'Ze is ontkomen,' zegt Ari verbijsterd. 'Hoe heeft ze dat voor elkaar gekregen? Ze moet erin geslaagd zijn langs onze versperringen te komen.'

'Met een baby? Onmogelijk,' zegt Julia. 'Kan ze de kruipruimte onder het huis niet gebruikt hebben?'

Ramakers haast zich de trap af en laat zich in de gang op zijn knieën zakken bij het luik van de kruipruimte. Hij rukt het open en schijnt met zijn zaklantaarn naar binnen. 'We gaan erin,' zegt hij.

Bij de deur klinkt een kuchje. Een van de agenten van blauw kijkt naar binnen. 'Meneer, de baby is terecht. Ze lag in de struiken bij de bosrand.'

Ramakers kijkt met een ruk op en schijnt met zijn zaklantaarn in het gezicht van de agent. 'Wát?'

'De baby is terecht, meneer. Tenminste, ik denk dat het de vermiste baby is. Ik bedoel, wie zou het anders kunnen zijn?'

Verbluft kijken Julia en Ari de agent aan, terwijl Ramakers haastig overeind komt, zijn blauwe uniformbroek doordrenkt van zwart water. 'Waar is ze? En waar is ze precies gevonden?'

Terwijl de agent vertelt hoe hij de baby in de buurt van een van de versperringen heeft aangetroffen, haasten ze zich terug naar de commandobus. Daar heeft Riëtta zich over een huilend kind van een maand of zeven ontfermd. Als haar collega's en de hoofdinspecteur binnen komen stommelen, begroet ze hen met een brede glimlach.

'Volgens mij is ze het, hoor! Kijk maar, ze lijkt als twee druppels water op de foto.'

Vragend kijkt Ramakers Julia aan. Ondanks het feit dat het kindje onder de modder zit, heeft Julia aan een enkele blik genoeg. 'Ja, dit is de baby die Dagmar bij zich had. Dit moet Luna van Meerdonk zijn.'

'Dat is prachtig. Breng haar ouders onmiddellijk op de hoogte, Riëtta,' zegt Ramakers.

Julia hurkt neer bij Luna, die bij Riëtta op schoot zit, en neemt haar vol verbazing op. 'Wat is er met haar gebeurd? Ze ziet helemaal zwart van de modder! En waar is Dagmar? Hoe heeft ze het voor elkaar gekregen om met Luna te vluchten?'

'Toch de kruipruimte,' zegt Ari. 'Misschien is die doorgetrokken, loopt er een gang of zo. Het is de schuilplaats van een crimineel, dus hij kan best een vluchtweg hebben aangelegd.'

Er klikt iets in Julia's hoofd, als een radertje dat in beweging wordt gezet en andere mechanismen in werking stelt.

'De kelder,' zegt ze. 'Het was er nogal een rommeltje, maar het viel me op dat alles in het midden stond. Alsof iemand spullen opzij had geschoven.'

'Zoek het uit,' beveelt Ramakers. 'Ik ga de meldkamer vragen of ze een speurhond willen laten komen. Als Dagmar te voet is ontsnapt, komt ze niet ver.'

45

Nu ze weten waar ze naar zoeken, is het luik in de kelder vlug gevonden. Door de duisternis is het in eerste instantie aan Julia's aandacht ontsnapt, maar als Ari en zij opnieuw in de kelder afdalen en, bijgeschenen door hun zaklantaarn, de ruimte goed doorzoeken, zien ze het al snel.

'Hier is ze door ontkomen.' Ari schijnt op een weggeschoven rond houten deksel in de vloer. 'Alleen de kist die erop stond heeft ze niet terug kunnen schuiven. Het zal wel een tunnel zijn. Ik ben benieuwd waar die uitkomt.'

'Ergens in het bos.' Julia knielt neer en samen met Ari trekt ze het deksel van zijn plaats. Eronder is een donker gat zichtbaar, waar ze tegelijk hun zaklantaarns op richten.

Met een grijns kijkt Ari Julia aan. 'Dames gaan voor.'

'Best hoor. Kom jij maar achter me aan. Maar ik ga niet je handje vasthouden als het erg donker wordt.' Julia pakt haar portofoon en meldt zich bij Ramakers. 'Hier Julia. We hebben de ingang van een tunnel gevonden in de kelder. We gaan er nu in.'

'Wees voorzichtig. En meld je als je weer buiten bent, dan kunnen de honden vanaf dat punt gaan zoeken. Ze zijn onderweg.' Ramakers' antwoord klinkt krakerig door de portofoon.

Zonder iets van haar weerzin voor de donkere, benauwde ruimte te laten merken, laat Julia zich in de holte zakken. Met een plofje komt ze op de bodem neer en kruipt op handen en voeten de tunnel in. Het licht van haar zaklantaarn onthult aarden wanden en houtwerk waarmee de gang gestut is. Ruimte om te manoeuvreren is geen aandachtspunt geweest; na een paar meter zit ze al bijna klem. Met ingehouden adem perst ze zich door de smalle gang heen, die vervolgens weer wat breder wordt.

'Je krijgt zo een krap stukje,' zegt ze over haar schouder tegen haar collega, die met veel gesteun achter haar aan komt. 'En spijt van al die hamburgers van de McDonald's.'

'Kruip nou maar door,' klinkt Ari's stem uit het duister.

Grinnikend doet Julia wat hij zegt, maar na nog een paar meter vergaat het lachen haar. Voortdurend valt er aarde naar beneden, dat op haar hoofd ploft. Op een gegeven moment zit het zelfs in haar mond. Spugend en verwensingen mompelend kruipt ze verder. Veel keus heeft ze niet.

Achter haar heeft Ari het nog veel moeilijker; diverse keren stoot hij zijn hoofd tegen het stutwerk of blijft hij met zijn omvangrijke gestalte vastzitten, zodat hij zich met veel gevloek langs de splinters in het hout moet persen.

Er lijkt geen einde te komen aan die ellendige tunnel. Julia kijkt voortdurend voor zich uit, op zoek naar een streep daglicht, maar alles wat ze ziet is duisternis. Zwetend en hijgend ploetert ze voort, zich afvragend waar ze in vredesnaam terechtkomt.

Toch nog onverwacht loopt de tunnel dood. Zo onverwacht dat ze keihard haar hoofd stoot tegen het afsluitende stutwerk.

Geïnspireerd door Ari's krachttermen gooit Julia er een hartgrondige vloek uit, en ze richt haar zaklantaarn omhoog. Ze zit op de bodem van een put, waar ze via een paar krammen aan de zijkant uit kan klimmen. De uitgang boven haar hoofd is afgesloten, waarschijnlijk door een deksel. Ze hoopt maar dat het niet is verzwaard, want ze weet niet of ze de energie heeft om dat hele eind weer terug te kruipen.

'Zijn we er?' vraagt Ari hijgend, en hij licht haar bij met zijn zaklantaarn.

'Ja. Je kunt hierlangs omhoog klimmen.' Een beetje stijfjes richt Julia zich op. Ze rekt en strekt haar armen en benen en zet haar voet op de eerste kram. De put is niet erg diep en binnen een paar seconden is ze boven. Er volgt een spannend moment als ze haar hand uitsteekt en tegen het houten plankier boven haar hoofd duwt, maar het gaat zonder moeite omhoog.

Julia geeft er een flinke zet tegen en schuift het deksel opzij. Zonlicht en frisse lucht verwelkomen haar uitbundig. Met het gevoel alsof ze de ingang naar het paradijs heeft gevonden, klimt Julia naar boven en kruipt uit het gat. Hijgend blijft ze op de grond zitten, kijkt om zich heen en haalt een paar keer diep adem.

Naast haar komt Ari als een enorme mol uit de grond, van top tot teen bedekt met aarde en schrammen.

Geamuseerd kijkt Julia zijn worsteling aan, maar dan besluit ze hem een handje te helpen en pakt hem bij de arm.

'Ik ben er al, Vriens. Hartelijk dank.' Ari schudt haar af en rolt op zijn zij. 'Jezus, wat een klere-eind was dat! Zoiets doe ik nooit meer. Heb jij je portofoon nog? Ik ben bang dat ik die van mij onderweg verloren ben.'

Julia knikt en pakt haar portofoon. Ze meldt zich bij Ramakers, die zegt dat een van hen bij de uitgang van de tunnel moet blijven, en de ander terug moet gaan naar de boerderij.

'Loop jij terug of blijf je hier?' Julia kijkt naar Ari, die bezweet en buiten adem op zijn rug in het gras ligt. 'Laat ook maar, ik loop wel terug,' zegt ze. 'Maar zorg dat je straks weer rechtop zit, of nog liever, dat je staat en op zoek bent naar sporen. Dat komt wat beter over als de anderen hier aankomen.'

Zonder op antwoord te wachten loopt ze tussen de bomen door, terug naar de boerderij.

46

Op de intensive care van het ziekenhuis in Tilburg is het rustig. Het is halfacht, het bezoekuur duurt nog maar een halfuurtje. Het kamertje waar Sjoerd ligt, heeft nog het meest weg van een vitrine: vier wanden van glas, waarvan één kant grenst aan een ziekenzaal en een andere de afscheidingswand vormt van het ontvangstgedeelte waar de verpleegkundige achter de balie zit. Er is geen enkele vorm van privacy, wat als voordeel heeft dat de patiënt voortdurend in de gaten kan worden gehouden, maar als nadeel dat iedereen jouw bewegingen ook gadeslaat.

Na de emotionele hereniging van Luna en haar ouders, en nadat ze nog urenlang tevergeefs naar Dagmar hebben gezocht, is Julia naar een hotel in Tilburg gegaan. Daar heeft ze haar buurvrouw gebeld om te vragen of ze Morf wilde binnenlaten en eten geven. Vervolgens is ze Tilburg in gegaan om nieuwe kleren te kopen. Wat dat betreft had ze geluk; het was koopavond. Na een douche en een snelle maaltijd op haar kamer heeft ze een taxi naar het ziekenhuis genomen.

Als ze zich meldt bij de balie, ziet Julia Melanie al naast Sjoerds bed zitten. Ze kijkt net op, produceert een glimlachje en steekt haar hand op.

'Het spijt me, mevrouw. Ik mag niet meer dan één bezoeker toestaan en familie gaat voor,' zegt de verpleegkundige.

'Ik begrijp het. Ik wacht hier wel even.' Julia neemt plaats op een bankje langs de wand, in de veronderstelling dat ze daar niet lang hoeft te zitten. En inderdaad komt Melanie meteen naar haar toe. Haar roodbruine krullen zien er pluizig uit en staan alle kanten op, en haar gezicht lijkt nog bleker dan anders onder de overdaad aan sproetjes.

Ze omhelst Julia.

Julia beantwoordt het gebaar en ze houden elkaar enige tijd stevig vast.

'Hoe gaat het met hem?' vraagt Julia uiteindelijk, terwijl ze Melanie loslaat.

'Redelijk. Hij ligt aan de beademing, zoals je ziet. Het overnemen van de ademhaling door zo'n apparaat schijnt nogal akelig te zijn, vandaar dat ze hem een slaapmiddel hebben gegeven, waardoor hij niet alles bewust hoeft mee te maken.' Melanie draait zich een kwartslag om, zodat ze door de glazen wand naar Sjoerd kan kijken. 'Het vervelende is alleen dat je nu geen contact met hem kan maken. Hij is helemaal van de wereld.' Met tranen in haar ogen kijkt ze Julia aan. 'Waarom is hij onbeschermd dat huis binnengegaan, Juul? Iedereen weet toch hoe gevaarlijk dat is?'

'Er was een kind binnen.'

'Dat weet ik, maar hij heeft zelf ook een kind! Als hij iets later naar buiten was gekomen, had Joey geen vader meer gehad!'

'Dat meisje was even oud als Joey. Ik denk dat hij het niet kon verdragen dat ze in de vlammen zou omkomen zonder dat hij een poging had gedaan om haar te redden.'

'Was? Is ze dood?'

'Nee,' zegt Julia met een diepe zucht, die haar opluchting om Luna uitdrukt, maar ook uiting geeft aan haar bezorgdheid om

Sjoerd. ‘Ze leeft nog. De vrouw die haar had ontvoerd, is gevlucht door een ondergrondse tunnel en heeft Luna in het struikgewas achtergelaten.’

‘Een kind van zeven maanden? Hoe kon ze dat in vredesnaam doen?’

‘Ze heeft haar vlak bij de politiewagens gelegd, op een plek waar we haar zeker zouden vinden. Kennelijk wilde ze tijdens haar vlucht haar handen vrij hebben.’

Melanie knikt afwezig, haar aandacht verslapt alweer. ‘Ik moet terug naar Sjoerd.’

‘Zou ik heel even bij hem mogen? De verpleegkundige zegt dat ze maar één bezoeker toestaan, en bij voorkeur familie, maar als jij het vraagt…’

‘Ga maar. Ik regel het wel.’ Melanie draait zich om naar de balie, en dankbaar loopt Julia door. In een kleine verbindingsruimte wast ze, onder toezicht van een verpleegster, grondig haar handen en dan gaat ze Sjoerds kamer in.

Van dichtbij is het een nog afschuwelijker gezicht om hem zo te zien liggen, verbonden met apparaten die iedere levensfunctie begeleiden met gepiep en grafieken op monitoren. De slangen die uit het beademingsapparaat komen, staan in verbinding met een buis die via zijn mond in zijn luchtpijp is geschoven. Een neusslangetje geeft hem sondevoeding, infuuspompen zorgen voor een nauwkeurige toediening van vocht en medicijnen.

Julia heeft wel vaker mensen op de intensive care zien liggen, meestal slachtoffers van geweld, en één keer haar vader na een zware longoperatie. Ze weet dat patiënten die in slaap worden gehouden alles kunnen horen en voelen. Daarom begint ze meteen tegen Sjoerd te praten.

‘Dag lief. Wat verschrikkelijk om je zo te zien. En wat ben ik tegelijk trots op je…’ Haar stem klinkt aangedaan, ze heeft haar emoties nog maar net onder controle. ‘Met Luna is alles in orde. Dagmar is met haar ontsnapt via een ondergrondse tunnel in de kelder, en ze heeft haar daarna aan de rand van het bos achtergelaten. Ari en ik zijn door die tunnel gekropen, en op de plek waar we uitkwamen, zijn speurhonden ingezet. Maar we hebben haar nog niet gevonden. Tot aan de andere kant van het bos hebben we haar spoor kunnen volgen, daarna heeft ze de bus genomen of een lift gekregen. Het hele land is naar haar op zoek, maar als je het mij vraagt, is ze allang de grens over.' Ze valt even stil en staart naar de hartbewakingsmonitor, die een geruststellend regelmatig patroon laat zien. 'Weet je, eigenlijk maakt het me niet zoveel uit. Ik zou haar wel graag haar straf zien uitzitten voor wat ze mijn oma heeft aangedaan, maar aan de andere kant... Ik weet het niet. Volgens mij is ze niet helemaal in orde. Een product van haar opvoeding. Niet dat dat alles goedpraat, maar je kunt haar haar daden ook niet volledig aanrekenen. Ik weet zeker dat mijn oma dat ook niet gedaan zou hebben.'

Aan de andere kant van het bed lijken de knipperende rode en groene lampjes te antwoorden. Sjoerds borst gaat regelmatig op en neer, begeleid door een zuigend geluid. Terwijl de klok in de hal de seconden wegtikt, kijkt Julia op hem neer. Melanie is nergens te zien, misschien heeft ze van de gelegenheid gebruikgemaakt om even naar het toilet te gaan of om iemand te bellen. Het zijn kostbare minuten die ze Julia gunt. Het zouden weleens haar laatste minuten met Sjoerd kunnen zijn.

Ze kijkt naar zijn mond, die naar haar gelachen heeft, naar zijn lippen die haar hebben gekust. De mond die zij heeft beademd. Zou Melanie weten dat zij het was die zijn longen heeft gevuld met zuurstof? Zou ze weten dat het niet de eerste keer was dat haar mond zich om die van haar echtgenoot sloot? Nee, dat kan ze niet weten. Dan zou ze haar niet zo liefhebbend tegemoetgekomen zijn. In Melanies ogen zijn ze vriendinnen, en is Sjoerd alleen op het bureau haar partner. Ze zou haar nooit met haar man alleen gelaten hebben als ze een vermoeden had dat zij, Julia, hier zat om hem haar liefde te verklaren. Om plannen te maken voor de toekomst, als hij hier eenmaal vandaan is. Plannen die zijn vrouw en zoon van die toekomst uitsluiten, terwijl het Melanie is die hier dag en nacht aan zijn zijde zit.

'Julia? Gaat het wel?' Melanie staat naast haar en legt een hand op haar schouder.

Julia schrikt op; ze was zo in gedachten verzonken dat ze haar niet heeft horen binnenkomen. Ze knikt en probeert een antwoord te formuleren, maar Melanie schijnt dat niet van haar te verwachten.

'Ga naar huis, eet wat en ga slapen. Het is een lange dag voor je geweest.'

'Bel je me als er iets verandert? Ik slaap hier in Tilburg, in een hotel, maar je hebt mijn mobiele nummer.'

'Natuurlijk bel ik je. Ik blijf vannacht in het ziekenhuis slapen. Mijn ouders zijn bij Joey. Welterusten dan.'

Ze kussen elkaar, en na een laatste blik op Sjoerd verlaat Julia het kamertje. Buiten kijkt ze nog een keer om, maar Melanie is haar al vergeten. Al haar aandacht is bij Sjoerd, die ze zo teder over zijn wang streelt dat Julia zich abrupt afwendt en wegloopt.

Terug in haar hotelkamer pakt ze een flesje witte wijn uit de minibar. Ze neemt het glas dat naast de waterglazen op het tafeltje staat en gaat ermee in het halfronde blauwe stoeltje bij het raam zitten. Het gordijn laat ze open, zodat ze naar de stille, donkere straat kan kijken, alleen met haar gedachten en haar verdriet, en in het volle besef dat ze op het punt staat de moeilijkste beslissing van haar leven te nemen.

47

De ontbijtzaal is nog uitgestorven als Julia de volgende ochtend haar schaaltje yoghurt met cruesli naar binnen werkt. Een bruine boterham met jam erachteraan, dan vindt ze het wel mooi geweest. Haar tas met vuile kleren heeft ze al bij zich en na haar ontbijt checkt ze meteen uit. Nog voor zevenen zit ze in de auto en rijdt terug naar Roermond, zodat ze op tijd op het bureau is.

In de recherchekamer wordt ze verwelkomd door de vertrouwde geluiden van telefoongesprekken en rechercheurs die met elkaar praten. Het resultaat van een nacht overwerken is duidelijk zichtbaar: de prullenbakken puilen uit van de piepschuimen bakjes, hier en daar siert een stukje augurk en een spoor frietsaus een bureau en er hangt een vette lucht. In crisissituaties op het bureau moet de omzet van de plaatselijke McDonald's wel significant stijgen.

Een aantal collega's maakt zich net op om naar huis te gaan. Met van slaap vertrokken gezichten groeten ze Julia.

'Is er nog nieuws?' vraagt ze.

Koenraad praat haar bij, al valt er weinig te vertellen. Interpol is met alle beschikbare middelen op zoek naar Dagmar, maar tot nu toe is er geen spoor van haar te bekennen. Op het verbrande lijk dat in de woonkamer van de boerderij is aangetroffen, wordt op dit moment autopsie verricht. DNA-onderzoek moet de identiteit van de overleden persoon uitwijzen.

'Hoe is het met Sjoerd?' vraagt Koenraad op zijn beurt.

'Gisteravond werd hij nog beademd,' zegt Julia. 'Ik weet niet hoe het nu is, ik zal zijn vrouw zo even bellen. Of misschien weet Ramakers inmiddels meer. Is hij al binnen?'

'In zijn kamer. Volgens mij heeft hij daar geslapen.'

Julia loopt de recherchekamer uit, naar het kantoor van de hoofdinspecteur. Zijn deur staat halfopen, en als ze naar binnen kijkt, ziet ze hem over een dossier gebogen zitten. Dat Koenraad gelijk had met zijn vermoeden waar hun chef de nacht heeft doorgebracht, blijkt uit de vermoeide blik waarmee hij opkijkt als Julia aanklopt.

'Julia! Ga zitten.'

Julia doet de deur achter zich dicht en geeft gehoor aan zijn verzoek. 'Ik heb hem gisteren opgezocht in het ziekenhuis. Hij lag op de intensive care, aan de beademing. Ik weet niet hoe het nu is. Eigenlijk durf ik niet goed te bellen.' Ramakers gaat rechtop zitten en hij wrijft in zijn ogen.

'Dat hoeft ook niet, dat heb ik al gedaan. Volgens zijn vrouw is hij de nacht goed doorgekomen en mag hij van de beademing af. Dus dat is goed nieuws.'

'Echt waar? Dat is zeker goed nieuws!' Julia slaakt een zucht van verlichting. Ze kijkt uit het raam naar buiten en vraagt zich af hoe haar wereld eruitgezien zou hebben als ze iets anders te horen had gekregen. Ze is zo diep in gedachten verzonken dat ze pas merkt dat Ramakers haar zit aan te kijken als hij iets opzij leunt, zodat zijn gezicht in haar blikveld verschijnt.

'Julia, gaat het wel goed met je?'

'Eh, ja,' zegt ze.

'Er is nogal wat gebeurd de laatste tijd. De dood van je oma,

Dagmars bekentenis dat dat geen ongeluk was, je partner die op de intensive care belandt... Als het allemaal een beetje te veel wordt, moet je het zeggen. Je hebt de laatste weken amper een dag vrij gehad, dus ik zou het je niet kwalijk nemen als je...'

'Het gaat wel,' valt Julia hem in de rede. 'Maar een paar vrije dagen zou ik inderdaad wel kunnen gebruiken.'

Ze ontwijkt haar chefs ogen, waardoor hij zijn blik nog intenser op haar richt.

'Je kunt zoveel vrije dagen krijgen als je wilt. Je hebt je werk goed gedaan. Luna is terug bij haar ouders en Dagmar krijgen we ook nog wel te pakken. Hulptroepen genoeg. Er is geen enkele reden waarom jij niet even wat gas terug zou kunnen nemen,' zegt hij bemoedigend. 'Als Sjoerd weer uit het ziekenhuis is, wil ik dat jij ook opgeladen bent, zodat jullie weer met frisse energie aan de slag kunnen.'

'Ja, daar wil ik ook nog iets over zeggen.' Julia bijt op haar nagel en zucht dan zo diep dat Ramakers zich over tafel naar haar toe buigt.

'Een zucht geeft lucht. Gooi het er maar uit,' zegt hij.

Voor het eerst sinds ze tegenover haar chef heeft plaatsgenomen, kijkt Julia hem recht aan.

'Ik wil overplaatsing aanvragen.'

Wat Ramakers ook had verwacht dat ze zou gaan zeggen, een verzoek om overplaatsing was daar duidelijk niet bij. Met een bons laat hij zijn handen op het bureaublad vallen en hij staart Julia aan. 'Overplaatsing? Waarom?'

'Omdat ik denk dat verandering van omgeving me goed zal doen.' Er klinkt iets afwerends in Julia's stem door, dat aangeeft dat ze niet van plan is meer prijs te geven dan deze minimale uitleg.

'O, nou... Weet je dat zeker?' Verbazing maakt plaats voor misnoegen. 'Ik moet eerlijk bekennen dat ik liever niet een van mijn meest veelbelovende rechercheurs zie vertrekken.'

'Dank u voor het compliment.' Een glimlachje plooit zich rond Julia's mond. 'Maar ik weet het echt zeker.'

'Het is nogal een stap...'

'Dat weet ik, maar ik denk dat het heel goed voor me zou zijn om die stap te nemen. Ik heb al gekeken en er zijn verschillende vacatures waar ik op zou kunnen solliciteren. In Groningen, Amersfoort, Utrecht...'

'O ja, dat zal het probleem niet zijn. Ik ken geen korps dat niet blij is met de komst van een ervaren rechercheur. Het is alleen nogal een schok voor me. Ik had geen idee dat je het hier niet naar je zin had.' Ramakers heeft zich hersteld, leunt naar achteren en neemt Julia eens goed op.

'Ik heb het hier heel erg naar mijn zin. Daar gaat het niet om.'

'Waar gaat het dan wel om?'

Er valt een stilte, waarin Julia eerst een tijdje wegkijkt, tot hun ogen elkaar ontmoeten.

'Het is beter,' zegt ze ten slotte.

Ramakers knikt bedachtzaam. 'Is het om Sjoerd?'

Een lichte blos trekt over Julia's gezicht. 'Hoe bedoelt u?'

De hoofdinspecteur buigt zich weer over zijn bureau naar haar toe. 'Kom op, Julia, dacht je dat ik mijn ogen in mijn zak had zitten? Ik zou al mijn examens opnieuw moeten afleggen als ik dát niet in de gaten had gehad.'

Het heeft geen zin om te ontkennen wat blijkbaar op haar voorhoofd geschreven staat. 'Was het zo opvallend?' vraagt Julia moedeloos.

'Niet voor iedereen. Wel voor iemand die goed naar zijn mensen kijkt. En eerlijk gezegd twijfelde ik. Maar nu niet meer.'

'Dan begrijpt u waarom ik weg wil.'

'Ja,' bevestigt Ramakers, langzaam knikkend. 'Ik betreur het, maar ik begrijp het. Ik zal je ook niet vermoeien met pogingen om je van gedachten te doen veranderen. Ik zal het opnemen met personeelszaken. Zeg maar naar welk korps je gedachten uitgaan. Ik zal je een dijk van een aanbevelingsbrief meegeven.'

'Dank u.'

'Nou,' zegt Ramakers, terwijl hij wat papieren op zijn bureau verschuift. 'Wat wil je? Je verlofdagen nu meteen opnemen of ze bewaren voor straks, als je overgeplaatst wordt?'

'Liever straks,' zegt Julia. 'Ik kan wel wat dagen gebruiken om de verhuizing en dat soort dingen te regelen. Bovendien heb ik hier nog wat lopende zaken af te handelen. Rapporten schrijven en zo.'

'Zeker weten,' zegt Ramakers. 'Ik wil ze voor het einde van de middag op mijn bureau hebben. Wegwezen!'

Met een glimlach schuift Julia haar stoel naar achteren en verlaat Ramakers' kamer. In de deuropening draait ze zich nog even om en aarzelt.

'Bedankt,' zegt ze.

Bij wijze van antwoord gebaart Ramakers met zijn hand dat ze aan het werk moet gaan, maar voor Julia daar gehoor aan geeft, ziet ze ook op zijn gezicht een glimlach.

48

'Ik begrijp het nog steeds niet,' zegt Melanie verontwaardigd. 'Wat moet je nou in Amersfoort?' Ze kijkt om zich heen in Julia's woonkamer, waar de verhuisdozen tegen de muur opgestapeld staan.

'Dat heb ik je toch uitgelegd? Al een paar keer. Ik word overgeplaatst.' Julia rolt een van haar tot het laatst gebruikte glazen in een stuk krantenpapier.

'Dat snap ik, maar waarom? Wat heb je nou in Amersfoort te zoeken? Bevalt het je hier niet meer?'

'Jawel, maar ik ben toe aan een nieuwe uitdaging. Verandering van werkomgeving is goed, het voorkomt dat je vastroest.'

'Je hebt die baan nog niet eens. Is het niet een beetje voorbarig om nu al te verhuizen?'

'Ik word echt wel aangenomen, en als dat niet gebeurt, solliciteer ik gewoon verder. Mijn nieuwe woning is een huurhuis, dus dat is geen probleem.'

Terneergeslagen doet Melanie er het zwijgen toe.

'Als je maar weet dat ik ervan baal,' zegt ze na een tijdje. 'Echt, Julia, ik vind het helemaal niet leuk dat je weggaat.'

'Ik vind het ook moeilijk, Mel. Je weet wat ze zeggen: *partir c'est mourir un peu.*'

'Waarom doe je het dan? Je hóéft niet te gaan, het is je eigen keuze.' Verongelijkt laat Melanie zich op een stoel zakken, nadat ze het stapeltje kranten dat erop lag op tafel heeft gelegd.

Julia kijkt naar het betrokken sproetengezicht van haar vriendin en voelt een steek van verlies. Als ze bij iemand haar twijfels en tegenzin om te vertrekken niet kan neerleggen, is het Melanie wel. Eigenlijk is Ramakers de enige die ze min of meer in vertrouwen heeft genomen. Sjoerd heeft ze een brief geschreven. Zonder een woord van afscheid vertrekken kan ze niet maken, hij heeft recht op uitleg. Maar het zijn woorden die in haar keel zouden blijven steken als ze tegenover hem zou staan, in zijn lieve, vertrouwde gezicht zou kijken en de pijn in zijn ogen zou zien. Op papier kan ze zich beter uitdrukken, hem ervan overtuigen dat dit de beste oplossing is. Ze heeft geschreven dat ze aan hem zal blijven denken. Hem zal missen. Maar dat ze niet wil dat hij nog contact met haar opneemt.

Het is waar dat het nog helemaal niet zeker is of ze de baan in Amersfoort wel krijgt. Ze heeft gesolliciteerd, maar de selectieprocedure loopt nog, en daarna zal een veiligheidsonderzoek volgen, waarbij haar achtergrond, haar familie en vrienden en haar financiële situatie onder de loep genomen worden. Maar ze heeft er alle vertrouwen in dat het goed zal komen, en anders kijkt ze gewoon verder.

Julia legt het ingepakte wijnglas in de doos. 'Amersfoort is niet het einde van de wereld. Het ligt heel centraal, zo midden in het land. In anderhalf uur ben je er. En we kunnen mailen en bellen.'

Dat is ze niet van plan, maar dat hoeft Melanie niet te weten. In Amersfoort gaat ze een nieuw leven beginnen, met nieuwe vrienden en vooral nieuwe collega's. En dat is de grootste daad van vriendschap die ze Melanie kan geven.

'Sjoerd zal het niet leuk vinden,' zegt Melanie zacht. 'Straks komt hij uit het ziekenhuis en dan ben je weg. Dat kan toch niet?'

Nu draait Julia zich vol naar haar toe. 'Mel, ik leg het hem echt wel uit. Kom op, hij is mijn partner! Dacht je dat ik zomaar weg zou gaan?'

'Nee, natuurlijk niet. En ik begrijp ook dat je het hem niet wilt zeggen nu hij nog in het ziekenhuis ligt. Al zou dat best kunnen nu hij op medium care ligt. Hij heeft een paar keer naar je gevraagd.'

'Ik was van plan om donderdag bij hem langs te gaan. Het ligt niet echt op de route, maar dat geeft niet. Of ga jij dan naar hem toe?'

'Niet als ik weet dat jij gaat. Hij vindt het fijn om bezoek te hebben, dus dan zorg ik dat ik er 's avonds ben.'

'Prima,' zegt Julia.

Met een kus op haar wang neemt Melanie afscheid. 'We zien elkaar snel, hè?' zegt ze, terwijl Julia met haar meeloopt naar de deur. 'Wil je echt niet dat ik je kom helpen met de verhuizing?'

'Nee, stel je voor. Je hebt genoeg aan je hoofd met Sjoerd, Joey en je werk. Ik red me wel. Tijdens het inpakken heb ik zoveel weggegooid dat ik niet veel meer heb om uit te pakken. Ik ben met een uurtje klaar!'

Ze lachen samen en Melanie slaat een arm om Julia heen. 'Je bent mijn beste vriendin,' zegt ze ernstig. 'Dat weet je toch?'

'Ja,' zegt Julia. 'Dat weet ik.'

Ze omhelzen elkaar en het volgende moment is Melanie de deur uit. Ze zwaait nog een keer en dan is ze weg.

Julia gaat terug de kamer in, en loopt naar de keuken, waar ze een tijdlang haar hand op de waterkoker laat rusten. Ze trekt hem terug en pakt de fles rode wijn die op het aanrecht staat. Vier uur 's middags is op het randje, maar de behoefte aan een glas wijn is groter dan aan een kop thee.

Leunend tegen het aanrecht neemt ze een slok, en nog een, waarna ze haar glas bijvult en naar de woonkamer doorloopt. Ze laat zich op een van de verhuisdozen zakken en kijkt om zich heen.

Dat was het dan. Even voelt ze zich leeg en melancholiek. Maar hoe moeilijk het ook is om dit door te zetten, ze weet zeker dat ze de juiste beslissing heeft genomen.

Eigenlijk is ze gebonden aan een opzegtermijn van een maand, maar omdat ze nog zoveel vakantiedagen had staan, heeft ze toestemming gekregen om veel sneller weg te gaan. Ze heeft nog een week op het bureau gewerkt om haar lopende zaken af te handelen of over te dragen, en voor ze het wist was het haar laatste werkdag. Dat was gisteren, en als verrassing hadden ze op het bureau een afscheidsborrel georganiseerd. Ze heeft een kaart gekregen met alle namen van haar collega's en een cadeaubon waar een flink bedrag op stond. 'Je kunt niet weggaan! Met wie moet ik nu ruziemaken?!' heeft Ari erop geschreven.

Sjoerd heeft ze niet één keer gesproken sinds hij in het ziekenhuis ligt. Ze kan op weg naar Amersfoort even bij hem langsgaan, maar dat lijkt haar niet verstandig. De brief die ze hem gestuurd heeft, is duidelijk genoeg. Daar heeft ze niets aan toe te voegen. Een persoonlijk bezoekje zou het alleen maar moeilijker maken.

Ze beseft nu dat een groot deel van Sjoerds aantrekkingskracht voortkwam uit zijn trouw aan zijn gezin, de rustige vanzelfsprekendheid waarmee hij hun belangen vooropstelde.

Wat dacht ze nu eigenlijk? Dat ze haar geluk kon bouwen op het verdriet van een ander? Je kunt een huis optrekken, maar als het fundament niet deugt, kun je er nooit wonen. Misschien dat andere mensen daarin slagen, maar zij niet. Ze wordt al overladen met schuldgevoel om de dood van haar oma, ze kan er niet nog meer bij hebben. Er zijn veel momenten in het leven waarop je onbewust de verkeerde beslissingen neemt, maar nu zich de gelegenheid voordoet om het juiste te doen, kan ze niet willens en wetens uit egoïsme handelen.

Taco begrijpt er natuurlijk niets van. In grote lijnen verloopt het gesprek met hem hetzelfde als dat met Melanie, alleen eindigt het anders.

'Het is wel erg plotseling,' zegt hij, als hij langskomt en ze hem vertelt dat ze overgeplaatst wordt. 'Wat betekent dat voor ons?'

'Ik weet het niet,' zegt Julia. 'Je kunt toch langskomen?'

'In Amersfoort?'

Het klinkt alsof ze van plan is te emigreren, en zo kijkt hij ook. Met licht opgetrokken schouders staat hij voor haar, zijn handen in de zakken van zijn jas.

'Weet je, Julia, ik baal hiervan,' zegt hij nors. 'Je deelt me mee dat je vertrekt, dat je gesolliciteerd hebt naar een baan in Amersfoort, zonder je af te vragen wat ik daarvan vind. Had je niet even kunnen overleggen?'

Verbaasd kijkt Julia hem aan. Hij lijkt oprecht verontwaardigd, een beetje beledigd zelfs. Dat ze niet met hem overlegd heeft, lijkt hem meer te storen dan haar vertrek op zich.

'Kom nou, Taco. We zijn niet getrouwd,' zegt ze op vergoelijkende toon. 'We hebben gewoon een leuke tijd gehad samen, en ik zie niet in waarom daar een einde aan zou moeten komen.'

'Dus jij verwacht dat ik iedere week naar Amersfoort kom?'

Aandachtig kijkt ze hem aan, alsof ze hem voor het eerst ziet. Misschien is dat ook wel zo. Haar onderbewustzijn heeft haar aldoor gewaarschuwd, maar nu pas ziet ze duidelijk hoe slecht ze bij elkaar passen.

'Nee, dat verwacht ik niet van je,' zegt ze, opvallend rustig en ontspannen. 'Je hebt gelijk, dat is geen doen. We kunnen er ook meteen een punt achter zetten, als je dat wilt. Dat bespaart je heel wat benzine.'

Haar stem klinkt ironisch, om Taco de kans te geven in de lach te schieten, zijn armen om haar heen te slaan en te zeggen dat hij het niet meende, dat geen afstand te groot zou zijn om hem bij haar weg te houden. In plaats daarvan trekt er een schaduw over zijn gezicht.

'Maak je het uit?' Zijn stem schiet uit van ongeloof.

'Is het ooit echt aan geweest?' Het is een serieuze vraag, bedoeld om uit te zoeken wat ze eigenlijk samen hebben, maar zo vat Taco het niet op.

Voor haar ogen verandert het gezicht waartoe ze zich zo aangetrokken heeft gevoeld. Ze heeft deze man gekust en gestreeld, soms gedaan alsof hij een ander was, maar ze heeft ook de man zelf gezien. Nu ziet ze heel iemand anders. De metamorfose voltrekt zich waar ze bij staat, maar het gevaar dringt nog niet tot haar door.

Pas als hij op haar af komt, zijn vuist balt en hem naar haar opheft, ziet ze Taco's ware gezicht. Heel even schiet het door haar heen dat ze nu begrijpt hoe Dagmar zich moet hebben gevoeld, dan wordt haar instinct tot zelfbehoud wakker. Ze duikt niet in elkaar, maar gaat in de tegenaanval, zoals ze tijdens haar opleiding heeft geleerd. In een reflex grijpt ze de arm die naar haar opgeheven wordt en geeft ze Taco een knietje. Terwijl hij dubbel klapt van de pijn, draait ze zijn arm op zijn rug en zegt in zijn oor: 'Ja, ik maak het uit. En nu wegwezen, lul die je bent.'

Donderdagochtend kijkt Julia met haar armen over elkaar geslagen toe hoe de verhuizers haar spullen in de verhuiswagen laden. Ze loopt een laatste rondje door haar huis, dat, ontdaan van meubels en persoonlijke bezittingen, niet meer dan een stenen omhulsel is. Vanuit het reismandje op de achterbank miauwt Morf klaaglijk, alsof hij protesteert tegen hun vertrek. Zonder veel emotie trekt ze de deur achter zich dicht en stapt in haar auto. De verhuiswagen vertrekt met veel lawaai en uitlaatgassen, maar Julia blijft nog een tijdje talmen achter het stuur. Wat zal ze doen, toch even naar het ziekenhuis of rechtstreeks naar Amersfoort? Het verlangen om Sjoerd nog één keer te zien, zijn stem te horen en hem aan te raken, is zo groot dat haar goede voornemens wankelen.

Ongeduldig schudt ze haar hoofd. Nu niet twijfelen. Ze heeft haar besluit genomen en het is een goed besluit.

Ze start de motor, geeft gas en rijdt in een rustig tempo de Koninginnelaan af. Aan het einde neemt ze de afslag en rijdt de snelweg op terwijl ze kijkt naar de borden. Nog steeds kan ze de afslag naar Tilburg nemen. Wat ze ook beslist, ze moet het nu doen en er dan niet meer op terugkomen. Nog even aarzelt Julia, vecht ze tegen de verleiding, dan neemt ze een besluit. Vastbesloten zet ze de radio aan, en terwijl de opgewekte klanken van de laatste pophit haar auto vullen, neemt ze de afslag en gaat op weg naar Amersfoort.

Epiloog

Nog altijd weet hij niet of hij haar echt vermoord zou hebben. Waarschijnlijk wel, maar het zou hem moeite hebben gekost. Veel moeite. Dat diepere inzicht in zijn zielsleven stopt hij weg waar het thuishoort: ver weg, op een plek waar hij zich er amper van bewust is. Daar zit sowieso van alles wat hij liever niet onder ogen ziet. Maar het monotone gevangenisritme dat nu zijn leven bepaalt, biedt niet veel gelegenheid om aan zichzelf te ontkomen.

Twee jaar zit hij hier. Twee van de vijftien jaar die hij heeft te gaan. Een periode die hij grotendeels in afzondering zal doorbrengen. Natuurlijk mag hij post en bezoek ontvangen, maar veel familie heeft hij niet en de weinige mensen met wie hij contact heeft onderhouden, lijken hem vergeten te zijn.

Zijn wereld is niet groter dan het gevangeniscomplex, zijn privédomein bestaat uit een cel met een tafel en een stoel, een klein televisietoestelletje, een bed en een toiletpot. Aan het einde van de middag gaat de deur op slot en is dat de ruimte waar hij het de hele avond en nacht mee moet doen. Hij heeft recht op één uur luchten per dag, op een met prikkeldraad omheinde plaats, waar je niet veel meer kunt doen dan rondjes lopen en roken. Goedkope shag, die hij in de gevangeniswinkel koopt. Veel te roken heeft hij niet, want met een uurloon van vierenzestig cent bouw je geen grote voorraad op. Toch gaat bijna iedere gedetineerde dagelijks naar de werkplaats om rollen plakband in te pakken of tl-armaturen in elkaar te zetten. Alles is beter dan je de hele dag kapot vervelen in je cel, en ieder pakje shag en versnapering die je kunt bekostigen, is meegenomen. Naast de winkel voorziet de gevangenis in een bibliotheek, waar hij één keer per week naartoe mag, en er is een beperkte mogelijkheid tot sporten.

Het contrast met het leven dat hij ooit heeft geleid, kan bijna niet groter zijn. Ook al probeert hij zich tegen die herinneringen te beschermen, er gaat geen dag voorbij dat hij niet aan zijn vroegere leven denkt. Aan de keuzes die hij heeft gemaakt, en die hem hier hebben gebracht.

Aan Dagmar, of Nathalie, zoals hij haar zelf altijd heeft genoemd. Zijn Nathalie, die hij opgevangen en gevormd heeft.

Bij het ontwaken kan hij haar missen, om een uur later de dag te vervloeken waarop hij haar heeft ontmoet. Het is om haar dat hij zijn zelfbeheersing heeft verloren, dat hij risico's heeft genomen die hij onder andere omstandigheden onverantwoord zou hebben gevonden. En dat allemaal om dat kind.

Maar ondanks alles is er bij hem een zeker respect voor haar ontstaan. Ze is toch maar mooi uit handen van de politie gebleven. Ook uit die van hem, met medeneming van een kapitaal. Zíjn kapitaal. Die gedachte doet iedere keer een machteloze woede in hem oplaaien. Als ze op dat moment voor hem zou staan, zou hij haar zeker ter plekke doden. Een halfuurtje later ebt dat gevoel meestal weer weg en laat hem achter met een hol gevoel dat hij niet kan verklaren.

Nu ligt hij al urenlang op zijn bed, zijn handen onder zijn hoofd, starend naar de levensgrote foto van een pin-up zonder haar echt te zien. Ooit komt hij hieruit. Over een jaar of dertien. Tegen die tijd zal hij wel weten wat hij met Nathalie gaat doen. Hij had heel gemakkelijk hiervandaan een mannetje op haar af kunnen sturen, en er zijn dagen geweest waarop hij op het punt stond die opdracht inderdaad te geven. Sinds kort weet hij waar ze zit, of in ieder geval in welke richting hij moet zoeken. Dat zal de politie ook wel weten, want ze doorsnuffelen alle post die binnenkomt. Vorige week is er een brief voor hem gekomen met een Portugees poststempel. Hij heeft de envelop verbaasd in ontvangst genomen en erin gekeken. Hij was al geopend, natuurlijk. Maar er zat geen brief in, nog geen kaartje of kattebelletje. Alleen een foto, die hij op de wand naast zijn bed heeft geplakt. Het is de foto die hem van gedachte heeft doen veranderen, die waarschijnlijk haar leven zal redden.

Vincent draait zijn hoofd en kijkt aandachtig naar het kiekje naast hem op de muur.

Haar haar is langer geworden. Ze heeft het opgestoken, en een paar losse krullen vallen nonchalant langs haar stralende, bruine gezicht. In haar armen heeft ze een jongetje van ongeveer een jaar oud. Het lachende gezichtje van het kind komt hem bekend voor, heel bekend. Hij heeft het krullende haar van zijn moeder, en ook haar lach. Maar iedere keer als hij de foto ziet, kijkt hij in zijn eigen ogen.

Dankwoord

Met dank aan Paul de Rooij, chef basiseenheid van politiebureau Roermond, voor de rondleiding op het bureau en het beantwoorden van mijn vele vragen tijdens het schrijfproces.

Hetzelfde geldt voor agent Peterpaul Tuijn, die ook veel mails met vragen van mij heeft gekregen. Paul de Rooij wil ik extra bedanken omdat hij de eerste versie van *Op klaarlichte dag* heeft gelezen, wat me voor veel fouten heeft behoed.

Verder dank aan Connie en Eveline Arts, voor hun informatie over Roermond, en aan Sylvia Beljon, die de drukproef heeft gecontroleerd op fouten.

Een speciaal bedankje voor Wim, die ik door heel Roermond en omgeving gesleept heb en die me op alle fronten heeft bijgestaan tijdens het schrijven van dit boek.

En natuurlijk mag ik het team van Ambo|Anthos niet vergeten te bedanken. Niet alleen voor het begeleiden en redigeren, maar ook voor de geweldige promotie waarmee ze ieder boek weer lanceren.